明朝五好家庭 2

扫雪煮酒◎著

沈阳出版社

图书在版编目(CIP)数据

明朝五好家庭. 2/ 扫雪煮酒著.—沈阳：沈阳出版社，2008.11

ISBN 978-7-5441-3763-8

Ⅰ. 明… Ⅱ. 扫… Ⅲ. 长篇小说—中国—当代 Ⅳ. I247.5

中国版本图书馆 CIP 数据核字(2008)第 180376 号

出 版 者：沈阳出版社
(地址：沈阳市沈河区南翰林路 10 号　邮编：110011)
印 刷 者：北京嘉业印刷厂
发 行 者：沈阳出版社
开　　本：166mm×235mm
印　　张：16.5
字　　数：259 千字
出版时间：2009 年 1 月第 1 版
印刷时间：2009 年 1 月第 1 次印刷
责任编辑：刘　朔　战婷婷
封面设计：棱角工作室
责任校对：天　宇
责任监印：杨　旭

定　　价：25.00 元
联系电话：024-62564920

目录 CONTENT

目录
CONTENT

第一章 关门

薛老三晓得姐姐姐夫必不会真个将这个女人收房，睡梦里都想着将小桃花换了小寄姐。有一次就搂着小桃花叫寄姐姐，小桃花正飘飘然做三舅太太的美梦，想着回家将他正房大娘子一脚踢开自己做正房呢，冷不防一盆冷水从头泼到脚底板，童寄姐三个字就稳稳装在心里生了根，长出刺来。

第二日早上起来，小桃花头也不梳、脸也不洗就跑到小寄姐住的院子门口，拿了条板凳挡着门坐在那里骂："一个做女人家的，自己要跑去荷香院做婊子，丢尽了你家祖宗的脸。还想着做姨奶奶，做你娘的春秋大梦。也是大哥大嫂好脾气收留你，就想着勾搭人家汉子，休说狄家，就是咱们薛家也不要你这种没屁股不能生养的小贱人。"

小桃花这里翻来翻去地数落，家人里边虽然瞧不上小桃花的也多，都道她骂得解气，也没有人去劝她，更无人去与素姐说。童奶奶在院子里死命地拉着女儿，不让她出去，哭道："你消停些吧，总是你不好，说的那些话伤了人家体面。"

小寄姐咬着嘴唇，心里也后悔，脸上涨得紫红，甩开了她妈妈的手道："索性我一绳吊死罢了，也省得丢人现眼。"

童奶奶唬得魂飞魄散，冲她女儿跪下道："咱们为什么千万里逃了成都来？你若是死了，妈还能活着吗？狄大人跟狄大嫂都是心善的好人，必不会真为难咱们。且过几日等狄大嫂消了气，我们去求她，回京里去吧。"小寄姐年纪轻轻的，哪里舍得真的去死，本想着唬一唬狄希陈，却想起小秋姐的故事来，叫她妈一劝，也就顺势软了下来。

却说薛老三醒了枕边摸不到小桃花，侧耳细听在前边与人吵闹，披件衣裳光着头就出来。那小桃花正对着三两个边上看热闹的人说得口水四溅，冷不防薛老三一手抓住她的头发，踢了她两脚骂道："大清早的在这里号丧，小心请了家法侍候你。"

谁知他这样气势汹汹出门，回手关了院子门，赶紧松了手又哄她："那是咱姐夫的心头爱，得罪不起的。"

小桃花本来哭哭啼啼，因他说是咱姐夫，自己那不也成了主子，心里欢喜，脸上就露出笑来，呸了一声道："她也敢想，大嫂是什么脾气你不知道？你身上的青印子怎么来的？必是等坐船回乡，拿麻袋扎紧了抛江里去。如今且哄着她呢，当我不知道。"

薛老三就问："你是哪里知道的？"

小桃花道："是小春香她们几个说起，小荷花猜的，还叫小春香说了她几句呢。"

薛老三方晓得不是素姐发话，这个小美人他还有三分指望，笑道："你休学人家，与她好好处，将来都是亲戚呢。"

小桃花半信半疑，还想问他为什么做梦叫寄姐姐，因刚才吃他两脚踢得腰上生痛，就不敢，只得去厨房讨洗脸水。

童奶奶劝服了女儿，就要去厨房拎洗脸水，小寄姐道："妈，我和你一起去吧。天底下哪有做娘的日日与女儿拎洗脸水的理。"童奶奶觉着女儿经此一骂一劝，也有些懂事了，便依着她，两人一起，恰巧就在厨房门口遇着了拎了一锡罐洗脸水出来的小桃花。因童奶奶略让得迟了些，就让热罐擦着了手。小寄姐便忙拉着妈妈的手瞧，正好挡在小桃花跟前。

厨房里边小春香与小荷花也拎了洗脸水，因道上挡了三个人不得过去，小荷花就先道："桃花姐姐，再不走水就冷了。"

小桃花移了半边身子还没说话，小春香见是童氏母女，因柳嫂得空与她提过说童奶奶想将寄姐嫁给小九做妾，她就更不待见这两个了，只是争风的话却说不上来，就道："桃花还罢了，前面那是谁呢，还不让开些，回头主子洗脸水凉了，咱们做丫头的可就要挨板子了。"童奶奶拉着女儿让开，正要赔不是，她又笑道，"瞧我这记性，我家寄妹妹才做的奴才，怕是不晓得规矩，童奶奶是客嘛，你怎么那么大胆让客自己走到厨房来。"说罢眼睛也不瞧他三人，拉了小荷花衣袖一把要走。小荷花也瞧不上小寄姐说那些荷香院之类的话，故意边走边笑道："姐姐莫生气，她本是要去院子里的姐儿，哪里会做咱们丫头的活。还妾呢，给咱们提鞋都不配。"

其实这几个丫头都在素姐身边久了，就是小桃花笨些，也晓得素姐是不肯给狄希陈纳妾的，不然在山东那么些人劝他两口儿，都不为所动，倒叫小寄姐这几句话唬着便肯吗？所以揣摩素姐的心思，料素姐是要将人哄在家里慢慢修理，方敢对她们冷嘲热讽。

童奶奶见女儿涨红了脸哆嗦着嘴唇，忙拿手指甲死死地掐着她的手，不让她动，待这几人都走远了方放手，走到柳嫂跟前笑道："嫂子忙，俺们来搭把手。"

柳嫂笑道："不敢不敢，叫小寄姐拎了水回去吧，哪里敢劳动童奶奶。"另换了面孔说小寄姐道，"咱们家不养闲人，如今家里待换季了，你分几件衣裳去做吧。"就将边上一个大包袱拿给她道，"你自己的跟小桃花的，都是三套。"

童奶奶忙上前接了道："可是，怎好白吃人家茶饭，正想着跟嫂子讨差使呢。"

柳嫂虽是不喜欢小寄姐，也觉得童奶奶一向会做人不讨厌，便道："童奶奶是客，哪能让你动手。实话跟你们说，咱们大哥断不会纳妾的，并不是怕娘子吃醋，是打心底里头敬爱。以后这狄家人呀狄家鬼呀的就不必再提了。"说得小寄姐满脸通红，拎着包袱与水罐先走了。

童奶奶便坐在灶下与柳嫂儿烧火说些闲话，趁房内几个人都出去了方软语道："其实孩子那些胡话是叫吴夫人吓的，不是她觅死觅活的，只怕就叫吴夫人配了个老头子了。"

柳嫂儿鼻内笑了一声，却不做声。童奶奶又道："不知道九爷在不在家。一路上他倒是极和气的。"

柳嫂儿笑道："九少爷与咱们大哥大嫂都是极好的，日日一处吃饭。大嫂心爱的小春香都许了他呢，还要等回乡正大光明地摆酒唱戏成亲。"

童奶奶呆了半晌道："九爷家里没给他订亲，就让他娶个丫头？"

柳嫂子因从前童奶奶透了口风，也明白她的心思，话里带着劝她的意思道："小春香是大嫂跟前最得意的一个人儿，九少爷有什么不愿意的？也是因家里订了亲不好没有妻先有妾，要等娶了亲方抬她进门。"偷眼看了看外边无人方道，"论相貌论脾气，就是第二个大嫂，只怕他家的大娘子日后都不如她得意。"

童奶奶已是死了心，点头道："你家狄奶奶说话不带笑脸不张口，哪怕是对着下人都细气细语，我却很有些怕她。"

柳嫂子笑道："她本行得正坐得直，凡事都讲道理。他们两口子，只是不要讨妾，万事好商量。就是咱爹咱娘下狠说了几次也不成的。"因锅上蒸的包子都好了，柳嫂就捡起十来个装了盒子，又一大罐粥一起递给她道："童奶奶先请回吧，若是叫人上去说我让你帮忙就不好了。你看着小寄姐一点儿，休叫她出门，也省得这几个姐姐们为主人出气。"

童奶奶道了谢回家，就见女儿站在桌前摆了碗筷等她，将盒子揭开道："这是才蒸好的包子，快趁热吃吧。"

小寄姐随手拿了一个咬了一口道："什么好的，里边还不是肉馅呢。"

童奶奶气极，将手里的碗放下道："如今你深宅大院里住着，吃不愁穿不愁，说了那么些话，人家也没有认真跟你计较，还想怎么着？"

小寄姐道："我不是卖给他们家了吗，不吃他的穿他的，我傻呀。"

童奶奶骂她："死妮子，若不是你受不得人家激卖身契上画了押，咱们说些软话儿，已是回京去了。"

寄姐笑道："回去还不知落在哪个手里不得好死呢，我瞧这个薛素姐也是纸老虎，说不定我哪天翻了身就在她上边。妈你不是常说吃得苦中苦方为人上人嘛，我就先吃这苦罢了。"

童奶奶见这个女儿不可理喻，必是前两年跟小秋姐一处学坏了，气道：“你在这屋子里，休出去讨骂。”自己气得头痛，回里屋睡去了。

小桃花当时叫薛老三唬住，等回屋梳了头洗了脸，想了半日还是不放心，就轻手轻脚溜到寄姐窗下偷听，听了这些好话，就忙忙地报与素姐知道。素姐听了面上虽还带着笑说道：“怕是隔得远些听错了吧。”心里恨不能将小寄姐碎尸成段，只是她依稀还记得书里那位折磨死了一个小丫头差点儿见官的故事，不好无缘无故下手，更不能让她在狄家出什么事。毕竟狄希陈与上司不和，若是人家送来的人有什么不好，就叫人家捉到错处了。想了半日，还是先由着这个小桃花与她闹吧。便笑道：“她是新来的，万事你且让着她些，说不定哪天攀上高枝儿，做了狄奶奶、薛奶奶都说不定呢。看各人造化吧。”

小春香站在边上，听素姐这样说，意思是要看笑话了，还怕小桃花听不明白，也笑道：“我听说三舅爷以前常往后门外头不知道哪一家去，也许喜事就近了呢？桃花姐要不要去认认门，将来怕也是姐妹。”

待小桃花变了脸色忙忙走开，小春香就跟素姐说：“那个童氏也太不像话了些，大嫂你忍得我可忍不得。”

素姐笑道：“谁瞧得上她那样儿呢，不过她是吴大人想找麻烦的一杆枪罢了。在外边对咱们名声有碍，当初我又不好动手收拾她，怕人家说咱们强抢民女啦什么的。老天开眼叫她自己送上门来，还傻乎乎真写了卖身契。先看好她，休叫她近你大哥与九少爷的身。待过些日子吴大人丢开手，咱们寻个人嫁了她吧，就无事了。”

小春香因素姐提到小九，就有些不好意思，丢下梳子道：“大嫂好好的又拉扯上我做什么呢。”

素姐看了她笑了半日道：“那童奶奶可是十分有心想要你的九少爷做女婿的，不然我去说合说合？”

小春香“呸”了一声道：“那个名声儿在外，谁家肯让她进门，还不如小桃花呢。”

素姐摇头笑笑，其实她心里早就烦了，照她第一时间的反应，最好冲上去抽那个小寄姐几十下耳光，再吊起来打一两百下，然后卖到妓院去方解气。只是这样的

古代社会，她虽不晓得多少民生疾苦，也做不来草菅人命的事，所以事事小心，时时在意，怕自己痛快行事却给别人带来一生的悲剧。古代人纳妾是理所当然的事，若换了随便哪个，只怕在船上就顺水推倒了，然后妻妾表面上欢喜，背地里互掐，也这么着过了一辈子。只是她心里总有些担惊受怕，他们穿越到古代来，并没有什么高门大户的靠山，一步错步步错，若不是运气好当个小官儿，只怕挣了几两银子也叫人家抢了去。

待到吃早饭时，素姐就当了丫头的面故意对狄希陈道："你可当心了，听说小寄姐要吃得苦中苦，做我头上人呢。以后离她一百步远就绕开，我怕她沾了你的气味就敢跑来跟我说她有了。"

狄希陈笑道："不敢不敢，你将她安在不顺路的后院，我的气味儿一个月不洗澡也就三步远吧。倒是当心你家老三，好老实的人吗，才来几天就拐了我家一个人，千万让他将这个拐了去。"

素姐笑道："你家不要的，就想着丢我娘家来，好让她回去跟你妹子吵架吗？"

狄希陈因素姐这样说，心里就有了防备，进来出去身边总有人跟着，就是小九知道了缘故，笑了半日，也跟小板凳两个形影不离。一大家子人冷眼看小寄姐跟了狄希陈十来天，又叫小桃花明里暗里盯得她严实，走近几十步的机会也没有，还是童奶奶最后知道了，一把将她拉了回家，关在房内不许她出来丢人现眼，狄希陈才长吐一口浊气。

这一日本是居委会大妈开会的日子，因过了午时还没人来请，素姐乐得在家与女儿一起读书。就听见隔壁吵了起来，他家隔几日总要闹半天的，大家都习惯了。谁知小春香住了笔道："平常总要大半个时辰的，今儿倒快。"站起来跑到后门去看，就听得一个杨家的丫头棠裳敲门，忙开了门引她见素姐，那个棠裳道："我们家大人刚才被布政使司传了去说话。听说要摘成都府还是成都县的印，我们奶奶叫你们快收拾些，将细软零碎都藏起来，经了那几人的手，就什么都没有了。"

素姐吃了一惊，一面叫人前边寻狄希陈与周师爷捎话，一面就忙乱着收拾金银细软。

第二章

转机

狄希陈正与周师爷一处说话，听了这个消息不免慌了手脚，丢了手上的文书就要回家。周师爷一把扯住他的袖子道："莫急莫急，八成是那位吴太守。先叫人去吴府门口打听消息去。"

小九已是走到了门口，闻言回头笑道："我去。"戴上帽子便一路叫小板凳跟着小跑着出去。

周师爷拉着狄希陈坐下道："且坐坐吧，等令弟回来就知道了。"

狄希陈想着素姐一个人在后边不知道怎样地担惊受怕，人虽勉强坐在那里，眼看着周师爷的嘴一张一合，心里乱成一团麻。周师爷劝了他半日，说得口都干了，他什么都没听进去。

狄希陈正在想主意要学项少龙拖家带口大逃亡，小九已是笑嘻嘻进来道："是吴大人摘印了。一群人围着他家呢，大门口四五顶大轿子，我听得里边吵闹，叫小板凳在那看着。”

狄希陈就跳起来道:“你喝口水歇歇,我去后边跟你嫂子说去。”飞一般走到后边。

素姐正在上房,给女儿胳膊上套金镯子,见他回来忙道:“怎么样?”

狄希陈笑道:“无事,是吴大人家。”

素姐“哎呀”叫了一声道:“就是他们家,我们也要倒霉的,送了他家差不多两千两呢。”

狄希陈也吓了一跳,又急忙出去寻周师爷说话。素姐又将女儿胳膊上的几个金镯子都取了下来,并自己身上的十来个,与小春香身上的十来个,一一都放进盒子里收好,自去收藏不提。转眼狄希陈就打发了小九进来与素姐报平安道:“他家只是摘印,家都没有抄,只叫搬出去呢。想来无大事,嫂子不要着急。”

因吴府外边围得紧,成都府那几位与狄希陈都不敢买消息,各自怀着鬼胎在家偷偷收拾细软。一连过了十几日,晚间素姐与狄希陈都是一夜没睡,相互守着到了天明,听雀儿在树梢上叫得欢了,方无精打采开了门叫人进来。

那一日小板凳却起得早,等开了大门他就蹿了出去,早饭时方回来,冲到厨房里抓了个包子边啃边跟他娘说:“那个吴夫人娘家,连夜来人接了吴大人一家码头坐船走了。”

狄希陈与素姐虽然在家没有声张,可是家人们都晓得些儿,正是人人自危的时候,听得小板凳这样说,首先狄周就道:“你先去跟大哥大嫂说知,俺们几个分头去看看。”便拉了几个老成的仆人分头去吴府与码头。

狄希陈已是吃完了早饭,在自家院子里头转来转去,不想去县衙见周师爷,听小板凳这样说了,喜道:“我还当周师爷哄我的呢,原来真的无事呀。”等到狄周回来报了无事,想了想又道,“这么忙着搬了出去,只怕是新官到了,我穿了大衣裳先出去吧。素姐你准备礼物,等与隔壁杨大人家约齐了一起送去。”

素姐道:“他们走了就无事?”

狄希陈一边穿官靴一边笑道:“是革职,所以走得快。你想想,吴夫人娘家来了人,哪里会有事,果然是朝中有人好做官呢,只怕过几个月吴大人高升了还说不定呢。你放心吧。”

素姐赏小板凳一两银子，那猴子却不肯要，跪下来笑着求素姐："俺就想吃那个水煮鱼，还求奶奶亲手做一盆俺一个人吃。"地下的媳妇丫头笑得都抱着肚子骂他："小猴儿，快将银子交给你妈吧，当心吃多了肚子痛。"

素姐含笑点了点头道："这些天大家都受累了，是得好好歇歇，叫狄周跟狄九强去买鱼去就是。"又叫小春香拿了几吊钱出来道，"这些叫柳嫂儿今晚上加菜，要吃什么你们自己去说。"

小春香忙瞪了小板凳一眼道："还不出去，里边是你站的地方吗？"拉着他一起去了厨房，众人欢笑不提。

小寄姐先听说狄希陈要摘印，也有几分担心，待到童奶奶去厨房取了晚饭回家跟她说已是无事了，想到素姐还是高高在上的县官夫人，她又不快活起来，闷闷地坐在那里拨饭玩。

童奶奶对她已是失望，只要她在家不出去丢人现眼就好，也不管她，自己吃完了饭又去厨房帮忙。

谁知到了门口，小荷花拦她道："今儿我们大嫂要亲自做几个菜，你且出去吧。"

童奶奶每日在奴仆堆里好话说尽，也不见素姐放她们母女出去，就想当面求素姐，哪肯放过这样天赐良机，就赔着笑脸儿道："好姐姐，你就让我进去吧，咱又不是外人。"

小荷花冷笑道："等咱们都死光了叫你家小寄姐成了内人，你才不是外人呢，走远些。"

童奶奶因是自己说话造次了，小荷花这样伤她，也不恼，又笑道："姐姐说哪里话，还求姐姐在大嫂面前说几句好话让咱们家去呢。"

小荷花道："你住在这里是不像话，要走就走吧，哪个留你。小寄姐却是咱们真金白银买了回来的……"

小春香就出来问："谁在那里说话，大嫂叫带里边去呢。"看见是童奶奶，就白了她一眼扭了头回去。

童奶奶当初在京里，从富贵到贫贱，什么样的人没有见过，什么样的冷嘲热讽不能受得，她只当没有看到，还是笑嘻嘻跟在后边跨过门槛。素姐正和柳嫂儿都系了围裙在那里配汤料。小春香不说话，素姐便当眼前没有这个人。柳嫂儿虽然可怜她，也只当做看不见，童奶奶足足等了小半个时辰，素姐站不住了坐下喝茶，方将那张笑僵了的脸递到素姐跟前，就要跪下行礼。

素姐等她跪下磕了个头，方慢慢放下茶碗，待笑不笑道："这不是童奶奶吗，还不快扶起来。"

柳嫂儿方作势要拉她起来，童奶奶跪着向前又行了一步道："都是我的不是，还请狄夫人消消气，我们寄姐再也不敢了。您老人家抬抬脚，咱们就感激不尽了。"

素姐正色道："这么说是我故意与你们为难喽？千万里将你们从京里骗了来，好吃好喝当佛一样供着，还要等小寄姐做我头上人，原也是我的不是。"

童奶奶见素姐连她女儿在家说的那些体己话都知道，料想再说好话也无可挽回，只拼命在地上咚咚将头磕得山响。

素姐终是不忍，命柳嫂儿拉起来，额头上已是鸡蛋大一个血包。

素姐道："可怜天下父母心。送她回去，咱们狄家是不敢娶荷香院的头牌的，你叫令爱死了心，老老实实做几年活吧。若是她打了不该打的主意，我拼着坏了名声儿也要遂了她的心愿送她去荷香院。"

童奶奶听素姐这话虽是严厉，却大有正经，忙谢素姐道："小寄姐有奶奶调教，必能出息些儿。"

素姐挥手道："令爱能有你一半明白事理就好了，你去吧。看她自己是要做人还是要做鬼，你磕一千个一万个头也不顶事。"

柳嫂儿知道素姐看见童奶奶嫌烦，就拉着她出去，背了人悄悄儿跟她说："大嫂虽然严厉，并不作践下人的，你只管好了小寄姐休叫她再生事，自有你们的结果。以后休在大哥大嫂眼前转，若不是大嫂挡着，早叫大哥将你们送回京了，我听说京里还有个蒋举人上告，官府发了海捕文书寻你们呢。"

童奶奶听说蒋举人还在寻她们，也有七分相信，满口道："我们必不出院门的，狄奶奶面前还请多美言几句。"童奶奶回到家，想起自己这个女儿不晓得事，换了别人家必先打个半死，或配家人，或叫媒婆子领了去，如今吴大人已是走得远了，又没人查考狄希陈是不是真纳了妾，素姐待她们已是极宽大，心里十分感激素姐行事。便日日安分看着女儿，不许她出去，苦口婆心地劝她："将来找个小户人家，咱们有这许多银子，买上几十亩地，一头牛，哪里过不得日子？休要再赌气。”

小寄姐却道：“不把银子还她，她肯放咱们走？娘别叫他们哄住了。”自己走到一边捡起针线来做，先做完了自己的，才做小桃花跟她使唤的小铜钱的衣裳。

小桃花故意一日几十遍地使她的小铜钱来催，好容易做得了，又嫌这里不好那里不好，叫她改了袖子改领口，要踩她取乐。小寄姐都低头一一受了，童奶奶心里纳闷：难道真开窍了？

那成都府吴大人革了职，暂知成都府的是南阳的同知林白林大人，这位林大人却与相于庭是同年，当初京里一处喝酒听曲的好朋友，与狄希陈、杨刑厅都是旧识。狄希陈送了厚礼，他一句推辞没有都收了，第二日林夫人亲自过来回拜，送的自家酿的二十坛梨花白，并十篓江鱼与些吃用之物。素姐也按品大妆与她见礼，这位林夫人却也识得几个字，房内并无妾侍，两个就极说得上话来。她也听说有小寄姐这么个奇女子，便想请来见见，素姐笑道：“罢了罢了，论长相还不如我跟前这几个呢，胜在不要脸罢了。”

林夫人因眼前这几个都算出色，笑道：“不是她生得不好吧，只怪姐姐会调理人儿。若我是男人，天天对着她们，也不想讨外头的。”

素姐便调开话题道：“今日因姐姐来，预备了些南方的点心，姐姐尝尝？”

林夫人见天也晚了，就道：“是特为我做的，叫她们装了盒子我家去吃吧，不然我们家那位又要说我吃好吃的偏着他了。”就站起来请辞，素姐一直将她送到中门，

回家坐定，素姐忍不住气道：“果然好响亮的名声。”因面前站了几个人，就不好再说什么，心里计较要将她送人。

第三章

狄神仙

这日正好初九，是旧例放告的日子，狄希陈在衙里坐了一天，中饭都不曾回来吃，天都黑了方与小九回后衙吃饭。回到家见屋子里鸦雀无声，小春香跟小荷花几个都在外边静静垂手站着。狄希陈以为林夫人还没有走，掉了头就要去小九的院子，小荷花上前一步道："是三舅在里头。"

小九因小荷花叫住了狄希陈，料得是素姐在里边教训薛老三，就拉着狄希陈站在窗外听。

"姐姐，那个小寄姐就赏了我吧，一个丫头罢了，横竖你是要送人的。"薛老三苦苦求道。

素姐哼了一声道："休想，你要是有什么歪心我就送了你回家去。"

狄希陈怕素姐说出什么不中听的话来，忙高声笑着走了进去，对小舅子道："你姐姐待你如何？数一数二的小桃花都送了你了。这个实在是名声不佳，又不贤良，若不是吴大人插了一手，早打发了她。”

小九已是笑出了声道：“真讨了家去，好不好，人家也不跟你哭闹，只吵着要去做婊子，你还要出去见人吗？”

薛老三虽然愣，说到名声儿，却也害怕回家被老古板的爹娘骂，只得含糊道：“可惜了她还有几百两银子，不知道要便宜哪一个。”

素姐与狄希陈、小九三个相互看了一眼，都不好说得话。小九识趣，就说新来的知府林大人规矩与吴大人不一样，如今成都县告状的都少了好些。素姐就问为什么。

狄希陈道：“吴大人手里，被告是必出银子的，若是告倒了，更是不得了，所以人人抢着要做原告。这位林大人，却是不论输赢，先人各一半。告状为的是什么？还不是银子。”指了指素姐那个放在条桌上的零钱箱子又道，“稳赚不赔的生意人人都肯做的。可是不论能不能告倒人家，自己就要先出银子，就不划算了。差不多的，就私了了。上行下效，我有样学样，也就少费了好些口水。”

素姐还没有怎么着，薛老三就先替银子发愁道：“那可怎么处？银子都飞了咱们吃什么呀，姐夫还是照吴大人手里的旧例吧。”

狄希陈心情却好，慢慢算给他听道：“成都是富省的大县，就是什么都不收，一年也有近二千两银子呢。吴大人前车之鉴不远，林大人新官上任还有三把火，咱们跟在后边行事就是。”

小九也舒服地叹了一口气，摊开手脚半躺在椅子上，笑道：“就是照从前，五哥肯收人家银子的时候也不多。每次我将大把银子推出去，心都痛得打滚。”

薛老三本来就不忿小九，以为他来得早，狄希陈凡事都让他经手。他是个不识字的浑人，哪里晓得收钱也是技术活，不是伸手就行。小九做这个事儿，一来是他乖滑，周师爷教了几天就会见人说人话见鬼说鬼话，二来是他忠诚，从来不在中间打偏手欺下瞒上，三来是狄希陈存心要拉他做一股。薛老三来了两个月，因小九今天十两，明天两个绸缎，后天又五两地收钱，他就眼红，只是叫素姐哄住了他，无论如何不让他插手。今日见狄希陈高兴，他的心思又活动了，笑道：“下次姐夫让我去吧，我一个做舅老爷的人，手里却没几两银子使。”

素姐怕狄希陈驳不开面子真应了他，忙道：“忙什么呢，我另有差使交给你。”

递给他一盘点心道，“千万里央了你来，就是要你帮忙的。”

薛老三欢喜，忙道：“是什么大事？”

狄希陈也乐得素姐调虎离山，配合道：“你姐姐要做的事，也只有你帮得了呢，等无人了你们私底下说吧，若人人都知道就不好了。”

说着小紫萱完了功课过来给舅舅叔叔请安，素姐忙叫开饭。薛老三见又是米饭，愁眉苦脸道：“水面还罢了，这样天天吃米饭，肠子都打结了。”原来素姐跟狄希陈本是南方人，不爱面食，穿越之后吃了几年面食，到了不吃面食的四川，不过偶尔早上吃几个包子罢了，恨不能天天吃大米的，就是小九，也不爱吃面食，只有薛老三吃米饭总不管饱。素姐忙道：“我叫他们现给你下些水面，你先吃两盅酒吧。”

小九听他们两口子说的那些话，却不以为意，知道素姐哄着他呢，见小杏花一盘一盘炒菜摆上来，等不及道：“我要吃那个爆猪肝，叫柳嫂用干辣椒炒的。可有了？”

却见小荷花笑嘻嘻从外边捧了一个盒子道：“这不是？怕凉了，等着她炒完了我亲自取了来。”

原来这个菜，却是小紫萱最爱吃的，所以小九总记着隔几天就要叫厨房做一次，其实他吃不得辣。

素姐便道：“九叔休惯着她，若是只拣爱吃的吃，偏食了就长不高。”

狄希陈却有些溺爱这个小女儿，夹了一筷子炒猪肝到女儿碗里道：“喜欢的多吃些，不喜欢的少吃些，有什么要紧？长那么高做什么。”

薛老三开窍了，也忙夹了一筷子炒青菜给外甥女儿道：“都吃些。”

一家人正吃得热闹，守门的柳荣面色如土地跑了进来道：“门口来了一群人，说是咱们家的亲戚，要进来呢。”素姐放下筷子看他，他又结结巴巴道，“一个个打扮得僧不僧道不道的，领头的一个好像四房的三爷的样子。”

素姐与狄希陈便去看小九，小九站起来道：“我去看看，若真是我三哥，千万不要叫他跟我住一处。”薛老三见小九的样子，笑道：“他们亲兄弟两个不住一处，却像什么话？”

狄希陈想了想道：“若真是，只怕也是想着要长住的，毕竟是做哥哥的，我去看看去。”

这里素姐与薛老三自吃饭，待吃完了方慢慢走到前边，果然坐了一厅的人。那个狄希明三爷穿着僧衣，脚下却是粉底皂靴，头上又是东坡巾，不伦不类地坐在上手高谈阔论。狄希陈与小九都是坐立不安。下边坐着两个道婆打扮的婆子，在那里与三爷一唱一和，素姐在堂下听了半日，已是听明白了：这位狄三爷的妻子没了，他就被这两个装神弄鬼的女神棍哄得都不知道自己姓什么。此来是结社去峨眉烧香，两个女神棍哄他来找狄希陈要钱，跟了来想打秋风。

薛老三因姐姐听得有趣，止住了不肯上前，他就有些着急，忙忙地走了上去与狄希明见礼道："这位是三叔呀？"

狄希明昂然高坐，摆出一副出尘的模样来，微微点头笑道："就是，你哪位？"

薛老三却是个白丁，画个"一"字他当扁担的人，在家管得又严厉，衣裳等物薛教授都不给他做绸缎的，只穿着紫花布袍，他偏要学人家读书人拱了拱手道："在下薛三冬。"

狄希明方晓得是素姐弟弟，又见素姐素面含霜站在那里，他是领过素姐大教的，立刻站了起来赔笑道："原来是三舅，失敬失敬。"又冲着素姐作揖道，"五嫂。"

小九在边上臊得脸通红，便是那两个女神棍都有些看不下去，一个长长脸儿，薄嘴唇的就道："三老爷，这五嫂是咱们叫的，您称声五弟妹就是。"借了这个话头就来与素姐行礼说话。

休说素姐，就是狄希陈也没有见过这样嘴皮子利索，简直是安利销售总监一样的人物。就听得她噼里啪啦说了几大车的话，喷了薛老三一脸的口水，素姐方回过神来道："住口。"

那两位睁了牛一样大的眼看着素姐，素姐方道："我见这位嫂子说话前言不搭后语，想来必是沾了荤腥，叫菩萨怪罪下来迷糊了，快快送了大慈寺去叫高僧念九九八十一天经咒。"就对另一个笑道，"拿了咱们狄大人的帖子去，住持只收你们六十两银子，不然要足足一百二十两呢。"就一迭声叫底下人，那两个女神棍如何不晓得素姐这是赶她们走，只是狄三爷好不容易哄上手的一个羊牯，舍不得就这么放手，还要挣扎着说些场面话，柳荣带着几个儿子连拖带拉就将那个能说会道的拖出门去，后边跟着那一个，夹着尾巴跟在后边走了。

素姐便笑道："这二位在咱们明水镇也是出了名的，我不出门都知道是两个女神仙，三叔怎么与她们一处？”

狄希明哼哈半日，方道：“也是我想念九弟了，正好她们结了社要来烧香，所以一路过来。”

狄希陈便道：“这样的人最坏，哄人家的布施，哪有一分半分到佛祖跟前，都是自家拿去吃用了。三哥以后休与她们来往，要烧香，那大慈寺的方丈就是有道高僧，明儿叫三舅带你去烧香吧。”

狄三爷笑道：“日子长着呢，不急。”又对小九道，“你出门将近一年了，也不往家里捎个信儿，都想着你呢。”

小九就有些不快活，冲素姐使眼色儿，素姐忙道：“也是我才来几日就过年，一直没使人回家捎信，正好三叔来了，过几日回家帮咱们捎信回去。”

狄三爷道：“我来时你们老太爷吩咐了的，说小五老实，叫我在这里看着些儿，省得被人家哄了，待任满了再回去呢。”

狄希陈听了这话，就觉得自己的头都大了三圈，恨素姐当初怎么没有把他打傻。这么一个拿着自己当神仙的能人，比愣头愣脑的薛三舅还叫人头痛，薛三舅就是浑些，心里却是偏着素姐的，比不得这个半瓶醋说话不经大脑，好处都把自己摆前边。也不知道谁吹的邪风，把他吹了这里来。

其实，狄三爷是家里死了娘子，家财几个月被他花用尽了，狄家庄上薛如兼守得严密，他想到小九在成都吃香的喝辣的，也要来分一杯羹。一路上带的银子早叫那两个女神仙哄了去，当了衣裳铺盖方到峨眉山，还偷了人家和尚一件一口钟，不然衣裳都没有得穿。

素姐就叫薛老三回房取了两件布衣来与他换了僧袍，又安排他吃饭。因小九说了不肯跟他一处住，却没有别的地方可以安置他，这样一个人若是放到前衙与衙役们住半日，只怕狄希陈明日就使不动那些地头蛇。素姐思来想去，只有童奶奶母女住的那个院子里还空着两间房，薛老三的院子里也空着两间。因不晓得狄三在女色上如何，只得先将他安置在三舅一处。

因此她就先叫了小桃花来，道：“如今狄三爷要进来你们院里住，你带着小铜钱去收拾出两间西厢房吧。”到了晚上就将狄三送到他们院子西厢歇下。

第二日清早，狄三起来闲走，见对面院门开着，一个十七八岁的俏俊大闺女站在台阶上向下泼洗脸水，他就留了心，要去问薛三冬对门住的是谁。

薛三冬的门还关得紧紧的，他敲了半日，小桃花以为是小铜钱，就骂道："小贱人大清早的拍什么门，仔细我揭了你的皮。"他方晓得这个桃花是通房，自以为知情知趣，笑着退了回自己屋子里坐等素姐来请他吃早饭。

小桃花披了件衣服出来开门，门外却没有人，薛老三就叫她："快回来再睡一会儿。"西厢房里狄神仙一字不落都听进耳里，他独自坐在那里乐，自以为自己是个秀才，比薛三舅跟他家小九都强，狄希陈必然待他不会薄。

原来狄府里与明水庄上不一样，因狄希陈逢三六九要上堂放告，起得就早些，薛老三是不到日上三竿不起床，小九早上也要多睡一会儿，因此早饭是不一处吃的，谁想吃什么自己使人去厨房说。因狄希明是客，又是头一天，柳嫂儿便亲自送了早饭来，狄三爷等不及地问她对面住着什么人。

柳嫂儿笑道："是个才买的丫头，因不服使唤，正想着打发了呢。"一头说一头已是将盒子里一小盆绿豆稀饭先放到桌上，又是一碟大头菜，一碟糟鸭掌，又一大盘包子。

狄三又问："我记得那个小桃花是咱们狄家的呀，怎么给薛三舅做了通房？"

柳嫂儿道："也是因他身边无人服侍，所以将小桃花送了他。"柳嫂儿是个精明的人，见狄三这样问，怕他有样学样也去跟素姐讨小春香，又道："就是小春香，大嫂也送了九少爷呢。"

狄三听了这话，心思就活动起来，素姐身边的丫头个个水灵，若是跟她讨一个，自己家去方不被他们比了下去，又有人服侍，极是有面子的美事。

第四章

寄姐出嫁

狄希明到狄府第二日，就又穿上那件黄不黄红不红的一口钟要出去逛，守门的柳荣见他这般神仙模样，怕他一出门就叫人顶了香烛跪拜，死命地拦住了要把仙气都留在家里，一面就叫人快进去跟素姐说。

素姐无奈，扶着小春香，亲自过来劝他道："三伯一路辛苦，还是多歇几日，待做几身新衣裳换上了再出去逛不迟。"

狄三听得要与他做新衣裳，方不闹了，笑眯眯道："那俺过几日再去逛吧。"掉了头过来，顺手就在小杏花脸蛋上摸了一把又道，"老五好福气呀，跟前人一个比一个水灵。"

小杏花何曾受过这个？薛三舅虽然浑，还晓得挑人下手，对着她们胡话都不乱说一句，狄希陈待她们从来都是温和有礼。这个三老爷不找别人，偏偏找了她，气得她脸上的红都到脖子下边去了，要哭又不敢哭，移了几步躲到小春香与素姐身后去。

素姐的笑脸就收了起来，冷眼看着他不说话。狄三爷端着大伯子的架子，因狄希陈面上礼让了他几分，就当自己是太爷，才轻狂起来。因素姐当面就恼了，方想起这个主儿是不讲情面的人，心里有五分怕她翻脸，忙退了两步道："我先回去吧。"跟后边有狗咬他尾巴一样逃了。

素姐严令几个守门的不许放他出门，方叫人出去找裁缝来与他做衣服。

狄希陈到成都也有半年多，前前后后收了不少绸缎布匹。素姐便让小春香抱了些出来要挑几样给裁缝。

正好狄希陈进来，见桌上摆满了衣料，就问道："这是做什么呢？"

素姐正头痛呢，见他来了笑道："给你家三哥做衣裳呢，若不是柳荣拦住了，他就穿着那件和尚袍出去了。"

狄希陈就有些不快，哼哼道："这么一闹就给他做新衣服，明儿得寸进尺还不知道要些什么呢。"

素姐道："他这么出门，不是丢你的人吗！不给他做，难道叫他穿得高僧一样到处跑？本来就一件都没有，也是要替他做几件的，不然回了山东叫他四处对了人说你抠门，你爹又要生气了。"

"不是说你不该做，做几件换季的衣裳，绸缎的就罢了。"狄希陈皱了眉道，"我记得他还是个童生，没有进学的，穿不得绸缎。"

素姐笑道："我记得在家他身上哪有根线？怎么在家穿得，到了这里就穿不得？"

狄希陈道："他有银子自做，咱们给他做了，难免外头有人说些不中听的话。事虽小，若叫有心人拿住了，也是费银子抹平的事，何苦花了银子还找不自在。"就指着那两匹绸子道，"照这个给我多做几件吧，出门好当便服穿。"

素姐便依了，裁缝收下布料，领了伙计就在小九的院子里做起来。狄三无事就在那里转两圈，不过一天工夫，就先做了一件绸直裰出来，他劈手就拿了去穿在身上道："大小正好。"便扬长而去，走到门首还死活问柳荣要了几十文钱带在身上，方慢慢踱着四方步出去逛。

那个裁缝愁眉苦脸地跟素姐说衣裳被宅里的一位老爷穿走了，素姐笑了半日,只叫他先做布的。

因裁缝说狄希陈的尺码狄三穿正好,小春香就道:"这么着不如不做,将大哥的衣裳挑些出来给他吧。"

小杏花在边上道:"就是大哥的衣裳穿在他身上,他也变不成县太爷!"

素姐看小杏花还在那里生气,笑道:"人家两手空空的来了,总要做几件衣服的,太小气伤了狄家体面,大家脸上都不好看。"

小春香道:"那件绸直裰连工钱怕不要七八两银子,倒便宜他了。也亏得他身量与大哥差不多少,若是五短身材,就占不了这样的便宜。"

素姐因提到他身量与狄希陈差不多,心里灵光一闪,就想到若是将狄希陈的衣裳帽子给他装扮了,只看背影必分不清是谁。那个小寄姐常常趁童奶奶去厨房,走了出来要寻狄希陈的,若是让她拉住了这位狄大仙的袖子,必要吃他亏。到时自己只说她不守妇道,就够她吐血几斗了。素姐越想越畅快,就叫小春香将狄希陈常穿的衣裳,家常戴的方巾,以至于鞋子、汗巾儿都找出几样来,叫先送了他屋子里去。想想还要添把火,又叫了狄希陈近身的小厮小桌子来吩咐他:"这几日在宅里你只跟着三爷,离他不远不近的就好,若是他做下什么事来,就来跟你春香姐说,不必拦他。"

春香见素姐如此,打发小杏花跟小荷花去厨房看菜,问素姐道:"若是他做出什么事来,大嫂要我们做什么?"

素姐笑道:"叫齐了人围上去看热闹,想说什么说什么就是。"

那个童寄姐时不时地在狄希陈经过的道上,不是假装看花,就是拨鞋,无奈狄希陈总带着小桌子,看见她绕路走。只要她一出门,大家有事无事都看戏一般也在她前后走两遭儿,说些风凉话取乐。小春香便笑道:"依我看,大嫂待她也太厚了,不妨减了她们定例的饭食,连灯油都克扣些,好叫她急着寻大哥哭才是。"

素姐含笑不语,小春香便知道她是许了,自去布置。小春香还怕小寄姐不着急,又去小桃花那里说三舅这几日送了东西与童寄,叫小桃花有事无事走到寄姐门口指桑骂槐几句。小桃花受了春香的指点,便依言行事,专挑了童奶奶不在家的时候站在院子门口婊子长,妓女短地说荷香院。

小寄姐起先还忍得住气。谁知渐渐吃用之物都短少起来,童奶奶在厨房做活,柳嫂儿偏要留她一处吃饭，吃完了还要拉着说半日话，不是剩饭菜就是焦锅巴早装好了盒子叫童奶奶拿回去。童奶奶也有心让女儿吃些苦，将来出去好过得日子，并不说什么。

小寄姐毕竟是从小儿富贵日子过惯了的人，就是这几年家里败落了，有童奶奶顶着，也没有认真受过委屈吃过苦。进了狄府，素姐存心要惯她的坏毛病，要叫她将来出去过不得苦日子，吃用之物与主人都差不多少。这样的饭菜她哪里吃得下，就觉得日子难过起来，有心去寻狄希陈，在家里就坐不住。

这日晚饭时，小寄姐因童奶奶还有大半个时辰才回来，趁天色昏暗走到前院树影里等狄希陈。过不多时就见小桌子先进来了，仿佛没看到她，自去厨房那边。随后狄希陈拿着几个大纸包，差不多挡着半边脸进来。

小寄姐忙走到跟前笑道："狄大哥，去我屋里，我有话跟你说。"

狄三爷先听见娇滴滴地喊狄大哥，已是酥麻了半边，不由自主就被小寄姐拉着衣角，牵到她的卧房里。

寄姐房里只点着一碗油灯，灯油里不知道叫小春香掺了什么，点起来忽明忽暗。所以小寄姐只看到衣裳是狄希陈的，并不知道自己认错了人。

待她关上了房门解衣裳，狄三也猜她是把自己当成狄希陈了，有心要占这场便宜，不等她靠过来，就吹熄了灯。凭小寄姐叫了几百几千声哥哥，他都不做声，只是手底下不停，脱了小寄姐的衣裳不算外，连她的缠脚布都拉了下来，抱着她的小脚亲了几口，就将缠脚布拴了她的脚在床档子上。

黑夜里看不见五指，只凭摸索行事，狄三爷是久旷的人，就格外勇猛。小寄姐受不得疼痛，起先还能咬着牙承受，待狄三发了兴致，用起大力来，小寄姐顾不得害羞，娇声哭道："大哥慢些，痛杀我了。"她这里越哭泣，狄三那边越觉得有趣，用力捣得床板吱呀吱呀直响。

却说小桌子远远地跟着童寄姐，见她引了狄三进了她卧房，忙报与春香知道，春香红了脸说与几个媳妇子听，叫点齐了家里男女奴仆，悄悄儿围住了小寄姐卧房前前后后。

素姐与几个大丫头远远地站着，见站在窗下的几个男仆脸上笑得猥亵到不能看了，方道："开门。"

几个男仆巴不得一声，忙点亮了火把，拿脚踢开了房门，就见一男一女两个在床上紧紧缠在一起。狄老三还罢了，见人家来捉，捞了件长衣服穿上，爬了起来站在边上等发落。

小寄姐却是上上下下都光着，两只脚还系在了床档子上。这样七八个火把拿进去，亮如白昼，将她全身上下都叫人看了个遍。素姐远远地见里边白花花一片，忙叫个身边的媳妇子去给她穿衣，却是迟了，一个男仆装做好人去解小寄姐的缠脚布，来来回回已是摸了十来下，方解下了她的双脚，中间还故意将她才拉起盖在身上的半幅被子掀开来。

小寄姐本来镇定，拢了拢头发在被内穿好了衣裳，慢慢下床，正想冲着素姐笑，却看见边上的县太爷换了狄三爷。小寄姐方晓得是认错了人，两腿发软。两个媳妇子夹了她走到门口，按她跪下。

素姐慢慢走到门口，却不看她，只冲着狄三爷道："三爷若是真喜欢她，也跟三舅要小桃花一样说一声儿，能值几个钱，何苦做贼。"又冷笑道，"也是这个丫头，买了来才知道她名声儿不好，听说跟个姓蒋的秀才偷上了，所以咱们今日得了消息来，竟真做下这等不知羞耻的事。"说完了冷笑着看小寄姐。

童奶奶叫柳嫂儿稳住了，到此时才来，见围了一院子的人，她女儿衣裳不整披头散发叫人按了在地上，狄三爷光着腿披了件大衣服站在边上，素姐冷着脸不说话。她急中生智忙走到床前拉了沾血的床单到狄老三跟前跪下道："我女儿叫三老爷玷污了清白，还请奶奶做主。"

素姐也没有料到小寄姐会这般无耻，直接拉了男人到床上谈心，不知道怎么处置她好，只得说了句"丫头偷个把人也是常事"便不开口。

童奶奶抱着女儿不敢再说话，只是哭泣。

狄老三见素姐话虽说得轻巧，却没有放过他的意思，思量着他若此时讨了这个丫头，一床锦被遮了也就无事，吞吐了半日道："我和她你情我愿，五嫂子将她赏了我吧。"

素姐看看小寄姐已是进的气少，出的气多，脸色惨白，虽是她自寻死路，心里也有几分不安，便道："也罢，你二位情之所钟，我也不做拆人姻缘的坏事，就将她送你做个妾吧。"

狄三厚着脸皮道了声谢，众人便都退了出去，只留他们三个在内。

这个小寄姐虽然没有叫别人近过身，一来名声不好，二来方才已是叫人看了个饱，拼命也是扶不了正。狄三便走上前去给了她两个耳光道："还等着摆酒与你上头开脸不成，快去梳洗了来，以后放老实些儿，不许跟男人说话，不然我卖了你们母女两个到丽春院去。"说完了见小寄姐不动，又踢了她两脚。童奶奶死命拦住了，拉着女儿去自己房里梳头穿衣。

狄三也走回那边院里拣出衣裳来穿了，就叫小铜钱去厨房搬了酒菜来，他本意偷个把丫头是常事，主人家不追究送了他，那是赚到了，也不管小寄姐被童奶奶推了来，摆着一副死人脸不肯说话，搂着她抚背扣乳吃了半夜酒，方睡下了。

第二日早上小桃花就等在狄三门口冲里边跟小寄姐道喜："果然成了狄家人呀，童姨娘。"

童奶奶哭得两只眼红肿，清早拎了洗脸水过来与女儿洗脸，悄悄劝她道："你自己打错了主意能怪谁，这位狄三爷家里并没有正妻，只有你一人独大，你哄得他喜欢了，再有了一男半女，人跟前就有了体面，可不比守着那样杀人不见血的狄奶奶强。"劝得小寄姐哭了半日，方慢慢梳洗了换衣裳。

童奶奶又领着她去给素姐磕头，素姐隔着房门叫小春香传话道："好好服侍三爷吧，三爷可不似我们那位好性儿，白挨了打也无人给你做主。待三爷娶了正头大娘子，要晓得低头服小不许争风吃醋。"说得小寄姐的脸红一阵白一阵，最后还赏了她两件绿比甲，几对枕头鞋脚之类，又一副新盆桶，照着人家嫁丫头的嫁妆陪送了些东西，又命厨房摆了两桌酒请春香桃花这些同事的姐姐们吃，外头看也还体面。只是这家人的议论免不了，传得前边周师爷都知道了，都道这个小寄姐偷人胆子不小，狄奶奶成人之美。

唯有晚间狄希陈很是埋怨素姐道："就是把她嫁了也罢，何苦这样做作。"

素姐冷笑道："可是她拉着三伯进的她卧房，都传说你家老三甩了几次都没有甩开她呢。"

狄希陈想想也是，狄三虽然急色，就不见他拖着小春香如何如何，若是小寄姐关了门坐在家里，他也没有胆子敢进人家卧房扒人家衣裳。总是小寄姐把狄三当成了他方行出此不光彩的事。

“也是她自找的，也是你推了一把。”狄希陈心里多少有些不快活，嘟喃道。

“那我拿小荷花去换了回来就是。”素姐故意道。

“别别，宁死不要她，好容易叫你甩了出门。”狄希陈笑着拉素姐的手道，“我只是觉得这样太过。做人总要给别人留三分退路儿。”

“人人都使得，”素姐靠在狄希陈的怀里轻笑，“只有她不行，谁叫她跟我抢你来，必叫她永世不得翻身。你是我的，是我一个人的，谁也不许抢。”

“好好好，你是我的，我是你的，咱们永远不分开。”狄希陈拍着素姐，心里那块永远吊得高高的大石也放了下来。也是小寄姐自寻死路，不然过几年回乡半路上放了她们下船，有她母亲，再有那些银子，哪里过不得日子。

过了几日，素姐打点好了礼物，命狄周押了回家。就叫狄三回乡，狄三失了面子存不住身，好在小寄姐那里也有一二百的银子，狄希陈又送了他二百金，回家很可以过日子，就半推半就坐了江船，带了童寄姐与童奶奶回乡。

狄府去了两个厌物，狄希陈与小九都不必防贼一样出入，自是快意，只有薛老三叹息了几声，只是小寄姐叫人家看了个饱，再是美人也不好拿出手去，想了几日也就丢到脑后。

因春天将到，狄希陈就问城西郊一个富商家借了花园，择了好日子带全家去踏青。一家老小二三十个人坐车的坐车，坐轿的坐轿，离了城门口还不到一里地，却有一个白胡子老头拦住了一顶轿子喊冤。

第五章

狄希陈的心意(上)

狄希陈见略一停下,四下里就围了成百上千的人看,叫人拉了他到自己轿前,隔着轿帘道:"有讼事写了状纸,三六九日放告日去投。"

那老头因狄县太爷态度和蔼,周围又围着许多的人,跪下去就不肯起来,口口声声只是喊冤。狄希陈毕竟做了多半年的官儿,虽然也怀揣着做包青天的打算,却也没有蠢到在大街上拍胸脯说老人家我一定为你做主,只淡淡笑道:"有状纸投上来也罢。明日就是初九,早上到县衙来吧。"

那老头儿方从怀里取出状纸来,狄希陈就道:"小桌子,你接了马上送到衙门里给周师爷。"

小桌子会意,就接了拉着老头儿让到路边,待轿子车马都过去了,也不与老头儿说话,飞一般回县衙拿给周师爷看,周师爷看完了说是没什么要紧,就抄了一份儿给小九道:"这个差使给你吧,坐了一早上了,又想去又不好意思去。"

小九红了脸道:“不去。”

周师爷笑道:“去吧,我今儿要去守备府亲戚那里吃饭,都是内眷,不好带你去的。”

狄希陈今天借的,是蜀中有名的富商的花园,地方极大,又是初春天气,正好踏青,小九其实想去。只是跟小春香碰了面,素姐跟狄希陈总是微微笑,笑得他浑身上下不自在,所以不好意思去。小板凳早就想去了,便拉着小桌子道:“不然咱们两个去吧,留九爷一人在家。”

小九看着外边的春光,心思活动,哪里肯一人对着空荡荡的书房,忙道:“那就去吧。”收了条子,小心折在荷包里,就兴冲冲跟在两个小厮后边朝城外去。

却说狄希陈借的这个花园,主人潘家是做扇子的,每年四川进贡的折扇五千多柄,有一多半都是他家所出。平常发卖的各样折扇就更是数不胜数了。银子钱来得容易,花起来也舍得,学人家修了这么个大园子,也只是闲时来住几日。成都士绅们常借了他的园子请客吃酒。

明朝毕竟不同现代社会,素姐一年到头都不好出得大门,一来是她小脚,二来是怕名声有碍。好容易离了本乡本土,就是与官太太们吃个饭,坐了车去都不好掀窗帘看。狄希陈也曾劝她:“你倒比古人还迂腐了,无事我陪你街上走走又如何?”

素姐苦笑道:“女人不比男人,哪里能由着性子乱来?我若无事出去转两圈,只怕你的名声儿就更不好了。你不记得了?就因为上过几次县城叫我爸爸知道了,还是跟几个女同学一道呢,就说我不老实在家待着,一天到晚在外边疯,结果打断了一根晒衣杆。这几百年前的明朝,只怕没有县官太太去菜市场买菜的吧?”

狄希陈一听素姐说她的乡长爹就头痛,当初多纯洁的同学友谊,非要说是早恋,搞得初中班主任张老师天天找他麻烦,差点儿让他不能毕业。

狄希陈自从到了明朝,就觉得女人一天到晚闷在家里不是好事。她们无聊了,有妻有妾的还能没事进行有益身心健康的宫廷传统娱乐活动,内斗着玩。素姐照说没有人陪她斗,可以无事,谁料她闲下来总神经兮兮地在那里YY,书上写着有个小老婆,又年轻又美丽还会生儿子,总有一天要找了来抢她男人,素姐就记在心上。狄希陈有时候郁闷得要死,穿越这种没有科学依据的事情都发生了,那本破书就肯定全写的是真事?难保不是狄希陈的仇人编了来取乐的。

自从到了四川，素姐常常晚上睡着梦里还要流眼泪，狄希陈问她却不肯说。其实两个人心里都有数，只怕这层纸揭开了影响感情，所以素姐待童寄姐这样，狄希陈心里觉得小寄姐是自寻死路，自己的妻子心理怕也不大健康，再这么下去，只怕去了童寄姐还有李寄姐王寄姐，总要胡思乱想找个假想敌。所以狄希陈就想给素姐找点儿事来做，正巧这个园子边上就有个扇子作坊，可以带了她去瞧瞧。女人嘛，都喜欢小玩意的，要是能引诱她把精力转移到手工制作DIY上，不要老把注意力放在他纳不纳妾这个牛角尖里，两个人相处才不会太辛苦。因此狄希陈就想了法子带她出来开阔眼界，不要做井里的小青蛙。

待到潘家花园，潘家守园的已是打开了大门，因先吩咐过了，只有两个管家模样的妇人迎了上来。小杏花跟小荷花拿团扇挡了左右，扶着素姐在狄希陈身后进去，小桃花已是等不及跳下了车。那两个管家娘子看她的打扮，穿着一身的绸缎，先只道是县太爷的爱妾，又看她与个男人挨着过来，就不知道怎么称呼。柳嫂儿善解人意，在一边笑道："这是狄大人的妻弟。"

管家娘子忙以舅老爷呼之，就要引了他们进去。小春香方抱了小紫萱下车，领了四五个小姑娘也要进去。那一个管家娘子也有些见识，见这群小姑娘虽然穿的衣裳都差不多，其中一个站在大丫鬟身边的，不似那几个交头接耳东张西望，身上穿着蓝底白花棉布的小夹袄，下边系小裙子，站在那里直直的，看到人家也大大方方回视两眼，微微一笑，就知道这个是小姐了，忙弃了舅老爷走过来与她行礼。小春香忙挡住了笑道："嫂子今日辛苦。还请带了我们进去吧。"

说罢递了两个荷包笑道："这是我们小姐的意思，回头奶奶另有赏的。"

那两人欢喜接了，偷偷捏了里边，硬硬的至少也有二钱银子，便是这个荷包儿也绣得好，忙又跪下谢了小姐，引了她们进门。狄希陈等女儿进来，就拉着她的手笑道："这个园子可大，小心走丢了呢。"一群人顺着石子路慢慢走到一个水阁里坐下，那两个管家娘子方自去了。素姐笑道："你们也各自去走走吧。"

薛老三等不及就被小桃花拉了走，小杏花与小荷花就带着小紫萱与小丫头们去池子那边掐了花斗草玩。狄希陈与素姐含笑看了半日，回头身边就只有一个小春香。素姐笑道："你也跟他们一处去玩吧，我们也要四处走一走。"

春香笑道："还得我扶着些儿，这石子路有些滑。"

素姐指指狄希陈，小春香忙笑着小跑了过去寻她们。

因四下里人都离得有些远，狄希陈便拉着素姐的手，要带她四处走走。此处狄希陈也来吃过几次酒，便拉着素姐穿过一丛女贞，带她走小道儿去看西边墙下才开的海棠。

一路走来，素姐便叹气道："这得花多少银子才盖得起这么个公园。不自己住实在可惜。"

狄希陈笑道："主人生财有道，我带你去瞧瞧你就知道了。"果然几枝海棠下有个角门儿，早有个妇人守在那里，见了礼带他们过去作坊里走了一圈。

狄希陈看素姐虽然尽力克制，可是眼睛一直在雕了花的扇骨，各式花样的扇坠子、扇套上打转，转完了出门小脸还兴奋得通红，就知道素姐有了新目标了。两个人走到一个亭子里歇脚，素姐方长吐一口气道："我说怎么《金瓶梅》里头一把扇子上边会咬得细细的牙印子，敢情这会子的扇子顶得上咱们那时的手机了。"

狄希陈笑道："这是进上的，西门庆同学那把描金川扇不过是大路货而已。"又笑道，"西门庆同学那把，其实是行院里人家送的。正经妇道人家都用的是团扇。这种纨绔子弟的标配，花花恶少的调戏道具你是不能用的了，还是我拿一把扮陆小凤吧。"说着拿起刚才问人家要的棕竹骨白面扇扮恶少，伸过来挑素姐的下巴。

素姐让了开道："我看他还有什么紫檀之类金晃晃的。你怎么要了把竹子的？"

狄希陈笑道："那个俗气，咱们读书人就用这样素的，不比那个便宜多少呢。这样一把也要一两银子，再去求书画名家画个扇面儿，够中产之家吃用一年的了。"

素姐叹气道："早知道这样，穿越之前我就该去学个工笔画什么的，一年画十幅扇面儿就够了。"

狄希陈因素姐想得简单，正要与她细说卖字画的日子不一定好过，小九已是隔得远远的一路东张西望一路喊着五哥而来。

第六章

狄希陈的心意(下)

狄希陈见小九来了,怕周师爷有什么话要说,忙招手叫他过来。小九因素姐在后边,就将周师爷抄的那张纸递给狄希陈,笑嘻嘻地掉头去追小桌子小板凳。

素姐见他一蹦一跳的样子还像个孩子,感慨道:"自从离了山东,小九就活泼起来,如今总算有几分孩子的样子。"

狄希陈笑道:"世人都叫他这张脸唬住了,经他手办的事儿,人拿不住半点儿错。前儿他还跟我说呢,叫我将银子换了茶引盐引,路上行李就看不出什么来,到扬州再转手,利也丰厚。"

素姐听了也说是好主意,狄希陈道:"如何不是好主意呢,只是他一个十来岁的孩子想出来的,不免有些叫人不放心他的来历。不如你再找个机会试他一试?"

素姐想了想笑道:"是又如何?不是又如何?如今你都把他和你绑一条绳上了,你倒霉他也讨不到好去。好不好都是一个狄字,依着我,糊涂二字最好。"

狄希陈瞅了素姐两眼，笑道："这个时候你又讲糊涂了？依着我，小寄姐半道上叫她们下了船就是，你打倒了还要踩上几脚，非要拴在眼前，何苦。"

素姐听他这样说，冷笑道："你来的一路上，怎么不打发人下船？总是碍着童奶奶罢了，跟你说几句怕就心软了，一路带回到山东去，就名正言顺了！若是我不依，令堂正好休了我，只怕我那个娘家都不让我进门。纳不纳这个妾就不是你我说了算，陆游还斗不过他妈呢。"

狄希陈道："大不了咱们一家四口搬走，又不是什么难事。"

素姐看了狄希陈半天，方笑道："你还是原来的脾气，遇到搞不定的事情就拖，拖不了的就躲。咱们好好过日子，凭什么叫她搅和了？我不先下手除了后患，躲她一世呢？也叫那些动心思的人小心，自己先就通了，省得我再动手。"

狄希陈皱眉道："你还是太冲动了，我怕你日后气平了后悔。以后回了山东，亲族知道了，不知道怎么说你呢。"

素姐板了脸道："我恶名儿在外，也叫人小心，不要惹恼了我。当初要不是我妈心软，死活拉着我，不让我去那个贱人单位闹，我一定闹得她被开除。好名声又不能当饭吃。"

狄希陈见素姐又提旧事，忙道："不能比的。也罢，事都做出来，以后咱们看着狄希明点儿，不叫他往邪路上走，也就对得起她们母女了。"

素姐笑道："有童奶奶那个人精在，只怕咱们回家，小寄姐早踩他头上了。"

狄希陈也笑道："难怪你家老三问你讨，你死活不给，原来是怕了她。"

"我家老三是个老实人，放她手里三天就教坏了。"素姐拍拍狄希陈身上的落花，笑道，"照老规矩，这个人以后不再提，怎么样？"

狄希陈含笑点头，摘去素姐头上的花瓣。他们确定恋爱关系是高三毕业那一年。素素的妈妈一个人不能支持她大一的费用，有个一直喜欢素素的二百五跑来说只要先订亲，毕业结婚，可以供她上大学。当时素素不愿拿堂弟妹们的学费上大学，情愿去打工。他去建筑工地做了两个月的小工，跟素素的家人一起凑够了报名费。临走时那个二百五还来纠缠，让他跟素素的两个堂弟打了个半死，自己也被人家揍得像个猪头，素素抱着他哭的时候，他就说过："这个人，咱们以后不提。"如今素素说这句话，让他想起了自己那时的心情，和此时的她并没有什么不同，一样的害怕失去。当初红了眼，要不是边上人拉着，只怕那个二百五都会让他打死。现在回想起来，只有后怕，并没有后悔，重来一次的话，还想打死他。

素姐因四下里无人，就想踮起脚来亲狄希陈一口，狄希陈伸手搂过她，眼角正瞥见一个人影在树影里一闪，忙松了手道："有人呢，晚上交公粮呀。"

素姐红了脸四处看看，只看到几条柳枝儿无风自动，便道："咱们看看孩子去吧。"狄希陈便扶着她走到水阁边坐下，见女儿玩得正开心，一群人在那里大呼小叫跟小九一起老鹰捉小鸡，就不招呼他们，坐下拿出那张纸细看。

素姐无事，就靠过来瞧，她平常看的都是楷书，这样的狂草就有些不认得，看了半天笑道："说了些什么呢？"

狄希陈便将大意说给她听。这个老头儿是个小生意人，给两个儿子订了一家的两个女儿为妻。谁知道那家的两个闺女跟街坊有私情，跑了十来天才回来。现在他要退亲，人家不肯退，说女儿是清白的，老头儿不愿要这样的媳妇，来告官退亲。

周师爷的意思是这样的案子不牵连什么人，该怎么办就怎么办。素姐一听是两个，就想起来自己来时路上捡的那两个女子，忙道："只怕牵上我了。我们来时在三峡江里捞上来两个成都的姑娘呢。是大的与隔壁一个无赖有约，结果叫他卖给过路的什么公子了。两个姑娘倒是硬气，跳了江。我怕问多了惹事上身，什么都没有问她们，到了成都她说有个舅舅在码头，就领了去了，因事忙就没想起来和你说。万一是这两个，审起来只怕你要回避吧。"

狄希陈忙道："这么着，我明日先拖一拖他，先叫人打听仔细了再说。就是真牵上你了，也无大事，叫个管家上堂就完了。"

素姐听他这么说，料得无事。今日与狄希陈将心里的阴影都去除了，十分地开心，心思便围着那个扇子转，问狄希陈要了那把扇子，拿在手里翻来翻去地看。

柳嫂儿因他们走了半日才回来，就将预备好的点心与茶送了上来。狄希陈揭开了茶碗，比自己平常喝的要香得多，就问是什么茶，柳嫂笑道："这是主人家送来的，还有一桌酒席。"狄希陈点点头，问素姐可准备好了赏钱。

素姐放下扇子笑道："有的。"看见桌上摆的点心，有几盘是家里的，还有几个盘子眼生得很，怕也是主人家的，就挑了一块红棱饼尝尝，不过比平常买的精致些，那几个盘子都是蜜饯玫瑰、金橘之类，便叫柳嫂儿拿了个大盒子来，将点心全倒在里边送到草地上给小九跟孩子们吃。狄希陈就想叫女儿先过来喝茶，素姐忙道："教她多玩会子吧，过几年大了，哪能这样疯。"

狄希陈看着素姐笑了笑道："我还以为你要教出个笑不露牙齿的女儿来呢。"因难得偷半日闲，不知不觉就靠在椅上睡着了。素姐见他睡得香甜，招了招手儿，叫小春香拿了带来的一件夹袄给他盖上，方与小春香走到厨房去看柳嫂儿备饭。

那个厨房极大，三间并不曾隔断，一进门当中放着一张大桌，上边摆着干果等吃酒之物，还有八盘凉菜。灶上几个厨娘正在忙碌，柳嫂儿却坐在靠墙的一张小桌边与个管家娘子说话，见素姐进来，都站了起来，那个管家娘子就要请安问好，素姐笑问："这位嫂子怎么称呼？"

柳嫂儿笑道："这是钱嫂子，烧得一手好菜，我正与她说呢，要请她教我几手儿。"

那钱嫂子赔笑道："不中吃。"

素姐看都差不多了，便点了点头，突然闻到一股子炒干辣椒的香味，忙道："这是什么？"

钱嫂子道："这个是辣椒，南方传来才几年，也只有咱们家种了些。"

素姐忙走上前几步，钱嫂子就知道她是要看看了，拉开一个大抽屉，里边满满一屉的干辣椒，又细又长，素姐拿起一个来碾碎了，与后世的味道差不多少，比自己家种的可是辣多了。想来狄希陈在京里寻来的并不是良种。

素姐有心讨一些，就笑道："这个我们家也有，却是磨了糊拌酱炒菜。"

钱嫂子笑道："这个做法却新鲜，我们只知道晒干了当香料用的。"

素姐道："只怕是各地水土不同，做法也不同。我瞧钱嫂子也是爱吃辣的，不如咱们换了种子种吧。"

钱嫂子忙叫人去取了一包辣椒籽来，素姐就叫个人送回家去，问狄周媳妇要前日山东带来的辣椒种子，拿一包来。

待到菜摆到一个向阳的厅里，一家人都坐下，狄希陈见有半桌子菜都是红通通的，冲着小九笑了笑道："多吃些，比咱们家做的地道。"

柳嫂儿上完了菜就笑道："主人家送了咱们一大包干辣椒，大哥若喜欢，咱们明天也能炒辣子鸡。"

狄希陈冲素姐两手一摊，那意思是咱们想借辣椒发家致富的念头是打不起了。素姐也自好笑，YY小说里边随便哪一样都能发大财，可是真穿到了明朝才发现，古代人聪明着呢，一把小小的折扇，就做出了极大的名堂。还好自己没有拿人家穿越红文当生活指南。

在座的除了小九都是爱吃辣的，看小九面前放了一个大碗，拣起块红烧辣子鸡，在水里洗洗才吃，吃了半口又要喝茶，薛老三笑得格外快意，故意夹了大块鸡肉给小紫萱道："好吃多吃些。"

待到厨子上来，素姐就将赏钱都发了。因钱嫂子极识趣，另赏了她二两银子。

临起身时，那两个管家娘子又捧了两匣扇子来，素姐看外边的匣子都是雕漆的，就看狄希陈，狄希陈见了那个盒子眼睛都放出光来，笑道："扰了一日了，还这样客气做什么？拿上等赏封儿给这两位嫂子。"小春香忙拿出两包赏钱来，与小荷花接了匣子。

待到了家，狄希陈就先去找周师爷说明缘故，周师爷想了想笑道："且先审吧，若真是再交上去。现在就回避，倒显得有私了。"

狄希陈便依了，两个人说些闲话。后边柳荣送了一碗烧鸭子、一盘清蒸鱼、一碗白菜烧粉丝、一碟凤爪并一壶酒到前边来给周师爷，请狄希陈回家吃晚饭。周师爷笑道："自从夫人来了，日日如此，多谢多谢。"

狄希陈心里记挂着那些扇子莫叫薛老三要了去，忙道："应该的，先生慢用。"言罢忙忙地回家。

第七章
无间卖花婆子

果然薛老三对几上的两匣扇子爱不释手，这把摸摸喜欢，那把扇扇极爱。小九也坐在边上一脸的期待，眼巴巴地看着素姐。

素姐白天把玩了半日那把素面竹扇，心里想着的就是若是回到山东，可做得来。休看此物不过几片竹子钉个钉子，若是要做到这么好，却不容易。扇骨要雕花，就要巧手工匠，扇面的用纸又要精良，只怕还得自己另起造纸作坊，再加上小小扇坠，就是拿绳子打几个结，自己那明水庄上的农妇还要现教，能不能学会更是两说。因此她越想越是泄气。

狄希陈进来，见老三跟小九都眼巴巴地看着素姐，素姐却在一边发呆，忙笑道:“这个你们一人挑一柄吧，这个不易得，我收着回山东要送人的。”

薛老三还有话说，见小九都伸了手去拿，生怕他拣了自己爱的那一柄，忙忙地去拿。狄希陈待他一人拿了一柄在手，自己也拣了一柄松竹梅结寿福禄的扇子在手，忙叫小荷花："快收了里屋去，谁也不许动。"

又将手里这一柄递给小杏花道："送了前边给周师爷。"

素姐见他们三个如此，笑道："什么好东西，偏要这样抢。"

狄希陈便道："我也去潘园吃过几次酒，他从来没有这么大方过，差不多的人问他要，送匣平常的就罢了。休看这二十四把扇子，每样进贡宫里边，一年不过几柄。好容易得的吗？"

小九也道："就是那两个漆盒，也是难得的，嫂子莫要随便送人。这两个盒子并扇子差不多三百金了。"

素姐想了半日苦笑道："我知道为什么了，他是见我们去他作坊逛，怕我们算计他。"

狄希陈想了想，若是县太爷去自己家作坊看了半日，也怕他不只是看看。果然自己考虑得不周全，无意中叫人家担惊受怕。只是事已至此，再有什么话说，人家惊疑更甚，便道："却是我大意了。以后记着，不要再跟潘园的人打交道吧。若是他存了我们算计他的想头，我们一举一动都能看出别的意思来，反倒不好了。"

素姐也点头道："咱们为什么做官？早知如此就不要去他家作坊逛了，害人家担惊受怕的，怎么着也要把这几样东西还人家吧？"

因素姐这样说，薛老三忙将扇子揣到怀里道："送出去的东西不能要回去。"

小九忙道："收了没消息，他就安心了。还了，只怕人家更怕。"

狄希陈笑着称是，摆手道："破家的衙役，灭门的知县，就这样吧，以后咱们回家买东西送人川扇这一项就不必了。"

素姐便将这事记在心里，虽是无意之举，若是原先的吴知府，只怕又有话说。这还罢了，那位潘员外，一定将狄希陈归到贪官那一类。偏偏狄希陈与小九说的都在理，此事只能不了了之。想了半日，狄希陈的官儿再做两年就能回乡，到时就不必这样步步小心了。

狄希陈看素姐想得出神，安慰她道："咱们以前总说当官好，其实这个小官儿也不好当的。"

小九见饭摆齐了，就笑道："朝中有人好做官呀。若是打出了杨尚书的旗号，吴知府也不敢拿咱们怎么着，他那位妻兄还是杨尚书门生呢。五哥就是太谨慎了。"

狄希陈见薛老三听得眉飞色舞，忙道："咱们与杨大人合伙，这事不能提的。大家心知肚明还罢了，不然又可以参我一款狗仗人势的大罪了。"

素姐听了瞪狄希陈一眼道："吃饭，今天的鱼不错。"

薛老三是个老实人，听不出狄希陈是敲打他，见素姐好好的又恼了，就不敢乱说话，低了头夹块鱼剔了刺给小紫萱吃。素姐想起来问他："你临走时三弟妹可是有了？"

薛老三笑道："我哪知道她，每日里无事不是她姐夫考上秀才了，就是她兄弟又买了田地。"

素姐好意劝他道："夫妻过日子这是正经，她也是想你上进的意思。"

因说到上进，薛老三怒道："老头子偏心。当初咱们家请先生，说我小，不叫我去。等你们都进了学，又说俺不是那块料，不给俺请先生。"

原来狄薛相三家合请程先生的时候，小三儿才两岁。等他大了，薛教授亲自教了他几日，见他那心思就似上好牛皮糊住了七窍，拿锥子扎也扎不出个眼来，就泄了气。因家里有举人秀才支持门户，这个小三虽是个白丁，有举人哥哥人也不敢对他怎么样，就罢了。当时薛三冬年小，不叫他读书他大乐，如今见哥哥姐夫都做了官，他不说自己不是读书的材料，只说父母偏心。

素姐见他发作，忙替他布菜道："还有五十岁的童生八十岁的举人呢。你若是真肯念书，自己也请得起先生了，就算念得慢些，再过二十年也能进个学。"

说得薛老三面色如土，埋头吃饭。小九冲小紫萱做了个鬼脸，小紫萱忙站起来给舅舅夹了一块肉道："舅舅吃肉。"小滑头看狄希陈似笑非笑，干脆又每人夹了一块，方坐下来等她爹爹夸她。

狄希陈道："小紫萱也有六岁了，不如请个先生教她。"

素姐不肯，笑道："女孩子家又不考秀才，认几个字我教就是，找个迂腐老头教傻了怎么办？还要学管家，学针钱，学这个学那个。"

说得小紫萱眉头都皱到了一处，抱着素姐道："娘，俺就学识字好不好？"

素姐道："不难的，很好玩。"

狄希陈笑道："你娘会把荷包变成猪肚子，可有本事了。"说得一桌子人都笑了。

第二日狄希陈前边回来，素姐记着那个告状的老头，便问他审得如何。狄希陈笑道："不过先问问，签了票找被告来堂审还要排日子呢。"便将故事说与素姐听。

原来这个老头姓李，家里在打铜街口开了个杂货铺子，日子也还过得。去年春天给两个儿子说了亲事，却是老朋友张家的一对姐妹。张家姐妹去年有一日说要去烧香，清早去了就再也没有回来。都以为必是让拐子拐了去，两家人找了十几天，居然让她们家舅舅送了来家。

李家就怕娶回家两个破罐，张家催着要办喜事，左推右推方说了要验验，谁知请了媒婆验了那个大的还是女儿，小的却无论如何不肯让媒婆去验。李家就指了这个由头要退亲。张家抵死说两个女儿是赌气躲在舅妈娘家住了几日，本来无事，不能顶着这个名声退亲。因两家争吵不下，李老头气极了才来告官。

素姐便道："是不是那两个呢？"

狄希陈笑道："只怕就是了，日子都对得上，那个母舅又正好是在码头开茶馆的。我就没有着人去问。"

素姐忙道："那我们要不要实话实说？"

狄希陈摇头道："还不到时候，他们自己吵了出来再说。咱们提了是坏人家名声儿，虽说验了是女儿，若真是叫人拐了，也嫁不出去。"

素姐笑道："原来我救个人也会惹麻烦上身，好人真是不能做呀。"

狄希陈笑道："做人总要对得起良心，我想法子让他们和解吧。"

素姐点头，因小春香进来，就不再提，问春香有什么话说。

春香笑道："新知府夫人荐了个卖花的王婆子来。大嫂可要见见她？"

素姐也知道古代有这种职业，因为大户人家的女人们不出门，就有妇人走东家串西家拎了头花、不值钱的首饰胭脂之类的小东西，半是人情半是买卖。只是在山东时，小门小户的人家不来，待有了钱又搬到庄上去住，就没见识过这样的人。

狄希陈却道："这种人也卖东西也拉皮条，远着些吧。"

素姐笑道："林夫人荐了来的，只怕还是要见见，春香叫人家进来吧，再去跟门上说，再有这类的人，必得跟我说过了才能放人家进来。"

狄希陈就道："你心里有数就好，我还是到前边去吧，晚饭跟周师爷小九一处吃。"

那个王婆子跟着小春香一路走一路问她狄奶奶是哪里人，房里有几个姐姐等语，小春香因狄希陈说了要远着些她，只微微笑着并不回答。王婆子边走边看，后宅里的墙都拿石灰刷得雪白。进了上房，当中条桌上摆着一只青花瓷瓶跟一面铜镜。墙上挂着的画是松竹梅三样。椅子上摆着几个垫子，都是平常的青缎子，一看就是自己家里缝的。狄奶奶穿着家常的夹袄儿，白绫裙子，坐在东边屋里，面前圆桌上摆着茶壶茶碗笔砚等物，还有一面算盘跟一堆账本堆在手边。

素姐见这个王婆子穿的豆绿夹袄，紫布裙子，头上插了好几朵花，一看就不是个老实妇人的样了，进来了一双眼睛先乱转，半日方福了一福问好。

因是林夫人荐了来的，素姐只得笑道："王妈妈好呀，搬个板凳来给妈妈坐。"

王婆子便将她带来的那个竹箱子搁在几上，笑道："林奶奶那里常去，因说起狄奶奶会调理人，家里几个姐姐，今天一见果然生个好模样。"

素姐被她半文不白的官话差点儿呛到，忙放下茶碗道："王妈妈带了些什么好东西，快叫我瞧瞧。"

王婆子本来还想美言几句，拍素姐几句马屁，却不料素姐行事爽利，忙将那个箱子又拎到圆桌上，春香就将桌上的东西都搬走了，帮着王婆子开箱子。

素姐看那个竹子编的小箱子跟十七寸显示器差不多大小，开了盖子，里边又跟饭盒一样分了三层，都拿出来摆在桌上。头一层是些通草编的花朵，各种花样的绒头花，并些打结的绳子之类。还有一层是装玉花玉结的翠叶，却比市面上卖的要精致些。最后一层却是几个盒子。王婆子见素姐盯着看，忙揭了盖子，都是些金银丝穿的珠花和挑牌。还有一大盒却是散珠子，大小不一，大的有绿豆大，小的只有半粒米大。

小春香拿起一朵盘成海棠花样的珠花细看了半日，方笑道："这个是铜丝穿的吧？"

王婆子笑道："就是铜线，小本生意，哪里用得起金呢。"因素姐只是看看，没有动手，她还有些眼色，就不夸耀。

素姐因她还算识趣，方伸手在散珠盘里拨了拨，问她："这些可卖吗？"

王婆子忙道："卖，这些本是小妇人在门房候着无事穿珠花用的。奶奶若想买了自己穿，家里还有好的呢。"

素姐笑道:“就这样的很好,穿着玩吧,还要问你买些铜线。”就叫小春香去拿个小秤来。

王婆子忙笑道:“有二斤多点儿,就算二斤吧,这样的小珠不值什么钱的。五两银子。几根铜线值什么。”又自箱底取了一把铜钱出来。

素姐笑道:“果然不贵。”

小春香忙取了银子递给王婆子笑道:“你今日做成了生意,我问你要这个做中人钱。”便取了她两个翠叶道,“不拿你珠花,看你吓得,这两个可使得?”

王婆子忙笑道:“姐姐喜欢只管拿去。”又拣了两个翠叶与她,小春香取了笑道:“这两个给她们吧。”

素姐笑道:“也叫她们两个上来瞧瞧。”笑对王婆子道,“她们拣的我自与你算银子,她哄你呢。小本生意不容易的。”

小春香就笑着去叫了小荷花与小杏花过来。小荷花见素姐买了珠子,知道她要自己穿珠花,笑道:“俺不要那些,大嫂穿的珠花若不喜欢,就给我了吧。”

王婆子这几个珠花手工粗糙,本就是准备卖给管家娘子们的。因素姐要穿,道:“我还有好些花样呢,不然我来穿几个给奶奶瞧。”

素姐上大学时女孩子都流行DIY,买了一袋一袋的小珠子穿项链、小动物之类的东西,在别人是娱乐,她却是穿好了要卖给学校门口的小店,穿这些东西却不在话下。只是铜线没有钓鱼线好用。此时叫这些小东西引得手痒,立时抽了一根细铜线,又挑了几十粒一样大小的圆珠,边串边扭,手里就多出一朵小花来,再拿小银剪抵着紧了紧,将多的铜线剪去一些,两头都铰成扣眼儿,随手扔给小荷花道:“再打上结接上穗子,可以做扇坠儿。手生了许多,总不成个样子,要是有结实的线就好了。我还会编个小猫小狗呢。”

王婆子笑道:“那个有拿麻线泡过药料煮了的,我家里也有,明日送了来。”

素姐笑道:“我要什么你都有,哄我是傻子呢。还不是各处寻了来的。王妈妈你就明白赚个跑路钱罢了。”

王婆子道:“果然奶奶都知道了,实不瞒奶奶说,这个线也不是麻的,是人家不知道什么做的,却不好买。”眼见素姐淡淡的,就要辞了去。

素姐道:“春香将翠叶的钱算给她,王妈妈若是寻得了那线再来吧。”

那个王婆子得了钱出了狄府就直奔知府家去了。林知府与夫人正在一处说话，就问她狄奶奶如何。

王婆子笑道："跟前几个人都是极宠爱的，管得也严，不肯占我的小便宜。不似人家说的那么泼悍，人极精明的，也还肯给人留个余地。"

林夫人打发了王婆子下去，就笑道："我说的你还不信，偏说他与前头吴知府是一路人，正好揪了出来跟那位示好。要从这里下手查过去怕是不易。我劝你还是算了吧，他们都是识趣的人，不如大家都闷声发财。"

林大人笑道："也罢，只怕吴大人倒台是上边人寻不了那位的不是，借他开刀。我在这里最多不过大半年，且乐一日是一日。好容易到成都来嘛。"

第八章 难得糊涂

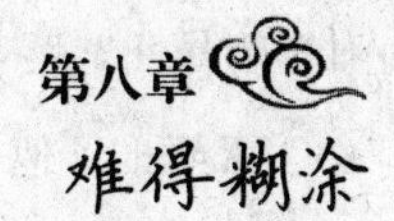

素姐一心想着要寻块地方种下潘家的辣椒,就与狄希陈商量问谁借几亩地。

狄希陈道:“在咱们是小事,别人眼里就是是非。你又不等那几个钱使,咱们过两年回家种吧。”

素姐不肯糟蹋了种子,又要在后宅找块地种,狄希陈又道:“也罢,就咱们那个后院吧,种了出来留种子也好。”

素姐方笑了道:“你今儿要去林大人家吃酒,我这里有两样东西你捎了给林夫人吧。”就从妆盒里取了一个锡盒来,下边垫着棉花,上面却是一支珠凤,一支小碎珠穿成了花骨朵的金簪。狄希陈对这些东西虽不大留心,也瞧得出来只是手工费了心思,并不值钱,接了笑道:“明儿买些好珠你穿,这个送人有些拿不出手。”

素姐冷笑道:“你糊涂了不是,那个卖珠子的可是谁荐了来的?你去了只叫个人送了里边去,什么话也别说。”

狄希陈有些受不了这些女人神神秘秘的，问她：“难道她也是穿来的，你们要对个暗号儿？”

素姐推了他一把道：“哪有那么多穿来的。她荐了人来，我要谢她，只是个心意。你送去就完了。”

素姐打发了狄希陈出门，就叫了女儿和大小丫头们都到跟前来，道：“如今小姐也不小了，不能每日玩耍。除了读书识字，别的都得学学。”就将昨晚上与狄希陈商量好了的几条写到了纸上，命小荷花贴到里屋的板壁上，又念与女儿听，每日早起梳洗请安时要背前日的功课，然后半个时辰素姐自讲些书与她听，丫头们无事的也许来听。头一日早饭后到厨房跟着柳嫂儿学做菜，第二日跟着小春香或是小荷花学针线，第三日仍是去厨房，第四日自己教她算账管家，第五日没有功课，任她玩耍。

因素姐板着脸说话，小紫萱心里不情愿也不敢说话，都应了。素姐就招了柳嫂儿带了孩子们去厨房帮着做活，叫小杏花在边上守着。

小春香舍不得紫萱吃苦，待房里无人就为小姐求情。素姐道：“孩子聪明尽有，却是叫大人们宠坏了。我怕她长大了像那个小寄姐一般不知进退。”

春香鼻子里笑了一声道：“她不过是个破落铜匠家的女儿，能有什么家教？”

素姐叹气道：“童奶奶也是个好的，不是为了寻几两银子生活不管她，她哪里会是这样。虽说女儿要娇养，也要明白事理才对。惯得这样无法无天，将来到了婆家怎么得了？”

小春香笑道：“我从前不识字倒不觉得有什么，自从跟着大嫂认得几个字，就觉得男人说话行事，不一定都有道理。”

素姐道：“可不是呢，不然怎么男人老说女子无才就是德，傻傻的人怎么说怎么好，才喜欢呢。有本事的女人，不知不觉就哄得男人跟着她走，我们要学的还多着呢。”

小春香叫素姐说得脸都红了，低了头哧哧地笑。素姐就想起来道：“小九却是个好的，只是委屈你做妾，不知道将来正房如何。”

春香声如蚊蚋：“我学调羹那样。”

素姐笑道：“她也是个好的，你跟她学是不错。”想起来叹气道，“老太太也是容不得妾的人，偏偏不能动离不开她，两个人都可怜。”

小春香不好接口，就拿了自己穿的一个珠花来给素姐瞧。也不知道她是想做什么，看不出来形状，不等素姐说自己忙拆了。

素姐因大些的珠子都拣出来分形状摆好，盘内都是些颜色不一的小珠，长的扁的都有，正好能编几个蜻蜓蝴蝶。这样的小动物以前素姐都是拿细铁丝串的，用铜钱也趁手。

小春香见了如何不爱，就坐下来看素姐先拿珠子排出了形状，方一个一个拾了起来穿上。过了好半日，素姐觉得手都酸了，还有一个翅膀没有穿完，丢了笑道："你的珠花呢？"

小春香摇头道："我做这个却不如小荷花跟小杏花。"

素姐道："你先拿简单的练手呀。"就手把手教她做耳坠子。她两个这里说得正热闹，狄希陈已经回家，见素姐的心思都在这上边，不像从前总嘀咕无聊，就觉得自己的主意高明，故意咳嗽了一声道："天要黑了，开晚饭吧。"

春香忙收拾了桌子，一溜烟退了出去，生怕跟小九打照面。素姐靠着桌子，见了她这样就想笑，狄希陈见她笑得跟人家妈似的，笑话她道："你对她倒比对紫萱亲热些。对自己女儿反倒是板着脸的时候多。"

素姐啐他道："你已经是慈父了，我只能做个严母，不然咱们换换。"

狄希陈道："家事都交付与你，你说了算。对了，方才隔壁杨家送了帖子来请你明日过去吃饭。"

素姐叹气："还以为我下岗了呢。看见她们就头痛。"虽是这样说，吃过了晚饭，还是打点第二日要穿戴的衣裳首饰。

却说杨夫人的居委会开会，并没有请林知府的夫人。素姐等吃过了茶，杨夫人就叫屋里侍候的人都退下了，方问道："有个王卖婆，可到你们家去过？"

素姐见人人都点头，也道："我还买了她两斤碎珠呢。"

杨夫人就道："这个王卖婆昨日犯了事，叫人扭送到刑厅，被我家那位略吓一吓，就什么都说了，因牵着林知府，只叫书办拿了供状送了知府大人家去，今天早上听说已是打死了。"

素姐心里惊疑不定，难道那个林夫人荐了个卖花婆子没有安好心？想来想去也想不出林知府要对付他们的理由，只愣愣地看着杨夫人。

杨夫人又道：“我们却是一根绳儿上拴着了，大家都小心些吧，只盼新知府早些来任上。”

说完了又笑道：“姐姐们都请回吧，不定让哪阵风就刮到了，还是回家与男人们商议要紧。”那两位告辞，素姐落后，杨夫人却拉了她到内室里坐下。

素姐此时草木皆兵，本来以为官官相护，大家糊涂好做官。现在看来满不是一回事，就是杨夫人，也不见得句句都是实话，若是自己不晓得深浅也一脚踩了进去，哪里找做阁老的兄弟来搭救。杨夫人说的那些话，听了越发觉得半真半假，只是含笑随口道：“不会吧，林大人光明磊落，是个好官儿。林夫人脾气很好。”就不肯吐半个坏字。

杨夫人见自己劝说了半日，素姐都不开窍。本来那些话却是杨大人教的，杨夫人都说完了见素姐不上套，只当她真是个老实人，无话找话又与她说些如今过日子艰难，一石米至少也要五钱银子，白面却要七钱。两人都是当家的女人，说起这个都热心，算起来杨家一个月柴米油盐七件事上花费总要三四十两银子，素姐也知道这个数做不得准，虽然刑厅不似知县知府日日都有进账，却是揪着一个最少总有一二百两，哪里就过不得日子了。

素姐回家避了众人将王卖婆之事说与狄希陈听，狄希陈先是生气，半日不说话，最后却笑道：“林大人署印，想是怕阁老将气撒到他头上，所以必要找个替死鬼挡一挡。杨大人却是打错了主意。咱们不是送了几十个工匠给吴夫人娘家了吗？他倒不倒台，咱们都无事。”

素姐便问：“若是这么着，这两位的聚会我都不必参加了，在家里装病就好。天天东家长西家短，还要小心不能说错一句半句，累。”

因白天杨夫人算她家一个月要三四十两银子，就问狄希陈道：“咱们家一个月总要六十来两的家用，杨家却只要三四十，是不是他家人少些儿？”

狄希陈道：“比咱们家还多着二十来个人呢。只是咱们日用没那么小气罢了，一个钱两个钱都要算。”

素姐不以为然，狄自强从小一路顺风，不知道什么叫穷。待到名字改成狄希陈，出门身上一两银子都不带的人，花钱更是大方，总说能挣的就能花。她心里就留了心，叫薛老三出去逛，人家交易他在边上细听都是多少钱，可怜薛三舅爷是个不在行的人，哪里做得来这样精细的事，没头苍蝇一样乱撞了几天一无所获，又怕跌了面子不敢跟素姐说，偷偷去求小九。

小九却是晓得些狄府家人的底细，那几个做买办的家人都是到了成都才成的亲，娶的不是皂隶的侄女就是快手的妹子，心思自然就活，买什么总要从中取些利，也还是惧怕素姐的板子，小打小敲罢了。前些日子狄希陈与周师爷几个说起过，都说只要不打着主人的旗号在外边揽讼骗钱，这样的小事睁只眼闭只眼也罢了。素姐若是认真去查，牵出的那些衙役们哪一个是省事的？

因此他就先拉着薛老三出去吃了半日酒，打赏了店内的伙计问他柴米油盐等物的时价，待回了家一一记下来交给薛老三，老三忙捏在手里到素姐跟前表功。小九就寻着狄希陈将这事的轻重说与狄希陈听："嫂子怕是不知道这些人的本事，五哥不妨劝劝她，得放手且放手吧。"

狄希陈笑道："她若是要做什么，必先和我商量的。待她算清了账再将利害说给她听，她就信了。我打赌正在家算账呢。"

果然两人进门，素姐正与小春香两个面前摊了七八本账，在那里算盘拨得叭叭响，就是小紫萱面前也摆着一本账，叫她看着玩。

狄希陈笑道："可算完了？"

素姐抬了头见他们兄弟两个笑嘻嘻过来，抱怨道："若是和你一起来成都，他们哪敢这样欺骗主人。我才算了上个月的，若照老三抄的这个价，三十两顶了天了。居然敢多报四十两。"

狄希陈道："我跟九弟这里还有一本账，要算给你听。小春香，你把账本儿都收了带小紫萱去厨房看看晚饭吃什么。"

小杏花送了三碗茶上来，又反手把门关上了。狄希陈方道："杨夫人会算账，管家们家里都无油水，手就朝外了。若是有什么不大不小，正好可以拿来沽名钓誉的事，就敢收了人家十两八两跟杨大人求情。若是不依，这些奴才就敢在衙门里求杨大人说那日夫人要打你是我报的信，那一日夫人打了你十来下不是我家媳妇死命挡了如何如何，必叫杨大人招架不住才罢。"

狄希陈说到这里看着素姐笑。素姐道："可有管家去求你？"

小九忙忍住笑道："咱们家却无此事，一来他们有银子可赚，不必费心去跟衙役们勾通。二来凡事都走的前头周师爷的门路，他心里明镜一般，当收的收，不当收的挡。所以咱们的名声儿好，成都府这些人都不如咱们呢。"

素姐想了想笑道："难怪人说水至清则无鱼，原来鱼是这样养的。只是他们也太贪了些。"

狄希陈就劝她："那几个买办不与妻家勾结讹打官司的小百姓的钱，就是心里装着主人了。多少几两银子，买忠仆家里没有口舌，好多着呢。"

素姐看了看账本，还是有些气不平，笑道："他有张良计，我有过墙梯。正愁家里人多了住不下，也要打发几房家人回去。"

小九忙摇头道："你打发了，又有来投的。若是央求了林知府这些人，又不好不收他。到时候背着咱们不知道怎么行事呢。"

素姐想不通，就看着狄希陈。狄希陈苦笑道："铁打的衙役流水的官。你可知道成都府有多少世袭的衙役，还有多少人靠官府吃饭？"就算给她听，皂隶、快手、健步、民壮、马快各样名目的有近两百，这些人都是有几个大马仔的，大马仔手下还有几个小狗腿，算起来一个正式工后边跟着近二十个临时工。这些人吃饭穿衣都指望着成都府这棵大树。做官儿的离了这些人是寸步难行，吴大人就是为人太贪，不管是不是他那份儿都搂了自己腰里，叫底下人做了手脚，布政使官面上不好交代方摘了印。

小九又笑道："那个林大人装了几天清官，如今搂得比吴大人还狠些，只怕也不长久。咱们成都县不比他们那边有出息，狠人也少得多，常规旧律都一丝儿不改，底下人可是忠心多了。"

素姐以为当了官就可以为所欲为，却没有想到原来有这些诀窍在里边，果然什么职业都不好当，郑板桥做了几天县官，就会天天念难得糊涂了呢。

想到这里方笑道："这么说我是明白了，且随他去吧。"

狄希陈就夸她："妻贤惹事少就是这个道理，其实那几位的夫人才真是不贤，总以为银子都搂到自己腰里才好，却不知道给男人惹了多少是非。"

素姐提到这个却心里十分抱歉，笑道："却是我不好。"

狄希陈忙拦她道："说了不提的，咱们吃饭吧。你那辣椒可种下了？"

素姐方想起来这几日就想着穿珠子玩，都丢到脑后了，忙叫一心想种田的狄九强进来，命他明日来后院整地。

饭桌上小九又道："我在外边也吃过几样新鲜东西，嫂子不如去寻些来种吧。"就冲薛老三挤挤眼。老三忙接口道："咱们今天外边吃了那个什么芋头丸子，又香又甜，可是中吃。"

素姐就叫老三无事跟小九出去多逛逛，两个对看了一眼含笑应了。

第九章

心事(上)

狄希陈边洗脚，边拿了一本《史记》在看。素姐因烛光跳了跳，拿了剪子剪去灯花，问他："要不要再点两支蜡烛？"已是去了杂物橱里取了两只白蜡出来，正要点亮，狄希陈道："就睡了。你点油灯吧。"

素姐便将白蜡放回去，将晚上点的那盏油灯点亮了，搁到床上的槅子里，拿玻璃罩子罩上。又去外边问门窗可都锁好，上夜的媳妇子在外边小声道："都锁上了。"素姐方回来坐在妆台边除簪环，又将头发解散了，编成麻花辫子，正要脱衣裳，狄希陈走了过来抱着她，半日不肯动。

素姐问他："怎么了？想儿子了？"

狄希陈的头在素姐脖子上磨来磨去，渐渐素姐就觉得脖子上又湿又凉，扳了狄希陈的头来看，果然是流泪了。素姐伸手去擦，狄希陈道："我想家了。"

素姐叹气道："我想儿子了，也不知道他个子有没有长高，是胖还是瘦，功课好不好，将来的老婆在哪里，会生孙子还是孙女儿……”

狄希陈道：“儿孙自有儿孙福。”

素姐便抱着他笑，笑容却越来越少，忍不住也哭了起来：“我想我妈。”

狄希陈止住了泪道：“其实咱们这样挺好的，你以前不是一直说坐吃等死乱花钱是你的人生理想吗？换了现代，别说房子，猪肉都买不起了。对了猪肉现在多少钱一斤？”

素姐寻了那张纸来道：“八文。”说完了自己也笑了，本来想劝狄希陈的，却让他招得伤心了还不算，又让他劝上了。

其实两个人自从穿越到明朝，没有哪一天不想着老天开眼能再穿回去，只是怕对方伤心，都不肯说出来。素姐毕竟是女人，容易适应环境，有了孩子之后心思分散了还好些。狄希陈却是越过越闷气。当然不是因为过不了YY小说里写的那样，男猪穿越后吹口气儿就有英雄来投，江山我自有，美人如母狗的幸福生活。他觉得自己比古人经历多有见识，还读过几本《厚黑学》之类的书，做个县官儿足够。谁知道又要对得起自己的良心，又要上司跟前过得去，还要自己的银子不吃亏，这个官儿越做越难。手底下的衙役更是比想象的还要强大。想起当初拍卖行的老板教育他时常说：“机关单位拉关系，头头的能量有的还不如老科员。小狄呀，上边不通的地方，下边肯定能打洞，再去跑跑，争取一下。”可是到了这里，随你是什么进士举人还是一字不识的睁眼瞎来做县令，县衙的运转都是他们衙役们自己的老一套。当官的过了三年拿些银子走路，这一亩三分地永远是他们说了算。更有狠角色，自己拿了萝卜豆腐干刻了长官的私章，私下里填了拘票乱和官司，遇着了这样的手下，那个官儿做得就更是可怜。狄希陈今日就是因县里的典史受了气来诉苦，他有感而发进而想起现代社会的好处来，伤感了一把。转眼就要给女儿裹脚了，到底是裹还是不裹，哪一样选择的后果都是狄希陈受不了的。他觉得要是能再让雷打几下，一家子穿回2008年就好了。

素姐已是铺好了被卧，等狄希陈吹了烛火与她并头躺在床上盯着头顶那一点豆大的昏黄灯光，素姐方道：“山东不知道今年年成可好，咱们家的地不算多，往年作坊里都是买粮食吃的。”

狄希陈一把拦住了素姐道：“不要想不要想，都交给你家老二了，让他操心去。

咱们的银子白叫他拿的吗？”

素姐笑道：“若不是我会打算，先分了银钱与老二老三，怎好叫他干活？给了人好处还要欠人情。就是老三，如今跟小九一处，听说有什么不好打发的人，你们都哄了他上前，几句话就把人厌走了是不是？也太不厚道了。”

狄希陈笑道：“不然怎么着？你带他来是怕路上有什么话说，没有男人上前做幌子不行。这样的人才能为我所用，又有何不可？”

素姐道：“他只是愣些，却是老实人，别教坏了他。”

“哪能呢，总是我的妻弟。”狄希陈搂着妻子的细腰，手底下就不安分。素姐也同他一样心思，回应得就热烈起来。他两个人都是怕爱人伤心，所以将心思放在心底，偶尔发作一回，也是点到即止，总要做些让人愉快的事情调节一下情绪。素姐怕他被明朝同化，狄希陈却怕素姐担心他，县领导工作压力太大，衙门里的事，不是处理好了的，都不跟她说。

薛老三最近觉得自己很受姐夫重用，不少人小九对付不了，姐夫就会叫他去，虽然十件里头总要搞砸三四件，也多少有些进益。他人虽浑，得了些银子就有些大手大脚，被素姐说了几次，方想通了，把收的人家的礼物并银钱都交给素姐收着。

小桃花心里当自己是舅太太了，谁料薛老三有了钱不让自己给他收，反倒叫素姐收起来。她心里就有些不快活，对着素姐自然不敢有什么话说，在老三面前却不住地抱怨，总说自己穿得还没有人家管家娘子的好，连件像样的首饰都没有。说得多了，薛老三烦躁，骂她：“房里使唤的丫头，穿什么绸缎！”说得小桃花哭哭啼啼走到素姐房里，也不管小紫萱在素姐跟前背书，就冬瓜长茄子短数给素姐听。

小春香忙将小紫萱跟两个小丫头拉走。紫萱还问：“什么叫通房呀姐姐？”小春香红了脸道：“等你十五岁了，你娘教你的书里就有。”

素姐听到他两个说话，就想掐自己两下，耳朵自动张开，小桃花的话从左耳朵进就从右耳朵出，还要根据她的语气适当地嗯嗯啊啊几声，待她说完了，方取了一对珍珠耳环送她，道：“等你见了大娘子，叫你穿什么就是什么，若是穿得太华丽了回家，比她还穿得好，不招她生气吗？”

小桃花低了头，就想哭。素姐虽是与她相处了几年，还是忍不住说她道：“你且守丫头的本分，将来回了家，若是大娘子无可无不可，自然抹不开面子要收了你。

若是不喜欢你，也比顶着个妾的名声儿出来强。我家兄弟的脾气是吃软不吃硬的，恼了他的亏你又不是没有吃过。”

小桃花连连点头，素姐又道：“说起来你的针线也是好的，又有个小丫头做活，无事做些针线，厨房里跟柳嫂儿学些本领，样样都能拿得起来，又百依百顺，公婆也是喜欢的。”

这番话全都对了小桃花的心思，果然她就不闹了，跟小紫萱错开了日子去厨房走走。无事也肯坐下来做些针线，果然薛老三待她好得多了。

却说这一日狄希陈板了个脸回家，坐在那里生气。待到晚饭时已过，小九打发人来送话说他在外边吃过了。素姐猜是为了公事烦恼，也不劝他。

第十章

心事(中)

狄希陈一个人枯坐了半日，还是忍不住要告诉素姐缘故。原来前几日那个李老汉来告的张家，却有个亲戚在成都府衙门里做门子，不知做了什么手脚让李老汉撤了状纸，林知府又使了个管家出来做媒主婚。洞房那晚小的房里无事，大的那个却闹将起来，李家的大儿子道她是个破罐，就拎了她到院子里打了个落花流水，因吃了酒，晚上劳碌了半日又累着了，就自己关了门进去睡到天明方起。开了门看那个张大妮子却在树上打秋千呢，解了绳子放下来，已是没了气。

那对小的高高兴兴起来要拜公婆跟大伯。堂上二老跟大伯都黑着脸，张大妮子直挺挺睡在门板上，见张二妮子笑嘻嘻跟在二儿子后边进来，那个大的就抢上前给了弟媳妇一个黑虎掏心，先打倒了方捆在柱子上审她那十几日到底是怎么回事。张二妮子抵死只说是在舅舅家。待李二奔到他房里将带血的白绫取了来给爹娘看过，解了妻子下来已是半死不活。李家父子因出了人命，偏要张二妮子说那十几日是私奔。张二妮子就趁了人都去吃晚饭，穿好了衣裳走到后门外的一个池塘跳了下去。李家只当她受不得拷打逃回了娘家。张李两家一个在城东一个在城西，待打了一个来回方各自到处去寻，第二日在门后塘里才找着一个死人。那张家以为女儿又让李二捣子哄了去，纠集了一群人找了一夜，到赌场找到李二捣子打了个臭死方拖了回家，李家已是拉他家两个女儿的陪嫁并尸首摆在大门前，李老汉与李大都指手画脚在那里跳骂。众街坊多有耳闻，又见张家拎了奸夫来，越发确信是真的了。张家因知府那里有人，就拉扯着李家三人去成都府拼命。林大人各打了二十板，又罚了四十两银子十刀纸，将李二捣子敲了八十棍，就当场敲死了他。此事死无对证，张李二家都是人财两失，告不起状，也只得偃旗息鼓自认倒霉。

素姐见狄希陈怒气冲冲说了半日，就亲手倒了碗茶给他道："消消气吧。"

狄希陈将茶一饮而尽，把茶碗重重地放下道："林白真不是个东西，三条人命呀，若是上边查起来，挨着点儿边的都得回家种田去。"又道，"此事杨大人想去布政使前参他，叫我也写一本儿。周师爷说此事咱们远着些儿，我却气不过，你觉得如何？"

素姐吓得脸色发白道："若是这么着，只怕参了他不顶事，却牵出咱们知情不报。"

狄希陈道："咱们这不是还没有审吗，牵连不了我们。"

素姐想了想道："他是你上司，就是有什么不对，也是要替他挡着些儿，要是看不惯，远着些也罢了。"

狄希陈苦笑道："这个道理我懂，一个总跟自己上司过不去的下属，换了人来，还是会跟上司过不去。做官的若是这样，这个官儿就到头了。可是，"摸了摸自己的胸口，"要对得起良心。"

素姐道："周师爷必说的和我一样。何况杨大人也不像是个为民做主的人，你莫让人当枪使了吧。"

"他是不像那种人。也罢，我就等几天再说。"狄希陈想通了方道，"中午就生气没吃下去，肚子饿了，叫厨房里有什么中吃的先给我来两样儿。"

素姐还是有些不放心，笑道："千万不要冲动，丢官事小，小命最大。"

狄希陈道："审时度势还是有的，真当我跟你家老三一样？"

说到老三，老三已是兴冲冲抱了一盆兰花进来，高声笑道："姐姐，我寻了一本好兰花，客人只要二十两银子，在门口等着呢。"

素姐叹了口气道："还给他吧，休要再拿这些中看不中用的东西叫人哄了钱去。"

薛老三被素姐一盆冷水浇下，垂头丧气叫人把花盆送了出去还给卖花的客人。

素姐笑道："我还要买些上等好珠，你且去找找，不要问价，价钱我自与他商量。"

薛老三方又欢喜了，高兴道："我就去找。"

"明日再去，"素姐见饭都摆上来了，叫老三陪狄希陈同吃，就问小九今儿哪里吃的饭。

狄希陈拿筷子拨了拨盘里的腊肉炒大蒜，道："今日去码头送一个过路的官儿，他见着了小九，问我讨。所以这孩子回家关了门生气。"

素姐笑道："我叫厨房做些什么送过去吧，下次休带他出去就是。"就叫小春香去厨房吩咐给九爷做饭。

一连过了好几日，杨大人那边都没有什么动静儿，倒是几个人一处吃了两三次饭，林大人与杨大人越发地亲热，狄希陈看得心里暗暗摇头，也学素姐，再有什么一处吃酒之类的事情都推了，公事上越发小心，连小九与薛老三都禁了不许他们出门。

素姐因天气晴朗，指挥了众人在院内晒衣裳铺盖。正好杨夫人久不见素姐到她那里去，带了两个小婢过来寻她说话，见她们院子里牵了绳系在树上，晒着几床床单和被子，一床绸缎被面的都没有，全是拿棉布缝了布袋一样的东西把被絮罩在里头，就笑道："这是什么？"

素姐忙得晕头转向的，见杨夫人来了，解了包在头上的手巾，将身上的落毛飞絮打了个干净，方笑道："这个是南边传过来的被套儿，比咱们被面被里的还要缝一起可是容易得多了。"

杨夫人就道："依我看还省好些钱呢。我们家的被子一床都要一二十两银子，全是买的松江被。"就走上前来捏捏面前一床洗得发白的蓝花布的被子，道，"也还松软，只是你也太省了些。”

素姐让了杨夫人房里坐，叫小荷花沏了两碗茶来，杨夫人捧了茶碗在手，吹了半日方呷了一口道：“这个也是峨眉山的芽茶？”

素姐笑道：“那是进上的，我们哪里摸得着。就是平常市集上买的，不怎么好看，却中吃。”

杨夫人听了就放下道：“我却吃不惯这个。”又道，“前几日人家送了好几篓呢，回头我叫人拿一瓶来你吃。”

素姐小心，道了谢就不先开口说话，自拿了珍珠与铜线在那里穿蝴蝶。杨夫人虽是有备而来，见了这样的小巧精致玩意儿就将来时想的那半车话都丢到爪哇国去了，伸了脖子细看，叹道：“妹妹真是一双巧手儿，怎么想起穿这样的花样来。”

素姐足足穿了一个多时辰。穿完了手上这一只，命小荷花取了装珠花的一个大盒子来，取出几个比了比，挑了一对蝴蝶一对蜻蜓递给杨夫人道：“给两位令爱玩吧。”

杨夫人拿起来对着亮处看了半日，笑道：“多谢。”就拿自己袖内的一块小帕子裹了交给带了来的丫头，看了看天道，“待中饭时了呢。妹妹无事带令爱过来耍。”走到门口，又回来叫从人们都退去，方与素姐说成都府的同知报了丁忧，他家杨大人升了同知，就要搬同知府里去。

素姐想了半日，好像也没有听说有通判升同知的，不是都是京里选了来的吗？看杨夫人含笑看着她，只得道：“那可要恭喜杨大人高升了。”送了得意扬扬的杨夫人出了门去，回家问狄希陈。

第十一章

心事(下)

狄希陈冷笑了一声道:“休听她胡说八道，只怕是杨大人教的话儿她又记错了。”

素姐叹道:“看来做个官太太也不容易呢,跟咱们那个时候差不多,好些个事都是夫人背后活动的。”

“背后莫道人是非。”狄希陈因受了杨大人愚弄,心里多少有些不乐意,“咱们说些什么,不小心传了出去,只怕人家都记在心里。”丢了茶碗出去看看,院子里没有人,方道,“这几日很有几家来投做仆役。因我说不缺人使,转荐了林知府,居然都收下了。这个把月,他家也收了十来房了。自以为人丁兴旺,就不想想,人家不是有所图,为什么要来投?”

素姐看了他笑:“刚才还说叫我不要说是非,原来只有州官说得,我这个老百姓就说不得?”

又倒了一碗茶，自己喝了半碗，狄希陈抢过来喝了，还要与她说话，却听见院门外笑语喧哗，小紫萱今日无功课，跟几个小丫头玩闹着进来。素姐看女儿红红的脸儿上渗出细细的汗珠，架上拿了手巾给她："镜子前照照，成了野人了。"又问，"小镜子、小杏花哪里去了？"

小镜子有些害怕素姐，"嗯"了半天，边上小梳子就道："杏花姐帮春香姐跟荷花姐收衣裳被子呢。"

果然门边几个人都抱了被子跟大毛衣裳进来。狄希陈正倒了茶给女儿喝，待她喝完了道："跟妈妈站一块去，看她教你怎么收衣服。"

素姐自去门后拿了几根竹棍支在台阶前的树上，与春香将被子一床一床架上去拍落了灰尘方将被套的带子解了下来，小荷花与小杏花就将被絮叠起收进大柜子。这边几个媳妇子拿了个筐来，把剥下来的被套都收起来。待十几床被子都收起，又将大毛衣裳拍了灰，素姐便与春香两个在桌上教孩子们叠衣服，怎么放方不伤毛，又有哪几样防虫蛀的香料，拿小布袋缝好了，再放进箱子的何处。小紫萱眼尖，就在箱子角捡出几张纸来，看了道："娘，这里有几张米票呢。"

狄希陈凑上来看，想了许久，笑道："这是你还没来时，我收了随手扔进去的。女儿算算看看有多少？"

小紫萱就一张一张放在床上，算了两遍方道："四百八十石。"

素姐听见不少，放下手里的活，过来看果然两张两百石，一张五十石，还有一张三十石，笑道："加法而已，居然还要算两遍。"

狄希陈示意女儿将米票收起交给素姐，笑道："我家女儿细心呢，人家做账的难道就算一遍？"

又对女儿道："看你细心，想吃什么，晚上烧了奖励你。"

素姐忙道："细心也应该，不当奖励。今儿你爹说了，就烧给你吃，下不为例，你们两个都记住了。"

狄希陈吐了吐舌头，拉着女儿道："走，咱们去厨房找柳嫂儿。"

素姐拿了米票收在妆盒里，见几个小的都在帮大的打下手，便坐下来看账，因前几日家里买了三十石上等细米，报的价钱是七钱一石。细算这些米可吃一个多月，到新米上市还有五六个月，还要买一百石才够。后宅的仓库前些天又修过，就是一千石也装得下，不如趁这几日天晴都换了回家，那几百石也好趁现在青黄不接的时候多换些银子。

小春香领了人正扫地，素姐道:“去把买办叫了来。”

小荷花应了一声就要走，小春香笑道:“这个月是王老实，他自己改了名字叫狄长富的。”

待狄长富站在素姐跟前笑嘻嘻行了礼，素姐一边说话一边看他的表情变化:“明儿还要去买一百石米。还有些米票要换银子。以前这事都是狄周的，你可做得来？”

那个狄长富先听得要买米，嘴角就微微上翘，又听得米票换银子，那个笑脸就不知不觉摆了上来。素姐见了心里不悦，道:“现在米价天天都在变，我急着换了呢，你现在就去米店问好了，回家报与我知道。”

就叫小春香送他到门口，再找着小板凳在门口，等他回来先带他去前书房里吃酒。

素姐过了半日，打听得狄长富已在前边吃喝上了，又叫小杏花叫了家里另一个买办胡三多。狄希陈已是带着女儿回来，见素姐前脚叫了人出去打听，后边又找了人来说了同样一篇话，安排小桌子门口候他，到了家直接领了进来。狄希陈问小紫萱道:“你娘在做什么呢？”

小紫萱想了想不敢说，狄希陈道:“想到就说，不怕妈妈生气。”

素姐白了他一眼，也笑道:“你说吧，妈妈哪里会生气。”

小紫萱方小心看妈妈脸色道:“前边叫个人去就罢了，再叫人去却是多此一举。”说完了躲藏到狄希陈后边，伸头看素姐并不生气反笑眯眯看着她，方拍拍胸口跟狄希陈道:“我说对了？”

狄希陈也笑，跟她说:“你娘这是教你管家呢。这样分开了两个人，前后去问，明儿再叫你九叔去问实了，三个人说话一比，就知道他们两个是不是老实，平时有没有勾结在一起哄主人家钱。”

素姐也笑道:“钱财过手，分利润一二分都是常事，不聋不哑，不做管家人。可是咱们心里一定要有数，不能让人牵了鼻子走。”

狄希陈也道:“从来主人贤良，家人做了坏事又不察的也多，等到事发再补救就晚了。还有一等性子软弱的主人,叫强奴欺负得说话做事都要看奴才脸色呢。”

素姐估计了时间差不多,先叫了狄长富进来问他,他道:“这两日米价又跌了,米票换银一石只得五钱。”

素姐笑道:“这样,你且站一会儿,我因你久不来,叫胡三多寻你去了。”

过了不过一炷香时,胡三多已是来了,素姐先问他米价如何,胡三多也道:“米价跌了,要换银子,店家说只得六钱一石。”素姐就叫了狄长富来。

狄希陈微微笑道:“你们两个问的不是一个人吧?”狄长富忙笑道:“俺问的是伙计,又没说县太爷家的,想来胡三多问的是老板。”

素姐也点头笑道:“你们做事各有各的长处,都很好。长富还是要跟三多学学,一钱银子虽少,几百石也有几十两呢,叫店家占了便宜去就可惜了。”

原来狄希陈才上任时,店家不晓得他的深浅,狄周去换银子都是一两,待到时间长了知道狄大人不比别个会钻营,虽不敢欺他,做生意都是求利的人,就按了市价与他家换。狄希陈却欢喜了,道这样最好,本来就不是能上台面的事,若能与店家都有利,才能保无事。

这两个买办退下去相互埋怨,胡三多说狄长富太贪心,狄长富说胡三多太多事,各自都指望明儿主人派他去办此事,还不敢大声吵闹。

待小九进来吃饭,素姐就问他现在米价如何。小九却从袖内又掏出一张米票来,笑道:“这是那个老婆吊死了的陈监生送来的五百,我跟周师爷偏手各是五十,今天去换过了,七钱五。”

素姐就冲狄希陈笑笑,狄希陈道:“怎么涨了?”

小九笑道:“只怕还要涨呢,周师爷说西边两个土司知府干架,只怕事情闹大了他们要备粮草呢。听说米店的主人已是去湖广买米去了。”

素姐迟疑道:“这么着,我们就不好买多了,也罢,明儿买两百石米就是。”收了米票。

第二日早上先叫人将米仓打扫干净,就先给了一张二百石的米票叫胡三多去换了米来家。因买得多了,店家就有个主管押着送货过来,素姐命款待他中饭,就叫胡三多作陪,两个人正吃酒间,小春香就拿了米票过来,随口问道:“我们九爷昨儿可是去了你家?”

那个主管忙站起来笑道:“去过。”小春香就把几张米票丢给胡三多道:“你可仔细了,办得好奶奶自会赏你。”

待她走了,胡三多就笑不起来,那主管问他,他也不敢说什么,老老实实照着小九换的价钱将银子藏在几担上等粳米里送了进上房与素姐看。素姐打发了闲人,与春香两个开了箱子称了数目收起。因胡三多识趣,素姐命小春香拿了五两银子两个绸子赏他,说他买的米好。自此管家们方明白他们打夹账收人钱的事主人家都知道,琢磨今天主人的意思,肯定往事不究,只是将来却不好再这么大把搂银子。那几个不贪心心里明白的觉得主人宽厚,日后小心做事主人一样有赏。糊涂贪财的比如狄长富,本来在狄家这几年明里暗里也搂了不下三四百两银子,又借县太爷的势力娶了妻子,不感激主人还罢了,因这里发不了财,就想着要辞了回家去。

狄希陈道:“要去无妨,只我一日在成都任上却不能再在四川。”

几个人底下磕头道:“也是因想家才要辞了老爷,归心似箭呢。”

狄希陈听了笑笑,说:“你们也知道归心似箭呢,也罢,且收拾行李吧,我叫胡三多码头上写只船,亲自送了你们家去。”丢下他们自进去了。

素姐听说狄希陈要亲自送他们,笑道:“可要放鞭炮?”

“不但要送,还要送得远远的。这几个我早看他们不顺眼了,只是不好打发的,正好周师爷的守备亲戚要进京活动,我叫他们一路看着到南京吧。”狄希陈笑道,“这样要回来路费也要好些儿。”

素姐点了点他的额头道:“还说我小气,你呢?”

狄希陈道:“前日那件事吵了出来,原来是林家一个管家收了张家老头的钱,林大人并不知道。结果出了这样的事,让人查了出来,可是管家不严几个字就能将责任推出去的?咱们家这几位,近来买东西也学会了问人家要进场费了。你因我们前日说的那些话,只怕不肯查考也不知道。这胆子一大,过不多久只怕跟林家的那几位管家差不多。”

素姐见狄希陈这件事做得称心,笑道:“想吃什么?我去做。”

狄希陈道:“今儿前边跟周师爷一处吃,正有事找他呢。”

自从素姐到成都,敬周师爷为人,他的衣食都是自己小心料理,便命厨房做了周师爷与狄希陈小九三个人爱吃的几样菜，又是一小坛山东带来的秋露白，命人送了前边去。

果然过了几日，狄希陈就将这几房家人的投身纸找了出来当着码头众人的面赏了他们，又道："你们此去，有周守备家人和兵丁一路，可以放心回家。"这几个人带了成都娶的老婆，本想着辞了出来还能借狄知县的名头行事，哪知道一路上周守备家人得了主人的话，不肯放他们下船，直到了南京方道："我们还要上京办事。"另赁了船头也不回地走了。丢下这些人，要回四川，已是离得远了，因手里都有些银子，都散了各自寻便船回家。狄希陈还怕他们回成都生事，在后门贴了告示道有几房家人，已是辞了回家，若有称是狄府家人某，必是冒名云云。

狄家去了这几房不安分的家人，花费减省事小，家人与前边衙役亲眷来往也就断绝。平常宅后门如同虚设，人来人往络绎不绝，小桃花一日总出去四五趟，不是买针线就是买零嘴，如今都关得严严的，全从前门出入。本来后门口摆的七八个小摊无生意都收了。

林知府与杨刑厅渐渐不睦起来，原来前头吴知府摘了印，杨刑厅就四处活动想得这个巧宗儿，银子送出去一二千，本以为十拿九稳的事，却叫一个林同知得了便宜，就暗暗在公事上拖林知府的后腿。又因林知府搂钱太狠，杨刑厅又与经历、照磨、检校、司狱这些人结了一伙，那个同知就是夹在中间为难，方丁忧了回家去。狄希陈本来与杨大人林大人都走得近，见苗头不对，除非公事，日日都是抱病。这两位大人在布政使司那里各显本领，惹得省里的几位头痛，也不管任期有没有到，京里动了手脚，升了杨大人云南林雄知府，耳朵里方安静了。成都府去了领头的，那几位大人为他人做了嫁衣，免不得被林大人看重，就是狄希陈，也嗔他不站在自己这一边，凡事百般刁难。狄希陈与周师爷都无二话，默默承受。

天气渐热起来的时候，果然西边两个土司知府真的打了起来，起先是家人互殴，接下来各向省里检举对方谋反，最后干脆两个人都反了。虽然离着成都还远，吃用之物慢慢都贵起来，布政使司发了几次告示平抑都不顶用。

第十二章

新官上任三把火(上)

听说新任成都知府已是在路上，林大人方明白自己落在下风，杨大人是借他东风升了知府，他等正主儿来了还要回去当他的同知。因他锋芒太露，布政使司和提刑按察使司几位心里都有微辞，总归林大人是走了他们的门路上来的，若处置了各人面上都不好看。成都府的属官日日跑了大人们面前叫苦，大人们都觉得他们不懂事。唯有成都县几位，都如狄希陈一般不言不语，就甚得上司喜欢。还算林大人知机，晓得风评不好，就慢慢收手，只是他的名声儿，也如前任吴知府一样可昭日月，他算计着离任还想有几位士绅来脱靴，先放出风声儿，将妻子财物送回绵阳任所，自己等新官过来办交接。眼看着新知府还有十来天就到了，满城百姓再无半点儿动静，他就有些着忙，写了书信给狄希陈，叫他吹吹风。

狄希陈与周师爷商议，周师爷笑道："他不过是暂署，又不是正牌知府，这事不好科派得。"

狄希陈便将书信丢过一边，无事也不在衙里走动，吩咐了守门的，带个林字的都回不在家，日日躲在树荫底下看书。

素姐这几个月请了绣娘教女儿女红，自己也跟在后边看，她本是心思灵巧的人，有了明师教导，又去了怕狄希陈纳妾的心思，哪用一个月，就能自己做件把衣裳了。请的那个绣娘叫杨嫂子，能说会道，论起什么地方出什么布料可做什么衣裳说得头头是道。素姐想起家里收的那些布料，她只认得绸缎跟棉布，就每样取出一匹摆在厅上叫杨嫂子来看，小春香与小荷花另取了一块白绫撕成小条，杨嫂子说一样叫什么名字，可作什么用处，就写上去让小杏花钉在角上。

素姐见杨嫂子都认完了，笑道："不是杨嫂子说，我还不知道原来妆花锦就是云锦呢。"

那杨嫂子存心卖弄，又道："我们四川的蜀锦跟宋锦、织金锦和妆花锦合称四大名锦呢。像蜀锦太过厚密，都是拿来做桌椅套儿。"又掩口笑道，"若是拿来做衣裳那就是笑话儿了。"看素姐听得出神，要讨素姐的好，又将些她也没见过的织物说了耍子，道，"听说松江如今新出了好些花样儿，还有双面绒的布料呢。"

素姐就问她："大暑天，什么料子做衣裳最好？"

杨嫂子忙指了桌上一匹雷州葛道："这个最好，南边的妇人家一年也只织得一匹，都是亲手做了给自己家汉子穿，极少有拿出来卖的，铺子里几十两都寻不出一匹真的来。"

素姐就笑道："就是它吧，杨嫂子帮我裁了，我来做件儿。"

小春香就拿了狄希陈一件家常穿的紫花布道袍来做样子。小杏花忙将那些收了进去，把剪刀等物搬了来。杨嫂子日日做的都是这些活计，连拿粉块画线都不用，咔嚓几剪下去就剪好了。

素姐赏她二钱银子，杨嫂子笑道："小妇人不要这银子，还请奶奶赏几升米。"

素姐奇道："二钱银子也能买三斗米了，我再与你一钱就是。"

杨嫂子忙道："哪里话，奶奶深宅大院里住着，不知道外边如今有银子咱们老百姓也买不到米去。"

小荷花也道："今儿柳嫂子还抱怨呢，说鸡蛋都要三个钱一个。胡三多好容易才买了五百个来家。"

素姐定了家规，小账都交给春香，家常日用五日与春香一算。春香听了也笑道："可不是呢，若不是狄九强种了辣椒手痒不过，又去寻了好些菜来种，将他们住的几个院子空地都种满了，咱们买菜的钱就不少。"

素姐就叫春香拿个布口袋装了三斗米给杨嫂子，打发她家去。自己对着布片看了半日，方穿针引线缝起来，缝了几日方做成一件道袍，自己挂起来看十分得意，洗了一水给狄希陈穿上，狄希陈道："果然凉爽，要是只穿个老头衫大裤衩就更好了。"

素姐道："哪里就有那么热了？不过比咱们山东闷热些，还不到三十五度吧。"又想起来还有两匹葛，就叫小荷花给狄希陈跟小紫萱再做两件衣裳。

"你不做了？"狄希陈凑到素姐跟前晃那个袖子道，"针脚虽然差些，也是你的心意嘛。"

素姐揉手道："累得不行，歇几日吧，只怕天气热了受不得，叫小荷花先做起来。"

狄希陈似笑非笑，素姐怕他笑话自己虎头蛇尾，忙道："你的同年林大人可是离任了？"

狄希陈道："新知府也是个能人，还离成都几日的路程，就派了师爷过来与林大人办交接，一个钱两个钱地与他算呢。林大人恼得不行。"

素姐道："只怕这位手底下也不容易混。"

狄希陈无所谓："我以前也是因同年，所以走得近。待他来了，照样远着他就是，他才来的人总要装装幌子，不好就开坏我的评语。转过了明年，咱们就有三年，任满回家去，开坏了评语，正好省下上京述职的钱买几亩地。"

素姐叹气道："以前在家总想着等你做了官，我要一路走一路旅游，好好看看明朝的风土人情。真等出了门才知道，丽妆靓服坐在船头指点江山的，都是名妓，没有良家妇女。跟吴夫人也上过一两次香，庙里和尚都看不到一个半个。"

狄希陈笑道："我知道你是怕人家说我呢，等不做这个官了，咱们一路游山玩水回家去。可惜儿子不能一起。"

提到儿子，素姐笑脸儿还没来得及摆上就收了起来，算了算日子道："狄周也差不多要回来了吧。"

狄希陈想了想，笑道："只怕还有些日子，今天开春后雨水少，长江比往年浅不少呢。"

新任知府谢大人与林大人磨了差不多二十天，硬要林大人赔了亏空五百两银子，户房书吏做好做歹出了一个"具结"，方给出保结，林大人忙不迭地就回了他绵阳任上，哪里想起还要演"脱靴遗爱"的故事。谢大人不慌不忙走了两站路又停下，使长随到成都送了一张红谕，把新官上任的旧例都做足了。成都府衙门自然也要粉刷墙壁、打扫庭院，等他再传牌票，方劳师动众分了批次去接他。其实成都本是附省，又是府县同治，新任知府知县上任，多是直接坐船到码头那里，马虎些儿就罢了，也免得布政使司并以下几位大人心里落下不好来。这样的排场，也只有在无老虎的山里摆摆罢了。成都府的众人也晓得谢大人是要立威，大太阳底下站在东门边久候，连成都县四位也免不得要陪同罚站。

狄希陈接了前边的信儿，大清早唉声叹气地穿了官服去了。素姐见太阳都转西了还没有来家，因天气炎热，心里担心，一边使小九去看，一边煮下了大锅绿豆汤晾凉，又备下洗澡水。

她心神不定在树荫底下不知转了多少圈，听见前边大门响，一群人进来，忙命小春香开了院子门。狄希陈满头大汗进来，一边走一边脱衣裳道："我日，一个四品知府，搞得跟皇帝出巡一样，我今天才见识了。"

素姐忙道："吃过了没有？"见狄希陈摇头，忙道，"先喝些绿豆汤吧，歇一会儿洗了澡再开饭。"

小杏花已是拿盘子捧了一大深碗绿豆汤来，狄希陈拿起全喝了，吐了口气道："跟我去的人都有了没有？"

素姐道："小春香去安排了，就是前边县衙里，我也送了一锅过去。你安心洗澡吧。"

狄希陈道："那饭也有了？"看素姐柳眉都要竖起来，忙笑，"你办事我放心。"站在后门上吹了吹风，却不进洗澡的那间耳房，叫素姐道，"你来。"

素姐本要去厨房看柳嫂可备好了前边的饭食，听狄希陈叫她，只得先去帮他擦了一会儿背，方去厨房瞧。

厨房门口树荫下摆着两桶饭，又有一盆冬瓜海带咸肉骨头汤、一大盆虎皮青椒、一大盆羊肉烧粉皮。跟狄希陈去的十来个人都捧着大碗吃上了，见素姐来了都要行礼，素姐道："先吃吧，晚上还有酒。"进了厨房见拿桶装着那汤跟虎皮青椒，另有一桶是肉烧扁豆，就问，"怎么是肉烧扁豆？"柳嫂儿笑道："晌午才去买的菜，因猪肉不够，咱们自己才另杀了只羊。"素姐方点头道："他们也辛苦了，再拿一坛子家酿的酒一起抬前头去。叫小九吩咐他们不许喝多了。"又叫柳嫂儿再煮下两锅饭，怕不够吃，柳嫂儿说早煮下了，素姐方回去打发狄希陈吃饭，因自己中午也没有好生吃，就拿了小碗拨了半碗饭陪他。

狄希陈就问送到前衙的都是什么菜，素姐说："只比你吃的少个羊肉烧粉皮。"

狄希陈笑道："多多地煮饭，有青椒他们肯定要多吃几碗。这一顿要吃掉你不少钱呢。"

素姐道："他们一年到头送的小东西也不少了，就当还情吧。昨儿李门子的娘子还送了一盒新下的樱桃来呢，我还了一盒点心，让了好儿回才收下了。"

狄希陈道："咱们衙门还罢了。县丞、主簿、典史我们四个面上虽淡，都不是拿一个钱当十个钱使的人，还算这些地头蛇知道些好歹。成都府那几位大爷，通跟底下人成了仇人，比着抢钱，也没有上也没有下。"

"这位谢大人来了，怕要好些。"素姐道，"这么一丝不苟的人，治下必严。"

狄希陈笑道："谁上任不先烧三把火来？慢慢再看吧。晚上还要陪这位大人去城隍庙上香，我吃完了先睡一会儿。"

素姐等狄希陈睡下，去女儿住的小院子又瞧了瞧，小杏花跟两个媳妇子，还有几个小丫头们围在一处，细听杨绣娘给小紫萱说绣树叶子要用乱针，正低了头手把手教她呢。素姐便走到大门前问前边可喝多了，前衙守门的叫了小九来回话，小九隔着传桶道："嫂子不用开门，我跟周师爷守着呢，不会喝多的。"

素姐看他欲言又止，笑道："还有什么话说？"

小九红了脸，突然掉了头走了，素姐纳闷，摸了摸头脸，并无什么不妥，正好小春香过来寻她，就问道："你瞧瞧我是不是哪里不对？"

小春香转了几圈细瞧道没什么，素姐想了许久，方笑道："是了，小九爱吃炒菜，方才不好意思跟衙役们一处吃，你跟柳嫂儿说，晚上多炒个扁豆给他。"小春香红着脸应了，就是不肯去说。素姐知道她必会想了法子让别人去说，也不理她，笑着回去又去穿珠子。狄希陈托人买了极好的珍珠，又均匀又圆大，素姐舍不得穿珠花，拿极大的镶了几支簪子，又编了两个手串，狄希陈说了她几次，方才动手要穿几个新花样儿，下边要叫银匠打了发钗正经做头面。

狄希陈起来见素姐穿珠，女儿坐在一边看，笑着一人亲了一口，大步出门去了。

那个城隍庙离得并不远。狄希陈去时已是乌压压站满了人，本地生员倒占了大半，静悄悄都站在台阶下。狄希陈见只有成都府经历还没有到，忙走到自己县丞一处站好，到底谢大人还送了他一个白眼。

第十三章

新官上任三把火(中)

狄希陈只装作天黑没看见,乐呵呵站在第二排眼观鼻、鼻观心。待到了吉时,谢知府就整了整衣服袖子,走进大殿里磕头进香。狄希陈本来以为官员们都要陪同的,正想朝前迈一步,看左右都稳稳地站在那里,那抬起的半条腿就悄悄放了下去。正主儿不在,大家的表情都放松下来,远远近近的灯笼火把一照,就能看见前排成都府的几位属官苦笑着相互丢眼色。

这样大热天在空地里站着,又点起火把来,把半个成都的蚊虫都招了来,围着这群傻了巴叽的人嗡啊嗡啊嗡。狄希陈见一只蚊子飞到自己面前,待落下来,就轻轻吹气将它吹走。好容易一阵热风吹过来,蚊子叫风吹走了,却有一股馊臭味扑面而来,想必大多数人白天城门口站了一天,家都没有回就到城隍庙候着了。狄希陈微微转过身去看,果然除了县衙的衙役站得笔直,府衙的衙役们跟刘粮厅一样都两腿发抖。底下那些生员们更是可怜,两腿发抖者有之,汗流满面者有之,头顶十数只蚊蝇盘旋者有之，狄希陈再侧耳细听，腹如雷鸣者多之。待过了多半个时辰，还不见谢大人出来，就有一两个忍不住拿袖子掩了面，在那里偷偷嚼点心，因见官儿们都不言语，连衙役们也有从怀里掏东西吃的。狄希陈见底下讨吃的，溜出去的，坐下来歇脚的，取下帽子赶虫子的，拿扇子扇风的，千姿百态，煞是好看，因有些看不过去，忙转了身朝前边看，好嘛，几位大人都吃上了，唯有县里的那三位因狄希陈没有动静儿，都看着他呢。

狄希陈摇了摇头，小声道："只怕就出来了。"主簿伸进怀里的手忙抽了出来，点点头。只听得一阵嗡嗡声过，狄希陈以为那半城的蚊子也野餐来了呢，伸了头去找，底下的人都站得直直的，偶尔能见着一个腮帮子动两下。

谢大人在里边咳嗽了两声，方慢慢走出来站在门槛内道："本官还要斋戒，各位请回吧。"众人都巴不得这一声儿，与谢大人拱手道别，待下边生员们都散尽了，方走到各自轿子边。狄希陈长吐一口浊气站在轿子边活动手脚，就听见粮厅刘大人道："明儿早上还要来候他。咱们还要安排仪仗，各位都到我家边吃边商议吧。"又招呼府学的礼生道："你也来。"

狄希陈却是有些好奇，不似别人心里抱怨，他本吃得饱饱的，洗得干干净净的，就乐呵呵吩咐小桌子回家，找素姐要坛葡萄酒送到粮厅刘府上去，方坐上了轿子。

素姐在家，备了酒菜要等狄希陈回来做夜宵，听得前边人声沸腾，就开了大门等他回家。谁知道小桌子道明儿还有事，都去了粮厅刘大人家商议去了，大哥着他来家要酒。素姐听狄希陈说过刘大人是山西人，家里做得极好的酸汤跟荞麦面卷子，人人都爱的，所以只要请客总是这几样，忙叫人把井里浸的一坛葡萄酒提了出来，将蒜拌黄瓜，芹菜炒豆干，卤的猪舌头跟猪耳朵，还有剥好的一大攒盒干果子都装了食盒里边，觉得还轻了些，又装了满满一盒自家做的梅干菜腊肉馅的小烧饼。叫个管家跟小桌子点了灯快快地送去。

果然刘大人府上见外边来了十来位客，后边就先送了茶上来。众人本来肚饥，等了半日，只道今儿不是水面就是捞鱼儿，小厮来报说狄奶奶送了酒来，县里的主簿是常蹭周师爷饭的，知道狄家的饭食可口，忙笑道："快搬上来。"已是说得迟了，叫后边接了进去，等再送出来，菜还是原样，小烧饼只得浅浅半盒，酒也只得小半坛，另有一盒凉了的荞麦卷。狄希陈见了不过略动些筷子，喝了几盅酒。刘大人一马当先，换了大酒盅握在手里，另一只手一会儿拿只烧饼，一会儿夹条猪舌头，恨不能再长出两只手来，忙了半日也只得半饱，到底还是叫后头下了一锅水面送上来，吃完了方重新泡茶，坐在灯下说话。

狄希陈是个小白，就会一招沉默是金。刘大人剔了牙，“呸”一声吐在地上，方笑道：“明儿还有紫气东来跟兜青龙。这一全套还是我爷爷当初任高密县令时摆过的，这个谢大人是哪里刨出来的古董？守着布政使司以下几十位大人都比他高一头儿呢，还要唱这出？”

狄希陈环视众位，只有礼生有五十来岁了，好像都知道的样子，其他几位都跟他一样不知其所以然，忍着笑各自喝茶。

那礼生见大家都看着他，拈了胡子笑道：“我也是先君任榆林教授时见识过，离现在怕也有四十来年了。紫气东来就是从城隍庙出来拣从东到西的街道到府衙。到了衙门口还要向南兜半圈儿，叫兜青龙。都是取吉利的意思。后头就是常例跪仪门谢圣恩拜印了。”说得众人连连点头。

刘大人见礼生都知道，料得他唱礼无碍，抱怨了几句同知李大人回家，万事都要他费神，方与众人议定了明日之事，才各自散了。狄希陈到了家，素姐已是倚门等了他半日，见他满头是汗地来家，忙叫小春香去厨下叫人抬水进来与狄希陈洗澡。

狄希陈道：“已是洗过了，打盆水我浇浇吧，费那些事做什么。”

素姐掩着鼻子道：“都成腌菜了，连头发都洗干净了才许进屋。”

狄希陈举了袖子闻闻，又捞了衣襟嗅嗅，笑道：“想是在刘大人家吃了面，是那个浇头的味儿。”一路走就一路脱了外面大衣裳。素姐抬了抬下巴，小荷花上前两步接了退出去。狄希陈便站在洗澡的耳房阶下吹风，等洗澡水送了进来，先解了头发，素姐与他慢慢洗干净了，方进了澡盆坐着，将城隍庙里的故事说与素姐听，素姐笑得手里的团扇都掉进了澡盆里，连声嗔狄希陈是胡说。

狄希陈想起来就道：“咱们家的小子们也要说说了，一盒子烧饼叫他们一路偷吃了一半。”

素姐道：“我叫狄九强一起送去的，他哪里守得住话，若是真偷吃了，怕是半条街都知道了。想来是刘夫人手里经过拔了几根毛吧。”

狄希陈想了想也是，小桌子跟小板凳虽然馋些，只要家里有的，想吃了不过说一声儿，不会做这样傻事。只怕是刘夫人留了一半给自己当夜宵。他笑了笑道：“明儿还有得累呢，你明儿做些吃的叫人捎了给我，只怕不得工夫来家吃中饭。”

素姐拿了干手巾递给狄希陈，又自拿了一块替他擦背，嗯了一声，又问明儿要不要备前边衙役们的饭，狄希陈道：“明儿他们却没有什么事，倒是府衙的二老爷们要累一日了。”

素姐松了一口气道：“我听说今天很有几位吃完了还装了回家去，咱们再这么着不如开个机关食堂算了，谁来都管饱。”

狄希陈笑道：“那是咱柳嫂子手艺好，像刘大人家，求你你也不肯带他家的饭食回家。”

素姐转怒为笑：“贫嘴。不然这样吧，以后不是咱们自己的事劳烦公差大人们，就不管他们饭了，如何？也省得别人说咱们收买人心。”

狄希陈道：“你白天怎么说的？能吃掉多少钱，闲话让人家说就是。下次另做些叫他们带回家去。如今大米比珍珠也便宜不到哪里去，想着家里人的总比只管自己吃喝的强。”

素姐并不知道外头如何，睁大了眼睛看狄希陈道：“去年又不荒，不至于这些公务员家里都吃不上饭了吧？”

“有些老实人的光景就差些，那些米铺子有米也不肯卖。”狄希陈皱了眉道，“看今年四川还好，只怕下游就要旱了。若是不打仗还罢了，打起来够头痛的。我听说陕西已是有个粮长反了。”看素姐哈欠连天，忙道，“睡去吧。”

素姐边揉眼边道：“咱们明水靠着白云湖，想来不怕旱。”跟狄希陈走到卧房里，帐子都不及放下，倒在床上就睡着了。狄希陈忍着困意拿扇子扇了蚊蝇，放下帐子也倒在素姐外边睡下。

到了第二日凌晨，小春香记着狄希陈要早起，已是在外边拍门，狄希陈披了衣服起来，素姐还没有醒，就将帐子掩好，悄悄开了门道：“让她多睡会子。叫厨房蒸些烧卖中午送两盒子到府衙去。”小春香点了点头，去厨房拎洗脸水，狄希陈拿青盐漱了口，胡乱擦了把脸，传了个梳头的待诏来梳了头，因有些迟了，穿了他的官服忙忙地出去，早饭都等不及吃。

素姐起来收拾好正是早饭时，薛老三跟小九还有小紫萱都坐桌前等她。狄希陈不在，素姐猜他必是没吃早饭就走了，忙叫小荷花去厨房预备点心，小荷花拿手巾包了一把筷子正放桌上，听了笑道："春香已是去了，跟柳嫂儿两个在那里发面要做烧卖皮呢。"素姐见自己跟女儿前面摆的是杂粮粥跟煎蛋饼，一碟切开了流油的腌鸭蛋，小九跟前还有一个葱花炒藕片，薛老三面前照旧是一大碗浇了肉丝的面，笑道："三冬，你尝尝这粥，大清早的吃那么油哪里舒服。"

薛老三笑道："在家吃什么由不得自己，姐姐就由着我吧，我不爱粗粮。"

小九津津有味喝了一口粥道："早起喝热粥最是养胃，嫂子咱们明早上换小米粥喝。"

素姐拿了只鸭蛋将蛋黄挑出来给女儿，笑道："明儿早上不吃饼，吃包子吧，回头叫胡三多跟屠夫订明儿早上的肉，中午再吃肉圆子汤，烙茄合子。"

薛老三笑道："再拿辣椒里边塞了肉末红烧，越辣越好。"

小九忙道："明儿中午我陪周师爷前头吃吧，正好明儿我要交功课给他，叫他评评我破题好不好。"

薛老三一提到读书，就觉得人生很失败，大口吃面道："我今儿要出去逛逛，听说城外荷花池里的花开得正好，买几枝回来给你们玩。"

素姐眼见女儿一脸雀跃的表情，心就软了，笑道："今儿你舅舅先去，过几日等你爹闲下来，咱们一家子去看荷花。今天你没功课，跟小镜子她们一处玩去吧，只在树荫底下，回头晒黑了我可不依。"

小紫萱连连点头，几口喝完了，就跟舅舅前后脚出门去了。小九见屋子里只有他跟素姐两个，看素姐小口喝粥、夹饼的样子又温柔又好看，脸不觉得就烧起来，忙道："我吃饱了。"不等素姐说话，一路小跑出去，跑到院子门口，跟进来的小春香撞了下，停也不停朝前边去了。

小春香心里欢喜，面上又怕羞，站在那里发了半天呆，方进门与素姐回话。素姐见小九走了，也没有多想，正在心里盘算送些什么与狄希陈吃。

春香道："大哥早上走时吩咐蒸烧卖，我想着花样少了些，又包了些萝卜馅的蒸饺，并油炸了些小面卷。"

素姐点头道："你想得很好。另外煮一桶绿豆汤加了糖送去，点心多装些，总要这些人都够吃才好。"

春香忙答应着去厨房吩咐每样再做一盒。等做好了就叫狄九强带个挑夫挑了去。府衙里早完了一应事情，众人都站在厅上听知府大人训话，谢大人从盘古开天地说到了唐太宗有几个儿子，正说得兴头，见外头一个门子笑嘻嘻在阶下转来转去，就问何事，那个门子却机灵，忙道："狄大人府上给后边奶奶送了些点心。"

谢大人胡子翘了一翘，点了点头，那门子又道："还有绿豆汤给大人们解暑。"看谢大人有三分高兴的意思，就将绿豆汤并一盒子点心送了上来，那几盒却另捧了送进后衙。狄希陈本意是待谢大人不知道，与同僚一处充饥的，见这个门子来报，想必家里使的是狄九强那个大嘴巴，倒是很感谢门子灵活，忙笑道："下官一点儿小小心意，还请大人笑纳。"

谢大人干巴巴笑道："狄大人客气。大家都用些吧。"亲手去揭开了盒子，里边热乎乎三样点心，再捧上一碗温热的绿豆汤，肚子内就伸出小手来。刘大人一边吃，一边悄悄跟狄希陈道："还是你想得周全，咱们到现在一口水都没有喝上。再说半日，只怕就要抬回去刮痧了。"狄希陈唯有微笑而已，心里后悔为什么要带狄九强这个二百五来四川，差一点儿就捅下娄子来。

果然谢大人吃完了，又道如今年成不好，咱们为一方父母，万不可在饮食上奢侈云云，说完了连碗茶都没有，拱了拱手自进后衙去了。众人看这样子，想来是不会按旧例请吃酒了，都谢了狄希陈，方各自回家。

第十四章

新官上任三把火(下)

狄希陈到了家就问是谁送了饭去。素姐见他脸色不好看，故意倒了一盅热茶给他，狄希陈接了皱着眉道:“怎么？”

素姐笑道:“不是天塌下来了，你喝完了再说。”

那盅茶热得烫手，好容易吹凉了喝下去，狄希陈已是消了气。

素姐问他:“可是吃坏了肚子？”

狄希陈苦笑道:“今天差点儿叫送饭去的那个害我丢人。怎么人家的管家都千伶百俐，到咱们家全是大嘴巴。”

素姐抿着嘴儿笑道:“必又是狄九强吧，下次不叫他出门就是。”

狄希陈看素姐还在笑，哼哼道:“你的丫头不是聪明的不要，叫你教得比猴还精，也不管管我。”

素姐越发觉得好笑，道:“管家们都是你挑了收下来的，当初你不也说要老实的吗？”

当初狄希陈才中举的时候，就有许多小门小户来投，好靠了狄家这棵大树避风雨。那时狄希陈一门心思想种地，拿定了主意凡是聪明跳脱的都拒之门外，老实厚道肯吃苦的方留下了。只有京里因推不掉收的几个长随，到了成都成了亲，因聪明太过都叫他亲手送走。如今跟前着实没有机灵的人使。他想着那个门子好，就道："今儿多亏那个门子会说话，要不然糗大了，不然咱把他要来家？"

素姐笑道："门子可比管家出息，人家肯来不肯来且不说，来了不见得比那几个叫你送走了的二爷忠诚。"

狄希陈想了半天，笑道："我从前看小说里打天下都要办教育培养人才，我就觉得幼稚。敢情人家都是经历过的，人才到用时方恨少呀。"

素姐道："嗯，人家办学校教出来的都是官儿，你却想教出几个伶俐的管家。来，虎躯一震，散发一下王八之气，就有人才来投你了，开口主公，闭口家主。"

狄希陈笑骂："原来你还偷看黄书。说真的，还是要找几个伶俐些的人前后跟着才是。"

素姐笑道："我记下了，这个还是慢慢去找方好，急不得的，你先凑合着使那老实呆的吧。"

素姐因此就留了心，把狄九强之流的二三个都叫小春香记住了，不许使他们出门送东西。

新任谢知府雷厉风行，来了不过十来日的工夫，府衙的门子、快手就被他打了七八个。府衙门首的站笼里还站了两个来送礼的士绅家的管家，主人家求了布政使的书信来说情，还被他尖尖地敲了二十棍方放人。成都府叫他唬得一个月都没有人敢告状，就是狄希陈那里，一连十来个放告日，都门可罗麻雀，一群衙役跟书办们都坐在檐下唉声叹气数麻雀玩。

狄希陈因无事，不过早上来坐半个时辰，待热起来就回家换了葛衫光着头光着脚坐在树荫下边拿本《资治通鉴》看，边上小桌再放上一壶温茶，看累了还要打个盹，快活得恨不能要叫谢大人万岁。

这一日素姐无事，坐在他边上纳凉，发愁道："再不下雨，就买不到菜了，菜今天都十个钱一斤。"

狄希陈笑道："不要愁了，家里还有人家送的绿豆黄豆几十石，发豆芽得发多少？咱再自己磨点儿豆腐什么的，不是还种有菜吗？"

素姐叫狄希陈提醒了，笑道："果然没有想起来，我就叫人搭下间房来给豆子们住，蚊子再小也是肉嘛。"

狄希陈拍拍手上的书，伸了个懒腰道："省一年的豆芽钱还不够人家过一个生日的。刘大人家三闺女生日，你都准备了些什么送人家？"

素姐道："我自己穿的两个珠花，一套纱衣服，以前人家送的象牙柄的团扇，一套家里带来的南瓜茄子的镇纸。"

狄希陈笑了一笑道："在你是惠而不费，算算也有二十来两银子，这些人一年闹生日也闹不清。"

素姐笑道："吃饭我就不去了，也省几钱银子的赏钱。这么热的天，头上顶够几斤的杂碎，还要穿了大衣服吃酒，做官太太还是体力劳动呢。"

狄希陈想起来就笑，原来前几日刘夫人上一个士绅家吃酒，头上插满了各式各样的宝簪步摇挑牌，席前后围了七八个人，等着她头上什么掉下来，马上拾起来插上去，就是这么着，还掉了根宝簪不知道叫谁拾了去，刘夫人回家查点少了一样，将从人都打了几下。谢知府听说了，认真将刘大人叫去说了半日的道理。满城就传了这么一个笑话儿，都道谢知府是宝簪知府。

素姐会意，也笑了，说："其实谢大人是有道理的，这两年女人头上越插越多，又沉重又费钱。他就该发个告示不许女人头上超过五样儿。"

狄希陈看了看素姐头上手上，很聪明地闭嘴。女人见了珠宝跟衣服，都跟不要命一样。就是素姐自己，虽然身上只有那几样，可是也有一大盒子不能吃不能穿亮晶晶明晃晃的小东西，无事还要拿出来把玩，若是他说拿一两样送哪家夫人生日省得再买，素姐会立刻变身喷火龙。

小春香拿了半盒李子进来道："这个是快手陈湖峰家娘子送来的，我让她在门房外树荫底下坐了。"

狄希陈忙揭了盒子，叫素姐来看："没想到这里有这个，你最喜欢的。"原来狄希陈穿越前家里种了几棵李子树，到了八月间总要送一篓给素姐吃，就是这样的红李，咬开里边都是甜蜜蜜的汁水，一点儿都不酸。素姐见洗过了，就拾起一个来，咬了一口，笑道："收起来。回她一盒米，再给她装几斤辣椒。"

狄希陈忙道："米就不必了，就拿她原盒子装一盒辣椒吧。"掉了头笑道，"这几个果子也不值钱，回她些吃的就罢了。米如今不好买。见你这样赏她，县衙里一百来个书办衙役明儿都送些小东西指望你赏米，你赏还是不赏？"

小春香见素姐点头，也笑道："就是辣椒也不便宜呢，听胡三多说比猪肉还贵些。只有咱们家不当它是好的。"

素姐笑道："我也是想着他们买不到米，听你这样一说，果然开了例，人家心里存了指望来送东西，就是我的不是了。春香就给她装辣椒吧。"

春香去了片刻又回来道："外头送了来的。"双手将个梅红描金柬递给素姐。

素姐拿了展开放到狄希陈眼前，狄希陈看了忙道："叫外边备轿子。"素姐扫了一眼，原来是谢知府招他去议事。狄希陈穿好衣裳，跺了跺脚道："只叫小桌子跟了我去吧，那孩子还机灵些。"

原来谢知府将治下几个县的县令都找了来，并府里的属官足足有三四十人。狄希陈因谢大人坐在上头，只得拱手作了一个罗圈揖。接着刘大人也到了，冲狄希陈挤挤眼，两人挨一处坐下。

谢大人道："还有两年就要大造。各位切不可拿旧前的黄册誊抄了事，不如从今年起就先叫底下造起来，也免得到时慌乱。"

狄希陈哪里知道什么叫大造，东张西望，看在座的各位都不言不语，盯着各自的脚尖儿，就晓得不是好差事，忙也看自己的官靴，恨不能拿刀子割出几个眼来做凉鞋，也太闷热了。

谢大人见众人都不肯说话，拿眼睛一个一个扫过来，道："各位大人要是无话说，咱们就做起来吧。"

刘大人见他一言堂，忙道："下官将任满，就等新任来办交接，此事不好代新任做主。"刘大人一开这个头，众人都在肚内算任期，只有谢大人自己今年才来，恰好轮到大造，摊着造黄册这个苦差事，别人都轮不着的，纷纷赞同。

谢大人就拣软的捏，笑道："狄大人意下如何？"

狄希陈听说造黄册就是大造，那个玩意儿就是个雷区，能离远些儿最好，站起来笑道："这是后年的事吧，今年如何做得准，咱们拿今年的做了，不准可是大罪，下官不敢。”谢大人见一向好说话的狄希陈也硬了起来，倒是意外，因他话里隐隐指着欺君之意，连忙改口道：“本官也没有现在造的意思，只是隐藏田产之事积弊已久，咱们现在留个底子，待后任来造册，也就方便了。”

狄希陈摸不着头脑，生怕自己说错话了，就去看刘大人，偷偷问他：“刘大人，谢大人这是何意？”

刘大人冷笑道：“查田产这种得罪人的事叫你们做了，他好从中取利罢了。只待一查起来，你看那银子就长了腿自家走进他家的钱箱。”

厅里突然就乱了起来，有人大叫肚子痛，告了罪要回家，他边上的几个就道要送一送，趁乱朝上边拱一拱手一去不回。唯有成都府里住着的几位走不脱，都拿了茶碗在那里细品。谢大人无可奈何，忙摆手叫散了，自回后衙生气。

狄希陈到了家与周师爷说起，周师爷也道：“回得好，若是含糊应了，将来你两头都讨不到好。咱们就当无此事吧。”

谁知这个消息不胫而走，不消几日就传遍了成都。狄希陈见县衙里头一片喜气洋洋，众人都在那里摩拳擦掌，看在眼里，与周师爷相对摇头。小九还罢了，薛三冬吃饭时就问狄希陈道：“姐夫怎么不做起来，这个里头油水极多的。”

狄希陈板了脸道：“胡闹，明明是下任的差使。”

素姐因狄希陈背地里跟她商量过此事，怕薛老三下不了台，忙道：“咱们做了又不合法又不合理。若是一意妄行，可是欺君大罪。兄弟你千万莫要从中搅事，这趟水咱们不搅和。守着作坊还怕没有银子使？”

薛老三这么问，却是前边的书办来求他打听消息的，他自己叫那个书办哄得开心，也确有从中取利的意思，如今姐姐反对，虽然肉痛不得到手的银子，也只得罢了，笑道：“我也只说说罢了，其实咱们山东，听说回回造黄册都是抄的上次的，都几十年没改过一个字了。”

狄希陈摇头道：“抄不抄的休胡说，不是我任上的事呢。”

狄知县这里放出了话，县衙的人都晓得无指望了，因狄希陈平日里并不严苛，也还服他管。知府衙里却极热闹。都传说谢大人家这几日买了七八个大板箱盛东西呢。

世人叫谢大人吓着了，布政使司那里都有人去送礼。谢大人任谁的书信送了去都石沉大海一般，直等银子收足了方改口道:“此事还需从长计议。”因此人背后不再叫他宝簪知府，改叫他六尺大人，道成都的地皮叫前两位刮走了三尺，他又刮走了三尺，如今天高气爽，实为乐土。

第十五章

求雨

眼看九月将尽，成都地方雨水稀少，天气仍然炎热。素姐天天盼着下雨，这一日正与春香道："好在咱们衙门里两口井还有水，不然也要到城门外江里挑水吃了。"

春香叹气道："可不是呢，听说这几日还有个老太太去江里挑水，叫人挤得掉下江去，天幸江里的水不深，自己就爬起来了。"

正说着，外边薛老三兴兴头头跑了进来笑道："姐姐，家里船到了码头了。"

素姐忙问："家里可都好？"

薛老三笑嘻嘻道："家里都好，咱们老大升知府了。"

素姐听得家里都好，方松了一口气，忙叫胡三多去买半扇猪，又着人去码头雇车，叫小春香安排家人打扫几间屋子出来。

过了半日，就见狄周跟他娘子一起走了进来，满面笑容给素姐请安，送上几封信。素姐见有儿子的，有薛家两个兄弟的，还有计主管的。先拆了儿子的信封，厚厚十来张，上边都是核桃大的字，一笔一画端端正正，先没有看就笑起来，待一页一页看下去，不过说的狄员外老两口身体安好，姑姑又生了个小妹妹，自己很想爹娘等语，又问妹妹好，说给她带了个自己做的风筝，最后一页却写着“作坊很好”几个大字。素姐看了越发地快活，连狄周媳妇子梳洗过了上来站在她面前都没察觉。

狄周媳妇子咳了一声正要说话，素姐见她来了，忙叫给她看个座儿，方含笑问她：“家里可都好？”

狄周媳妇子滔滔不绝说了顿饭工夫，虽然素姐平常不喜她唠叨，今天却连她说家里养的母猪春上下了十只小猪都觉得有趣。直到狄周将家里带来的东西的单子并两个大箱子一起送了进来，他娘子方住了口，站起来帮着小春香剪捆箱子的棕绳结儿。素姐拿了单子细看，大宗儿还是五十坛葡萄酒跟玻璃制品，其他都是些家常日用的东西。小春香开了箱子，素姐看了两眼就叫她看着收起来，自去拆了信看。

薛老大升了知府，意气风发，不在话下，薛老二的信里有些抱怨，道作坊里的主管不服他管。素姐拿了计主管的信对比着看，才知道计主管只将薛二的分红给了他，狄家的并薛三的都不肯交到他手里，要等素姐来家。素姐猜必有缘故，看狄周站在边上就问他：“是不是家里要买地？”

狄周笑道：“是姑爷一个朋友做的中人，说青州有个不小的庄子，姑爷看了说好，因想跟咱家合伙买下，计伙计不知道哪里得了消息，说那个庄子不能买，两个人如今都不说话。”

素姐问：“那个庄子买了不成？”

狄周道：“薛大爷京里述了职回家住了半月，也说好，买下了。爹娘好不懊恼。”

素姐笑道：“原来如此，你且回去好好歇歇吧。”

晚间狄希陈来家，素姐将书信都递给他看了。狄希陈也道：“还是你的计伙计忠心呀。”

素姐苦笑道：“这又不知是谁眼红咱们，倒叫薛家一脚踏进去了。谁家有好地卖不掉，隔一个县来求咱们买？”

“就是这话。薛老大也做了几年官儿，就不晓得事。”狄希陈把儿子写的信小心拿个匣子收好，道，“今天谢大人又有花样了，要求雨，咱们县商铺摊派五百两银子呢。”

素姐叹道：“看上去不多，收银子的手里头不知道要扣几分儿，你也说说他们，是多少收多少吧。”

狄希陈道：“这两三个月都没人打官司，官差们也有老婆孩子要吃饭的。昨儿周师爷还说西边困死了一个游击，只怕周守备要去。这么着咱们还要办粮草。这几个月都有的忙了。”

素姐想起来就道：“信上说咱们山东今年大丰收呢，粮食贱得不要钱一样。”

“四川是米贵如珠，山东是谷贱伤农，”狄希陈长长叹气道，“要是多修几条高速就好了。”

素姐笑道：“真修了高速公路，只怕谢大人的名字又要改，不知道是九尺大人好还是一丈大人好。”

狄希陈道：“千里做官都为财，咱们也不比他高尚多少，只是这样又要做婊子又要立牌坊的，他算是头一个。听说他家家眷就要到了，不知道他家一年能过几个生日。”

又拿了单子细瞧道：“这里边的茧绸都是自家织的吗？这边人都说茧绸防虫子，经了脏不洗，半年自己就变干净了，前儿布政使还到处寻呢，你估量着送礼时配上吧。”

素姐道：“一件衣服半年不洗，还自己就干净了，亏他们想得出！又想穿绸缎，又想省钱罢了。”

狄希陈笑道：“物件儿离了本土就稀罕，咱们那葡萄酒是个好东西，四川近陕，陕西的葡萄酒也多，就不值几个钱了，倒是那些坛子人家很爱，说是能当米缸使。”

素姐忙道：“咱们回家做鱼缸水缸卖卖。”

狄希陈打个哈欠道：“初九求雨，还有三四天，你记着备些吃食酒水先藏我帽箱里，谢大人要再唱那么一出儿，我还能充充饥。也不知道他哪里寻来的天师，只怕是个神棍。”

素姐笑道：“说不定真是神仙呢，就许咱们穿越着玩，不许神仙下凡？只要不进咱们家门就好。这几个月，我打发掉的神仙半仙足足有一百，罗汉菩萨也有几十。”

狄希陈拍拍素姐的肩膀道:“接着打发,一个也不要来往,高人都在深山修闭口禅呢。”

因素姐请了个绣娘教女儿针线,就有女道士、尼姑指了各式各样的理由上门来,都被素姐挡了不让她们进门。就是那个绣娘来了,素姐也不让她单独跟女孩子们相处,总是叫几个大嘴巴的媳妇子坐在边上,生怕她引诱坏了女孩子们。狄希陈说了好几次道女儿会绣个树叶子就成了,早些辞了她是正理,素姐却爱她手艺好,想让女儿多学点儿,总是不肯。

狄希陈就道:“三姑六婆都是一伙的,你不把家里那个打发了,总是有人来。”

素姐道:“来来往往为的都是衣食罢了。若不是为生计,也没有几个人肯这样走东家串西家,小心赔笑脸儿就为那几钱银子。就是那个王卖婆,也是可怜,到处刺人家阴私卖给林大人,也是因为有个瞎儿子要养活,白白赔了性命。”

狄希陈忙道:“罢罢,这些女强人都值得尊敬,也不见你放一个半个进来说说心里话。我觉得这天气也差不多到头了,总要下雨的,求下了雨那个神棍可就抖起来了,到时咱们免不得也要送份礼谢他。”

过了两天,谢知府将各县先垫付上来的银子共计有一千多两,将那个整数一千自己收起,征了些民夫在城外寻了个大坝子修求雨的高台,亲自去神仙山清风观请了紫宵道长在府衙里住着,就等初九日求雨。百姓素来敬鬼神,又是为了求雨这样的大事,人人来帮民夫们动手,哪消一日就搭好了高台。

初九日,紫宵道长在高台上疾走,谢知府带领大明朝成都府的几十名官员站在太阳底下罚站,足足站了两三个时辰。四周隔了十来里地的老百姓都携家带口来围了看热闹。那个道长本来以为两三个月不下雨,到了深秋总要下一两场雨应景,所以欣然出山。可是他站在高台上看得远,跳了两三个时辰还是晴空万里,就是真神仙也累着了,只得歇了脚道:“众位大人怕是没有沐浴斋戒,还请大人们回衙闭门斋戒三日,小道自在这里跪求。”

这话说到众人心里去了,就是谢大人也觉得有理,吩咐大家一定要在自己衙里斋戒,要是哪个心不诚求不到雨,就如何如何。狄希陈早上虽然吃得饱,此时也饿得前心贴后背,哪里计较谢知府说些什么,只想着坐进轿子里取了点心充饥,随了众人散了,也不理论那位道长是不是真的会跪求。

紫宵道长见官儿们前后都走了，只是老百姓们还围了有几万人在那里看热闹，等了一个多时辰还没有散尽，只得拿个蒲团跪在太阳底下，嘴皮一张一合，看似念经，其实是在鼓励自己："再等一会儿，再等一会儿人就都走了。晚上吃烧鸡。"

第二日早上狄希陈还想上堂办公，素姐拦他道："老实在家待着，不然不下雨都怪你。"

狄希陈想想也是，公事两三日不办不会死人，若是求不下来雨是因为他心不诚，却是大大破财的事，就关了书房的门道："老爷我今天在里边参禅，无事不许打搅，还有，这三天不许见荤腥。"过不了一会儿因书房里有些闷，到底还是坐到树荫底下看书去了。

素姐见他如此，少不得要小心行事，关上了院子的门，将小荷花跟小杏花都打发了女儿那个院子里住下，除了自己不许别人进去。

薛老三跟小九都是年轻爱热闹的人，不约而同去看天师求雨。小九中午就回来了，道天师遣了两个弟子代求，自己在府衙与谢大人在静室一处祷告。晚上薛老三来家，就是实况转播，说是成都府卖吃食的摊子在高台下都摆了有半里长，人山人海在那里热闹。

这样万众一心的求雨果然有效，第二日天上就有乌云，第三日就下起雨来。谢大人到底还招齐了众人在城隍庙又烧香磕了头，装神弄鬼了半日，方喜滋滋写了折子道圣上英明如何如何，天降甘霖等等等等，快马送进京里去了。这雨一连下了三日才停。果然江水都涨了有三四尺，雨停了菜价也降了下来，米也就有人肯卖。老百姓的日了好过了些，都道谢大人是个好官，开口闭口都道他是青天大老爷。

第十六章

还击

青天大老爷求得了几日好雨，极是得意，就与紫宵道长做了知己。狄希陈虽然不乐意，也免不得随大流跟人家一样备了份礼去谢那个道长。那个道长，收了众位大人的厚礼，借口还要修行再不肯下山。谢大人失了谈玄论道的好朋友，还来不及有寂寞之叹，就有极风雅的和尚，会做诗的道士自己寻了来。谢大人大乐之下荐与各位大人。狄希陈也有幸见识到这么一位高人，说是会看风水，看完了前衙还要看后宅。狄希陈叫他缠得受不了，直接取了五两银子给他道："在这里看就有，进了后宅门就没有。"

风水道长江湖走老，见狄大人光棍起来，肚子内寻思真惹恼了这位大人却是自己吃亏在先，不如闷声发财，收了银子拱手道谢，一句闲话也没有自去了。

狄希陈来家当了笑话说给素姐听，素姐道："若是得罪了谢大人可怎么好？"

狄希陈冷笑道："理他呢。公事上他无话可说，这些小事他要摆青天大老爷的谱，还要装装样子。”就高声叫小春香去跟门房说，不论哪个大人荐来的和尚道士，都不许放人家进来。

谢大人知道了以为丢了他面子，因当今天子不喜和尚道士，却不好发作，公事上成都县有周师爷做主，更是钻不出一条缝来。

因狄希陈没有妾，顶着个惧内的名声儿。一日提刑按察使孟大人家请吃酒，谢大人便当着众人的面道：“听说狄大人房内无人使唤，我家还有两个粗婢，可供洒扫庭院，就送与狄大人吧。”不等狄希陈说话，又道，“听说尊夫人是姓柳？”说完了哈哈大笑。

狄希陈穿越来的人，一向觉得退一步海阔天空，此时当着上司下属这许多人，也就觉得叔叔可忍婶婶不可忍，笑道：“府上的侍女，听道长说起过，都是极好的，大人太过自谦了。”

孟大人一口酒就笑喷到了衣襟上。那几位副使与佥事也都是四品官员，私底下说起这个谢大人，哪会有什么尊敬之意，见长官笑成这样，一琢磨，都知道狄希陈话外之意，当下笑了个东倒西歪。唯有成都府里几位还要看谢大人脸色过日子，一个个脸都憋得发紫。

谢大人与紫宵道长相与，一小半是真以为他是神仙，一大半为的却是道长炼制的仙丹有奇效。只是紫宵道长见好就收，别人却没有这么好眼色，什么房中秘术，五石散，九转天心丸之类的好东西流水价送去府衙，大捧银子抱了回家。谢大人来了不到四个月，他府里的婢妾里头就有五六个有了身孕。狄希陈偏要说他家的侍女好是听道长说的，这话意思就深了。

孟大人见谢知府已是脸色发青，手里拿的筷子都在微微发抖，收了笑容道：“当今圣上最不喜这些入世的僧道，谢大人有魏晋风骨，自家烧几炉香不妨，若是张扬得京里都知道了，咱们可怎么给你开评语呢？”

谢知府的脸上更是挂不住，提刑按察使无论如何都大他两级，只得站起道：“下官回去就将那些方外朋友送走。”

孟大人方点点头，将此事揭过不提。狄希陈因孟大人偏着他，回家打点了一份不轻不重的礼亲自送去。孟大人都收了，笑道：“今上只得一位皇后娘娘，为了不肯选妃与大臣们吵了几年，又是看见和尚道士就恼的。这个人可不是疯了吗，偏要两样都逆天，他当内相们都是聋子的耳朵呢。”

狄希陈只是低了头笑。

孟大人又道：“他偏不知死活自己上了折子去表功。看明儿怎么收场，只要咱们不被他连累就是阿弥陀佛。”因狄希陈不答话，又笑道，“我与两位布政使大人冷眼看这两年，只有你是个好的，又因你一向是个好好先生，怕你为难，不好保举你的。且看明年吧。”

狄希陈因孟大人说了半截儿，知道他后边的话不好明说，忙请辞去。孟大人亲自送他到二门外。第二日谢知府就知道了，忙也备了份厚礼去送他，孟大人也见了，道了声“多谢”就端起茶碗送客。谢知府知道收了他的礼，想必不会再管他的事，因那日酒席上说过要送两个婢女给狄希陈不好食言，他就在家找了两个中人之姿，性子泼辣的丫鬟叫樱桃跟葡萄的，教了半日话送到狄府。素姐一丝儿也不做难，收下了还拿个谢帖给送来的管家，赏了他五钱银子。

素姐此时平心静气，将小樱桃跟小葡萄先找了个空房关了十来天，方在一日中饭时叫了她们上来。小樱桃跟小葡萄想着一来就掀风浪，在空房里两个人嘀咕了几天，又没有好吃的又没有好穿的，来来去去路过的人连正眼也不瞧她们，已是灰了一半的心。待春香带着几个人来开了门押她们上去，命她们在堂前跪下，又是半日不理她们。两个人抬头偷眼瞧进来出去的丫鬟们，不论大小，都比她们强些，就更怯了。

素姐待菜都撤下去，一家人都坐在阁里吃茶，方叫人领了她们进去。薛老三满心欢喜欢盘算了半日要讨一个好的，见进来的是这样两位大姐，还不如他家小铜钱呢，先就叹了一口气道：“这个模样儿，怎么拿得出手？”臊得她两个满面通红。

素姐就道：“也是，咱们家可不能用这样的，不如还了谢大人吧。”

狄希陈忙道：“怎么也是谢大人心意，你还了回去，平白叫她两个挨板子。”偏着头想了半日方笑道，“送了来可不就是咱们家的人了？”就问小九，“你记得前边有几个没有妻子的？”

小九笑道：“正好两个，一个是快手王一刀，一个是门子钱虎。”

狄希陈道：“这么着，小春香叫人叫了他两个来。”对着樱桃跟葡萄道，“我替你们择了良配，到了夫家可不能丢谢大人的脸，叫人家说谢府出来的不贤惠。”

素姐本来听春香说这十来日两个人还老实，是想留下使唤的，所以没有跟狄希陈商量如何处置。狄希陈要将她们赏人，却是干净，只是谢知府面子上不太好看了，正想说话，小九冲她眨了眨眼，她便也端起茶碗吃茶。

那两个官差久闻狄府使唤的姐姐们生得好又能干，喜出望外，兴冲冲进来在帘外磕了头。

狄希陈看了素姐一眼，素姐忙道："春香每人给她二两银子四匹红绿布添妆吧。"

狄希陈又道："要知道孝敬公婆，善待子女。"挥手让她们下去。两个人跪了大半日，还要磕头谢狄大人跟狄夫人，小荷花见素姐脸上有不忍之意，忙拉了小杏花走上前扶了她两个出去，随手交给外头的媳妇子。

小九看情形他们夫妻两个有话要说，就道："三舅，今儿是大集，咱们去转转？"拉了薛老三就跑。素姐待下人都走尽，方埋怨狄希陈："你这么送了人，只怕谢知府脸上不好看。"

狄希陈笑道："没账。这人不比吴知府，还有个夫人可以调和。皇帝不爱僧道，他玩出这些花样，大家都不肯理他的。索性叫他气个半死罢了。都说我是狄面瓜，叫他也尝尝这面瓜的滋味。"

素姐却是头一次听说狄希陈也有外号，笑个不了，又道："听说成都风俗，大户人家出来的使女，夫家要先打一顿的，是不是？"

狄希陈道："那个是与主人有私的，方如此。这两种水果的卖相不好，想来不会被打。"

素姐还不放心，叫小春香去打听了几日，方知道都悄悄儿打过了，如今都老老实实在家相夫教子呢，方放下心来。狄府知道的事，自然会传到谢知府耳内，听说两个婢女是狄希陈嫌长得丑了赏了人，夫家还打了一顿，有多事的管家又将要打的缘故说与知府大人听，气得他一连几日都在家里装病。从此以后官面上谢知府总是淡淡的，狄希陈却是该怎么样就怎么样。不久西边真打了起来，催办粮草，各衙门都忙得人仰马翻，也没人有要认真瞧他们的热闹。

成都本来就富庶，狄希陈不贪，周师爷也是难得的好人，摊派到成都县的粮草不过加了一两分与书办衙役们做辛苦钱，过年前就轻轻松松缴到军前。又因周守备的缘故，也没有半分刁难，就叫别的州县眼红得不行。这一趟差使办下来，人人都道狄知县是个能员。

不久驿站传来京里邸报，道是圣上又将京郊的一个道观拆了，木植拿去修了太学。谢知府方晓得怕，老实将家里的高僧神仙们都打发了，公事以外，只在家中的丹房静养，轻易不出来见人。成都的士绅们都大松了一口气，置了酒相庆。只有百姓们道谢大人是个好官儿，八成是神仙下凡来的。这样的话一传十十传百，传得多了，谢大人虽有几分真的修仙的想头也着实有些害怕，只得打点了礼物上下活动，公事上都交给他请来的一个钱师爷，只要得钱来便不理论。

这位钱师爷还算明白，不至于像谢大人拿了人家钱还要装青天打人家板子，只要送了钱来都好说话，谁送的多谁有理，到了年底封印要过年时，钱师爷自己的私囊也积了两千两，大摇大摆码头上写了一只船送了回家去。

薛老三听说了知府的一个师爷来了不过半年就有两千两，眼红了半日，非要磨着素姐与他也算算积了多少。素姐被他磨得受不了，开了箱子柜子将他的银子称了给他瞧，不过两百来两，绸缎还有二十来个，其他都是些不值钱的小东西，他就发作道："我一个舅爷，还不如人家一个师爷值钱！"

素姐因他糊涂，也不说他，只笑道："周师爷的事你可办得来？"

薛三冬对周师爷却是服气的，只是摇头，素姐就道："这些虽然不多，也置办得了一顷地，三年下来也有好几顷地。咱爹做了一辈子老教授，也不过四五顷地来家。你可是比咱爹强多了去。"说得薛老三抓头嘿嘿而笑。

转过了年，谢知府倒是没有给狄希陈好评语，只是公文到布政使司，就被左承宣布政使大人改了几句好话，倒是谢知府，因怕他近僧道，将来会有什么话说，加了两句年老糊涂、不堪大用的话。布政使司的书办抄了出来送与各家讨赏，大家看了都笑，唯有谢知府大把的银子白白送了出去还没有落上好，只能打掉牙齿肚里咽。

狄希陈却是意外，本来以为开坏了评语就能报病回家做田舍翁，反得了嘉言，没奈何打发了来人赏钱，抖擞精神要将这个知县大人当下去。

第十七章 家事

正月却是收礼送礼月，狄希陈忙着酬酢往来，素姐就收礼到手软，收了多少东西来不及算，打发送礼的管家，抬盒子的赏银就有两百来两。这日正好谢知府府上摆年酒，狄希陈不肯去，只照常例送了礼，道自己感冒，怕过给人。谢大人作张作致，点收了一个犀杯、一套玻璃酒具，别的都不肯收，连送礼的狄周都没有打赏。

狄周来家委委屈屈道："谢大人拣最贵的两样收了。赏钱都不打发呢。"

素姐忙道："听说谢大人后宅里边只有几位小的，正头娘子还没到呢，疏忽了也是有的。你也累了半日，厨房里吃饭去。"

狄希陈好容易偷来浮生半日闲，跟小九、薛老三都坐在一处陪紫萱掷升官图玩，四个人在暖阁里边大呼小叫。素姐掀了棉门帘站在门口道："外边好大的太阳，躲在屋子里多没趣儿。紫萱我记得你早上跟我说玩一个时辰就写功课的，这会子中饭都吃过了，你的字在哪里？"

狄希陈笑道:“官府还放一个月假呢。她的字也很好了,依我看以后不写也罢。”

素姐板了脸道:“功课当初是她自己订的,说话怎么能不算数。”

小九见素姐一进来脸色就不好看,早在桌子下边踢了薛老三几下,又拿眼睛扫了扫门外。薛老三猜了半日,方道:“走,舅舅给你搬张桌子院子里写去。”

小九已是快手快脚将桌上东西都收了,拉着小紫萱去她房里拿笔墨。薛老三见他二人在前头出门,后边就一手拎了只凳子要跟上。狄希陈笑道:“快放下,外头必是摆好了的。”薛老三笑嘻嘻丢了凳子出去。狄希陈看素姐还不高兴,因房里无人,就一把拉住素姐,要亲她。素姐扭了几扭,力气没有狄希陈大,又怕挣扎坏了头发,到底叫他得手。狄希陈看素姐已是伏在他怀里,眼神都不对了,方笑道:“咱们再生个小三儿?”

素姐方醒悟过来,“呸”了一下狄希陈道:“休想。”推开他拢头发。

狄希陈故意叹了口气道:“当年你可是为了生孩子死都不怕,如今只生了两个就不肯了。可是作怪。”

“两个不好吗?一个小全哥你就管教不了,当是养猪呢。”素姐整了衣裳,掉头道,“出去晒太阳吧,趁你在家有事呢。”

“下次不要动不动就板个脸,咱家小紫萱又不去高考,得过且过吧,太有才了也不好。”狄希陈伸手搂了素姐的腰又道,“能认得几个字管管账,婆家就喜出望外了。”

素姐看了他一眼,方道:“我只怕她在家随心所欲惯了,将来到了婆家,公婆不是穿越来的,她就吃苦了。”

狄希陈笑道:“那得把她往泼辣里头教,知书达礼的女同志在家都是受气的小媳妇儿,比如你大学同班那个才女,不是生了个女孩,叫农村的婆婆吵得离了婚吗?”

素姐也以为有理,笑道:“你说的是,是要好好想想,不能把她教得太贤惠了。”推开了狄希陈的手道,“人手不够,来,咱们一处算账。”

院子里早摆下了两张桌子,小紫萱正在研墨,薛老三靠了个靠垫,眼睛却跟着小杏花转来转去。小九另搬了张椅子半倚在墙上,手里拿了本不知什么书在看。另一张桌子上笔墨账本算盘一应俱全，素姐的得力爱将春香荷花都站在边上。

狄希陈见了就在桌前坐下道："请问夫人要下官做什么？"

素姐笑道："等我们核算一样你记一样的账。"就拿了人家送礼的礼单，起来笑道，"我把能收藏的先念出来，你记下。春香一样一样查过了，小荷花就带他们装箱子。那些吃用的回头咱们另记账，就不劳老爷大驾。"

第一张就是那个做扇子的潘家，礼单上写着川扇二匣、蜀锦十端、漆盒八只、宣威火腿四个。素姐再往下看，却是没有了，就叫小春香将火腿之外的那三个分别收起。小春香小荷花先进放礼物的西厢房，过了半日，两个人手里都拿了纸裹的小包出来。小荷花放下了又进去，小春香就将一个包儿打开，里边还缠了一层棉布，打开了，是打造得极精巧的几对镶嵌了红宝石的金镯子。另一个包却是拿红线系好了的金戒指跟金三事两样，小春香数了数各有二十个。小杏花本来站在小紫萱身后，远远见了这些东西，忙进屋拿了只一尺高两尺长的小箱子捧到素姐跟前。素姐就连包的布一起放了进去。小荷花再出来，已是吃力地拿着个漆盒出来，里边还有六个小包。

除了小紫萱自写她的字，小九自看他的书。院子里的人眼睛都盯着那个漆盒，素姐摸了一个纸包，里边硬硬地一坨一坨料是银子，拆了看居然是几锭金元宝，那几个包里也都是。

狄希陈笑道："我听说布政使两位大人那里也是这几样，想来里边装的都一样。只是为什么送我却想不通。"

素姐因他这样说，忙道："那咱们是不能收了？"

"都收下了，再还回去叫人家以为咱们还要打他主意呢。收下吧，他有得是银子，不在乎这点儿。"

素姐就都放了箱子里，方道："扇子是什么样的？"

小春香笑道："两匣都是白扇面儿。"素姐看狄希陈笑得眼睛都眯起来，方才明晃晃的金子都没有那么高兴，忙道："扇子跟去年的搁一处，另拿箱子装，外边的盒子跟这几个漆盒都拿棉布棉花包好了装箱。"

狄希陈问道："我怎么写？"

素姐笑道："还要等会儿，小春香去看看是哪几只箱子。"

春香跟荷花都去了，半日小春香回来道："扇子是夏甲，一共四十八柄，漆盒是冬甲，十二个。"

狄希陈看桌上果然有四本新账本儿，上边写了春夏秋冬，揭开了写上。

小荷花回来也道："蜀锦是春丁卯。"

狄希陈因没有数，停了笔看，素姐笑道："这个先不记数，只怕后头还有。"

后边的礼物里头，隔两三家就有一两家夹了些金银之物在里边。素姐只看一眼就放到箱子里，惹得薛老三在箱子边上转来转去。等到有礼单的几十家写完，狄希陈笑道："这些人去年可没有这么厚礼。"甩了手道，"比我收钱粮还麻烦些，不干了，三舅、九弟，咱们寻周师爷喝酒去。"

素姐笑道："去吧，出去把院子门关好了。咱们这里也只用装箱子数好数记上就得了。"

小春香就跟小荷花小杏花三个合力将那个装金银的箱子抬到素姐房里，退了出去开门叫进几个管家媳妇进来搬东西点数。素姐关了门将这些东西一样一样对了亮处细瞧可有标记，把金三事跟别家送的几十个金玉戒指放进妆盒，精致的镯子、簪子另收起，又寻了小秤来称了金锭记了数。箱子里还有些小银壶、银镯，银簪等物，素姐就连箱子一起放进大柜子里锁上，方出去看春香她们收拾东西。

春香见素姐出来，笑道："都差不多了，就是这些火腿腊肉等物都分类放好了。"

素姐道："家里吃用的之外，都分了上中下三等，待衙门里的书办们来送礼时回给他们吧。"

又道："小紫萱的字拿来我看，跟着你春香姐学学怎么分东西去。"

小紫萱早写完了两百个大字，只是素姐不说，她也不敢出去寻小丫头们玩，只在桌边拿了小九丢下的书本乱翻，听了素姐要她跟在春香后头，高高兴兴牵了春香的袖子进放东西的厢房。

素姐便一个人到厨房去寻柳嫂儿，与她商量新年开了印请县里的县丞、主簿、典史跟师爷书办们吃酒要哪些菜。

就听得薛老三住的那个院子里吵起来，素姐跟柳嫂儿悄悄儿走到院门外听。里边小桃花正骂小铜钱偷吃了东西。素姐听了皱眉，柳嫂儿忙高声道："桃花姐姐，大节下少骂几句吧。”

小桃花高踞正座，一边拿拨火的铜箸拨灰，一边道：“柳嫂子，我自管教我家的奴才，碍不着谁。”

素姐就走了进去，见她居然穿了大红的绸缎袄儿，头上有十来根金银簪子，乍一看跟个红刺猬一样，就吓了一跳。小铜钱脸上两道青紫，哭得胸前都潮了碗大一团，还挂着一条鼻涕，跪在一架算盘上。

小桃花见素姐来了，站起来开口叫了一声姐姐，柳嫂子笑道：“还是照旧叫我一声柳嫂儿就好，如今桃花姐姐是三舅爷的丫头，怎么说也是个客，不用跟俺们客气。”

素姐因柳嫂子把丫头两个字咬得重重的，就把眼睛从小铜钱那里掉到桃花脸上。桃花果然脸红了半边，走到下手低头叫声大嫂，素姐方点点头走到上手坐下了，看着她慢慢道：“大红色不是你穿的。脱了换你的旧袄儿再来说话。”

柳嫂儿就拉着她进里屋翻旧衣换，素姐方好言问小铜钱道：“跪边上，休跪坏了算盘。你桃花姐姐为什么罚你？”

小铜钱哭道：“桃花姐姐前儿买了两升瓜子，今儿找不到，就说是我偷吃了。”

素姐笑道：“两升可也不少，要嗑完了人都不知道也不容易，必不是你，你先起来吧。”

小桃花已是换了件蓝底白花布袄，外面罩了件青比甲，下边的绫裙也换了布裙。素姐看了道：“这才是做丫头的本分。小铜钱有什么错处儿，你回了主人处置就是。若再这么着，到了三舅奶奶房里使唤，她必要笑话咱们家出来的人不懂事。”

看小桃花一脸的不服气，素姐也拉下脸来道：“小铜钱本是我怕你忙不过来给三舅使的，如今你们合不来，我先领回去吧，回山东再交给三舅奶奶使。”

柳嫂儿拉了小铜钱出去，烧水替她洗头洗澡换衣裳，晚上送了那几个小丫头房里一处睡。

第二日中饭时，薛老三苦着脸求素姐道：“姐姐，把小铜钱还我吧，回了家热茶都没有一杯。”

素姐不理他，自给小紫萱夹了一筷子炒白菜道：“都吃了。”

狄希陈就问她：“送出去的还要回来？”

素姐冷笑道："回山东我交还三弟妹。"

薛老三忙站了起来对着素姐打拱作揖道："还我吧，没了小桃花不过晚上睡不着，没了小铜钱我回家什么都摸不着。"

狄希陈听了晚上睡不着等语，跟小九两个都扔了筷子笑得要死。素姐好在是现代人，不似边上侍候的几个丫头都红了脸，忍了笑道："当初你也是这么求了小桃花去的呢。惯得她都会叫我姐姐了。"

薛老三愁眉苦脸道："她就是个空心草包，理她呢。"

素姐又道："小桃花穿了大红，头上顶着一头的金银簪子，"忍不住笑了说，"跟个红刺猬一样，你日日对着她就不怕扎着你。"

小九好容易止住笑，又伏在桌子上笑个不了。

狄希陈笑了半日道："这么大个刺猬，你娘子见了一定喜欢，必夸你。"

薛老三苦笑道："不依着她，好不烦人呢。我想着她在家也无人看见，就随她去吧。"

素姐看女儿吃好了，忙叫小杏花带出去，坐正了道："关上门在家她要穿上兽皮扮老虎都由你。可是打得小铜钱青一道紫一道却是为何？"

小九也笑道："三舅，小铜钱是个得力的，你又离不开她，可不能让桃花嫂子左一下右一下打跑了。"

狄希陈突然听到小桃花打人，也正经起来道："软刀子最磨人，小铜钱还是等回山东交给你娘子吧，好能干的一个小人儿。你房里只有小桃花，叫她多做活，也省得无事生非。"

薛老三见小九跟狄希陈都说了话，垂头丧气应了声是。小九忙拉他道："走，外边正热闹呢，咱们去看看去，"又笑对狄希陈道，"五哥不好去的，可有什么要我捎来？"

狄希陈道："你嫂子托你们寻些好吃的好玩的，也不见你们买来，现在去寻吧。"

待他们走了，素姐方气道："老三真浑，宠得小桃花真当自己是舅太太了。"

狄希陈无所谓道："也就得意这把年。回了家，你那个三弟妹一声哼哼，老三就软了。咱们说正事，我订了正月二十请他们前边的，里头有两个在教，你记得不要上猪肉。”

素姐道:“怎么才说？菜单子都拟好了，又得花半日工夫换。”就问，“还有什么别的要注意的没有？”

狄希陈想了想道:“咱们用的瓷器平常，叫人买套请客用的吧。我知道你不在意这些，可是好菜若是有美器，就锦上添红花了。”

素姐由红花就想到小桃花红刺猬的怪模样，又笑了，不理狄希陈，等不及小春香几个吃完回来，又去厨房寻柳嫂儿。

厨房里开了下人们的饭，挤了一群人分了里外两间在那里吃喝，远远的就听见说笑声，素姐站在门口见里边忙碌，正想进去，就听见一个家人问胡三多:“你媳妇儿在娘家有两个月了，你就放心？”

第十八章 喜宴(上)

胡三多嘿嘿了两声道："理她做什么。房里略值钱的东西，眼错不见就叫她搬娘家去了。"

"依我看你娘子比那几个的媳妇儿可是好多了。"柳嫂子一边拉了抽屉数鸡蛋的数目一边笑道，"不然这几个娶了成都媳妇的怎么只留了你一个？"

"枕头风是吹，也要咱做汉子的拿得定主意。"胡三多也笑道，"咱又不是薛舅爷。"

厨房里哄笑成一团，素姐叹了一口气掉头回上房，问小春香："这几个月小桃花是怎么回事？"

春香道："小镜子跟小铜钱好，我叫她来说。"就丢了手上纳的一只鞋底出门，转过角门去小紫萱的院子里叫人。

素姐拿了春香丢下的鞋底，中间是方胜纹，四角还绣着四只小蝙蝠，看大小不像是狄希陈的，猜是给小九的。这个可比她笨手笨脚给从前叫狄自强现在叫狄希陈的某人织的第一双毛线袜子强太多了。素姐正在那里微笑，春香带了小镜子进来，红着脸道："这是柳嫂子求我给小板凳纳的。"羞答答抢回手里，一阵风一样掀了帘出去，在暖阁外火盆边坐下接着做活。

小镜子过了年就十二了，到了狄家大半年，个子也高了，人也胖了，就出落得比才来时出息。身上穿着件小荷花的旧袄儿，略改了改，倒也合身。因这几个里头只有她是缠过脚的，素姐就叫她在小凳上坐下说话，慢慢问她小铜钱脸上的伤可好了，为什么桃花姐姐不喜欢她等语。

小镜子毕竟是个孩子，见素姐问她，慢慢就都说了。原来小铜钱比小镜子还大一岁，虽然相貌平常，可是服侍薛三舅跟小桃花极尽心的，三舅不该在小桃花面前赞她：明儿回了山东，三奶奶一定喜欢你。小桃花就当了小铜钱是个对头，又因家人们都赞小铜钱勤快能干，赌了气什么都支使她做。这两个月桃花都没有换洗，就道自己有了，因老家的王氏没有生养，越发撒娇撒痴，想趁机降伏了薛三舅。三舅叫她缠得没法，换了好些首饰绸缎给她。因三舅日日不肯回家，桃花就将气全撒在小铜钱身上。

素姐听说小桃花有孕，虽然意外，也有一两分替龙氏跟薛老三欢喜。古代医学不发达，王氏一年都没有动静，叫龙氏背地里着急了一年，就是薛老三，也有些眼热姐姐和两个哥哥都有孩子，所以成亲之后待小全哥跟小紫萱特别地好，孩子们要什么，他都四处想了法子寻来。

第二日素姐就请了个有名的大夫来给小桃花把脉，果然是真有两三个月的身孕，只是冬天穿得厚，桃花本来身量苗条，所以不显。素姐寻了些安胎的药物吃食亲自去看小桃花，劝她道："小心安胎，一儿半女都是你一生的依靠。我叫三冬择了日子与你上头开脸就是。"

小桃花就有些动容，欲言又止。

素姐笑道："你若是跟调羹一般，自己先尊重起来，谁敢小瞧你？以后再不要胡闹，汉子让你闹得不着家，不怕他在外边另寻一个吗？小铜钱我叫她回来，你好好待她，也是你的臂膀。将来回了薛家，都是王奶奶的人，你可怎么处？"

小桃花因素姐把话都说明白了，低了头称是。

素姐又找了薛老三来道:“她有了怎么不早说?我就奇怪她好了几个月怎么又闹起来?”

薛老三搔头道:“她上次也有两三个月经水没来,说是有了,我当她唬我呢。”

素姐又好气又好笑,道:“就趁了后日你姐夫请客是个好日子,咱们里头也摆起酒来,给她开了脸公道做妾吧。”

薛老三得了有孩子的确信,喜不自胜,道:“都听姐姐的,我回家看她去。”走到门口又被素姐叫回来道:“你家里那个还没有生养,这一个不论男女,休要宠他。不然回了家大的小的都不依你。”

薛老三应了声是,已是飞快地出门,遇到了小九进来,咧了大嘴笑道:“我要当爹了。”

小九睁大了眼睛看他背影半日,摇头叹息:“这孩子疯了。”边上胡三多见素姐站在门槛处,忙抢上前来施礼。

素姐索性走到太阳底下,小荷花跟小杏花忙将座位让出来,一个去倒茶,一个去取点心。

胡三多站在小九后边笑道:“老爷说要买套瓷器,咱们走了几个铺子,拣好的每样买了一个给奶奶瞧。”说着就将手上拎的一个篮子放在桌上,将草绳解了,又一层一层扒开,是八个茶碗,花样各不相同。

素姐道:“怎么都买的是茶碗?”

小九笑嘻嘻捡起一个来吹了里边的灰,拿盖子敲了敲碗沿,笑道:“东买一个碗,西买一个盆子,就不好看了。这八个摆在桌上却好看,不知道的就以为是一套了。不然各人拿一两个心爱的,也使得。”

其实素姐也不懂陶瓷,只会看看花样儿,再看看是不是釉下彩。掂量再三,因是请客,总要体面,就挑了一个釉里红刘海戏金蟾的道:“就这个,照三席用的数买。咱们也不摆看席,不要糖仙。”

小九笑着站起来,捞了一个缠枝莲的茶碗道:“这个我要了。”

素姐也看中了那个茶碗,小九先开了口只得罢了,便道:“那我先留下这个梅花的跟梵文的吧。”

小九抢了那个梵文的道:“这个我给周爷送去。”也不等胡三多,大步出去。

正好小杏花送了点心上来，素姐就叫小杏花装了让胡三多拿家去给他娘子吃。

胡三多站了不肯走，素姐就不问他，他好半日才吞吞吐吐道：“我娘子去娘家几个月不肯回来。”

素姐方笑道：“想去接就去接吧。”

胡三多应了一个“是”字，抱了盒子倒退了几步出去，小春香伸了头出来瞧他们都走远了，方笑道：“这个胡三多的娘子，怕是再不肯回来了。”

素姐笑骂：“偏偏你什么都知道。”

小春香将几个茶碗送到房里搁板上，出去关了院子门道：“大嫂不问我也要说的。那个胡三多的娘子，就是知府衙门里快手沈老爹的六女儿，头一遭嫁了个监生做小，不上半年叫人家送回来了，再嫁了胡三多，就嫌他没本事没钱。如今听说沈老爹吵着要胡三多写休书，要把她再嫁个什么秀才呢。”

素姐问：“她就不知道从一而终的道理？”

小春香愣了愣，小荷花已是接口道：“穷人家只要有口饭吃，兄嫂弟继的事多着呢。那个沈老爹一年能有多少银子？听说小儿子跟孙子一般儿大，哪有闲钱养活女儿？咱们家没有油水捞，他必要想法子把他女儿再卖一次银子。”

素姐道：“我倒觉得胡三多不舍得他娘子呢，不然拿几两银子另娶个也不难。”

小春香笑道：“他娘子生得好，咱们家的管家私底下都叫她玉观音，柳嫂子说是赛貂婵。”

素姐摆手道：“怪可怜的一个人，嫁了两次，夫主见在，还要嫁第三次，到了婆家就能抬头做人了吗？以后休笑话她。你去拿我的针线箩来。”

小春香便将素姐跟自己的针线都拿了来，小荷花跟小杏花无事，也坐在一处，主仆四个边说些闲话，边等小九跟胡三多买碗碟来家。

一个媳妇子隔了门轻轻叫春香姐姐，还是小杏花耳尖，听见了去开门问，是绣娘杨嫂儿来了，问要不要放她进来。

素姐想了半日，问小荷花：“紫萱去年学得如何？”

小荷花笑道：“绣个嫁妆够用了。”

素姐便要春香取了一两银子去赏杨绣娘，叫她以后不必再来。春香回屋取了块银子笑道:“她那一张嘴,死的都能说活,我不去见她。孔嫂子你把银子给她吧,说今年冲太岁,咱们院子有几个月不能来生人,叫她回家去吧。”

素姐因春香能得像颗豆子,指了她两下,笑得说不出话来,那个孔嫂子接了银子也笑道:“不来才好,每次来了总要在厨房里吃半锅饭,还要捎一包锅巴回家。柳嫂子抱怨了几个月了。”

素姐想起来就叫她叫柳嫂儿来。收了针线,取了纸笔要跟柳嫂子商量请客的菜。

不消一炷香工夫,柳嫂子拿了个小盒子进来,揭开了给素姐看,是一小吊罐热气腾腾的红枣汤。小荷花忙取了几只茶碗来,一人倒了一碗。那半罐小杏花就盖上盒盖捧了给紫萱送去。

素姐呷了几口放下道:“听说客里边有两个吃不得猪肉,只有换了。你也要另换了新锅用素油。”

柳嫂儿点头道:“不用猪肉还省些。如今东西虽不似年前那么贵,到底猪肉一斤比羊肉还要贵两三个钱。”

素姐笑道:“可省不下来,那一日里边还要摆几桌,小桃花有了,不给个妾的名分,孩子生出来不好看。”

柳嫂儿忙给素姐道喜,又道:“这可是喜事,东西尽有,只怕忙不过来,还要请两个厨娘来帮忙。”

素姐道:“要请厨娘,今天可以不必定菜,她们都是有定数的那几样。明儿清早去寻两三个,小荷花带小梳子去盯着她们做活,看能不能偷学几招。”

小荷花欢喜应了。素姐又吩咐柳嫂儿桃花的饮食要当心。

待小九汗流满面进来,后面胡三多已和几个管家挑了碗、盘子、汤盆等物进来。春香跟小荷花一个一个看了都无损坏,最后点了数,方照着胡三多说的数称了银子给他。

柳嫂儿道:“我叫几个人来洗干净了收起。”就跟着管家们一起去厨房不提。小春香紧跟两步,也踩着柳嫂儿的脚步出门。

素姐就盯了小九的脸笑,小九的脸由绯红变通红,寻了桌上一碗茶喝下去,方道:“嫂子我去了。”掉了头一头撞到树枝上,“哎呀”一声,也不停下看看撞到哪里,脚底不沾灰回了自己院里，拿凉水洗了半日脸。

素姐叫小荷花从隔壁院子里找了小春香来道：“明儿咱们忙一日，那四个里头你觉得哪个好带了身边使。”

小春香喜欢小镜子聪明，又爱小露珠听话，便道：“叫小镜子跟小露珠明儿帮我忙吧。”

小杏花就对着小春香笑，素姐不解其意，正想问她，小春香红了脸要撕她的嘴，两个一路笑闹着就去了紫萱的院子里。素姐叹气：“姑娘大了，春天就到了。”

第十九章 喜宴(中)

十九日清早起来,素姐便集齐了全部家仆道:“明儿县太爷请客,薛舅爷纳妾。狄周去寻厨娘来,两个三个都使得。柳嫂子在前边借周师爷隔壁两间设个厨房,你着人记清楚了器皿家伙,小荷花回头带了小梳子跟厨娘后边看。咱们后宅留一个厨娘,狄周嫂子在后厨帮一日忙吧。柳荣守门,小心出入有夹带。”狄希陈跟素姐前后带到成都的家人,全部人口加起来也不过七八十口,又叫狄希陈送走几个,家人里边还有七八个媳妇子,不是孩子小就是有身孕,就显得不如去年宽裕,不然哪消素姐安排。

当下各安其位忙乱起来,胡三多等几个买办寻小春香称银子买东西,柳嫂子一边开早饭一边打点搬家的伙计数。小九被派去各家送请客帖子,素姐连薛老三都捉了来跟小紫萱并几个丫头一处剥干果装攒盒。

等到狄周请了两个厨娘来,到素姐跟前磕了头,素姐问她们:“你们各自拿手的都是些什么？”

一个穿蓝缎子袄儿的道：“小妇人手艺平常，拿手的是平常人家请客吃酒的那十几二十样。”

另一个未语先笑，嗓子粗哑道：“小妇人只会烧几样鱼。”

素姐听了道：“叫柳嫂儿带了厨房去吧。”

小春香见素姐满脸不高兴，问她：“难道寻的人不好？”

素姐道：“那个笑的，眼睛好不老实，只在你们几个身上转。我瞅着就不像个女人。”

小春香笑道：“大嫂是叫传了几个月的那个人妖唬着了，这样的人哪能到处都遇到呢？”

素姐还是不放心，前边找了狄希陈回家，跟他说起，狄希陈道：“听说还有余孽在外，这起人扮了妇女混进内宅，也不知道坏了多少人的身家性命。我想个法子查查她。”因人是狄周找来的，就叫狄周进来问他这两个妇人的来历，狄周回道：“一个常五嫂，一个曹六儿，是姑嫂两个，厨娘里头极有名气的。住在东城门口也有一年了，听说是重庆搬了来的。”

狄希陈道：“这么着，我叫两个快手坐在厨房里吧，就盯着她们。你们关好门户，孩子们都不许出来。请完了客咱们再说话。”

狄希陈吩咐完了又走到前边跟周师爷说了，周师爷也道极该小心。他就想了个法子，待二十日请完客，叫人送她们两个回家，堵了她家前后门，半夜使个女番子翻进去瞧瞧，若真是，也是除一大害。

柳嫂子跟曹六儿在前衙，常五嫂在后宅，狄希陈都在厨房里派了个机灵的衙役守着，只说是怕人乱丢了东西。常五嫂低了头不苟言笑地做活，曹六儿时时与柳嫂子说笑，见来了个官差拿了板凳坐在门口不走，她偏要撩拨几句，哄得那个赵快手如雪狮子向火，站起来的力气都没有。

素姐心里有事，便不肯放小荷花去厨房，几个人一起在暖阁里先净了手剥干果。剥了半日，薛老三坐不住了，抓了一把核桃仁道：“我出去瞧瞧那个曹六儿去。”出了院子门就看到小九，问他，“哪里去？”

小九笑嘻嘻比了个六，薛老三大乐，伸手就要钩他肩膀，小九躲过了道：“像什么话，也拿出舅爷的款来。”

前头厨房门外有一圈人坐了院子里晒太阳，有坐着装找虼蚤的，有解下佩刀在那里寻了块磨刀石磨刀的，还有两个就站在树底道：“今年雨水不错。”另一个接口：“白菜我家买了二十斤。”无一例外的是这起人的眼睛都盯着里边那个赵快手跟曹六儿。

小九伸了头进去看，那两个的眼神都能碰出火星来了。再一看边上的薛老三，张大了嘴半日合不起来。小九推他道：“快走，咱们进去看戏。”

薛老三两只脚自己就走起来，甩下了小九好几步。

柳嫂子见他们来了，擦了擦手拿出一个盒子来道：“曹厨娘做了几盒点心呢，我装了盒正要给老爷送去。九爷跟三舅爷来了，就省得俺寻人送去了。”

小九接了盒子笑道：“咱们喝盅茶就走的，有好茶泡一杯来。”

那个曹六儿哪里见过小九这样的少年，听他说要茶，就丢了赵快手泡了两碗茶。薛老三眼珠不错地看她，她只往他面前一丢，另一碗拿袖子拭了碗口的水渍，双手捧到小九跟前笑道：“九爷喝茶。”

小九接了，仔细瞧了她半日，方道：“嫂子脖子上这是怎么了？”

曹六儿捏着公鸭嗓子道：“伤风了，喉咙痛。”

小九心里就猜到八九分，只是不说破，低了头吹吹茶碗，不肯喝她泡的茶。薛老三已是将自己那碗吃了，见小九放下，拿起来一边喝一边对曹六儿笑道：“嫂子泡的好茶。”

曹六儿不得已跟他飞了个眼风儿，薛老三突然一抖，涎着脸正想说话，小九怕他丢人，将那个点心盒子送到他怀里，拉着他去见狄希陈。

狄希陈正与周师爷闲话，见薛老三色迷迷抱着点心盒子笑，小九在边上笑得鬼头鬼脑的，就晓得他们两个会过那个曹六儿了，笑道：“可是个美人儿？”

小九道：“看她脖子上围着块布，想来是有喉结，我猜是个男的。”

“这个美人我喜欢，姐夫不如给我讨了她吧，也好回家做饭使唤。”薛老三道，小九拍了他一下，他方醒悟过来自己说了胡话，老老实实低了头吃点心。

周师爷道：“不是桑党余孽，只怕咱们衙门的官差们日后也要去她家多走几遭。”忍不住自己也去瞧了瞧，半日回来笑道，“只怕是个公狐狸精变的。”

狄希陈兄弟两个都笑喷了，一个点心渣吐了一火盆，一个一口茶呛得直咳嗽。唯有薛老三不信那是个男人，独自坐在一角抱着点心盒子道：“你们不吃，我吃。”

过了半个时辰，炖煮的几个汤香味飘得到处都是。曹六儿就央了赵快手来回，说是明日一早再来。狄希陈就命赵快手送她们姑嫂两个回家。

第二日正午客都到齐，狄希陈陪县丞、主簿、典史三个坐了外书房里间，小九跟周师爷陪了书办们坐了书房外间，又接了两个唱的，在那里乐了一日。

唯有里头薛老三因被曹六儿迷住了，左一盅右一盅喝起来，心里总想着把她搞到手，不免喝多了些，中间就逃席回去睡觉。

素姐此番与小桃花分庭抗礼，自己与薛三一席，让女儿陪带了狄髻的小桃花一处吃饭。平常不肯答理小桃花的姐妹们今日都上前给新姨奶奶道了喜，在边上侍立，小桃花满面春风，大摇大摆坐在椅上受礼，改了口叫素姐姑娘，只恨这席酒不能吃一辈子。

素姐因薛三走了半日，猜他睡着不来，就叫小春香几个坐下来吃饭：“只怕今日你们吃饭迟，都坐下来一处吃吧。”

小春香跟小荷花应了一声，拿了碗筷，站在桌前吃起来。小杏花因那桌上菜不多，就站在紫萱身后吃饭。小桃花平日也只跟杏花能说几句话，就笑道：“妹妹，这个鱼不错的，你多吃些。”

小杏花点点头。紫萱却道：“我吃饱了。”站了起来要回自己屋子去，素姐哪里肯放女儿回去，忙道：“今儿你就跟我待一处，哪里也别去。”

小桃花就坐不住了，笑道：“姑娘，我回去瞧瞧三冬去。”

素姐看了看她，含笑应了。这边小桃花才出门，小荷花就小声道：“轻狂成什么样儿？”

素姐叹气道：“她若总这么着，回了家就难过了。”又冲着小春香道，“你也是明明是火坑还往里跳，将来可怎么好？”

小春香红了脸道：“各人有各人的福气。”

小杏花忙打岔道：“这两个厨娘手艺真好，咱们要跟她学两手儿就好了。”

“大嫂，不如咱们闲了再请她们来教咱们吧。”小荷花也笑道。

素姐摇头，放下碗筷漱口，拉了女儿的手坐在边上要她背《离骚》来听。待到前边到后宅来又要了两坛酒，素姐打听已是喝得差不多了，就命家人四处查看，不许让那个常五嫂出厨房门。寻来寻去，只有薛三舅不在后宅。

素姐亲自站在大门前，要柳荣开了门前边去寻，就听见前边闹起来。

第二十章

喜宴(下)

素姐细听了半日，渐有喊打喊杀之声，忙叫柳荣锁上门，带上几个男仆去厨房。常五嫂正在帮狄周媳妇收拾家什，见素姐带了几个如狼似虎的仆人进来，吓得手上一个盘子咣当一声落到地上跌得粉碎。

素姐见她面色如土，浑身如筛糠一样乱抖，存心吓她，怒道："你们男扮女装，前边曹六已是招了。"

那个常五嫂叫管家按住了，不住挣扎道："没有的事，奶奶不要跟小妇人玩闹。"

管家狄九强因那次捉小寄姐没有赶上，总想着找个美人摸摸，见这个常五嫂长得也不丑，就从后边蹿了出来，伸手去她怀里摸胸，扯了两下，扯出两团棉花几条布来。

素姐正喝道："狄九强收手！"却见这个常五嫂已是露了馅，掉过头去叫他们再验，果然上边少了两样，下边就多出一样来。狄九强故意拧了两下，常五吃痛，哎呀两声，就装不出女声来。素姐确定这是个男人，头都不好再回，就叫柳荣拿绳拴了送到前边去。

素姐回了房，还有些后怕，并没有想到常五也是个男人，只想吓他一吓叫他招供曹六的，若是此人公堂上攀扯出来是县令夫人发现他是个男人，可就是个笑话儿，急切间眼前只见着小春香，就道："你去前边寻你大哥，就说这个常五，是狄九强瞧见是个男人的。"又喊了狄周来吩咐此事不许外传。

小春香也晓得事情重大，见大门开着，跟守门的柳小三道："掩上门，我去去就来。"也等不及去前衙守门的门子里边叫人，自己就撞进去了。门子知道她是夫人的爱婢，就引着她去寻小九，绕了几绕到了书房，众位大人已是又喝上了，见进来个美婢寻小九，都笑起来。小九忙出席拉着她到院子角落里道："嫂子可是叫你来有事？"

小春香红着脸"嗯"了半日，方道："大嫂说常五是狄九强瞧出来的。"

小九笑道："叫嫂子放心，那两个人已是分开关起来了，不会叫他们乱说的。"

小春香见小九一笑如同冰雪里梅花绽放，语气又温柔，就觉得自己飘在半空中，从怀里掏出她藏得温热的一个荷包丢给他，也顾不得门口那个门子要领她出去，红着脸就走。那个门子冲小九挤了挤眼，笑着在后边护着去了。

小九瞧了瞧手里这个绣了莲叶荷花的小荷包，抛了几下，打开瞧里边是空的，随手就丢到袖子里去。进了门，周师爷冲他点了点头道："无事吧？"

小九笑道："无事。"

周师爷便道："那两个人家还怕是还要搜一搜，咱们先喝盏醒酒汤吧。"

待柳嫂子亲自送了四盏酸辣醒酒汤到里边给四位官老爷，狄希陈就道："今儿还有正事，只怕他们家里还有同党，咱们查完了，晚上回来再乐。"众人都应了，各自擦了脸吃了几口茶，在那里坐着闲话，狄希陈怕常五曹六家里查出人家妻女的阴私，叫无良衙役们传开了坏人名声，就亲自带了人，命狄周引路，去抄常五的家。

到了常五家的小院子门口，狄周道就是这里，快手番子们已是将前后门都守住了，踢开门进去，西厢里锁着一个十一二岁极清俊的小厮，正房东西两间都搜出些男人的鞋袜并女人的胭脂花粉等物。狄希陈道再查，周师爷跟小九也亲自动手，

挨着板壁敲了半日，敲到桌底下，果然有暗橱，打开了看，里边约有二百来两银子，还有一本账。周师爷翻了几页合起摇头，狄希陈就知道是找着了，只将这银子账本并那个小厮带回去。那些官差们落后几步，先将这屋里搜刮干净，方寻了个地方来问他这常五姑嫂可有什么男人来往，因前边走得远了，干脆另寻把锁锁了门，叫到衙门里去问话。

狄希陈有周师爷这样的能人做主，不消两个时辰就审问清楚，常五曹六这两个人妖流窜到成都将近两年，并无余党。起先是真做厨娘，后来就借着教人家做菜做些事情，拿下把柄骗些银子，高门大户都不敢动手的，只寻中等人家做事。

狄希陈叹息，就不细审，银子充了公，公堂里一把火烧了账本，把这两个不男不女的妖怪拿乱麻堵了嘴放站笼里站了几日，半死不活才扔进监里，再过了几日果然瘐死，就将此案了结。

成都城里传说常五曹六扮了厨娘引诱人家妇女，就有那几家与他们走得近的，家里妻子媳妇也有投水的，也有上吊的。布政使听说了这事，反赞他宅心仁厚，保全了人家名声儿。

唯有谢知府听说了，在家里笑道："这么一个大案子草草了事，天大的功劳都不晓得要。怕是与他家母老虎有碍吧。"

谢知府的夫人正在边上，却是个明白事理的，就骂道："审下去，多少妇道人家都要提到堂上出丑，功劳是有了，背个臭名儿倒好？你还是修你的道去吧。"

狄希陈因此事到他手里为止，只有那个小厮，问他他也不说话。因他生得太好了些，有些不放心，就叫周师爷暂领着管几日。

这日回家吃中饭，方见到消失了十来日的薛老三站在桌边，素姐冷了脸不说话。

狄希陈道："舅爷坐下说话。"

素姐气道："这个人叫那个曹六哄了，在城外一个小客店等了十四五日，身上的钱都让小贼偷了去才回家。"

狄希陈笑道："人没事就好。想是饿了吧，先吃饭。"

待小九进来，见薛老三人都瘦了一圈，也是好笑，只是素姐不太高兴，就要寻些事来说说，笑道："好不容易正经请一次客，咱们当时正吃着呢，就听厨房里头那个曹六叫救命，原来守着他的赵快手吃了几杯酒壮了胆子搂住了他。”

薛老三又来了精神道：“得手没有？”狄希陈三个都一阵恶寒，小九被他色迷迷地一问，就不肯再说。薛老三又看着狄希陈道：“姐夫快说，可得了手？”

狄希陈便将经过说给他听：曹六叫救命，柳嫂儿去拉，边上几个衙役们趁乱就想揩油，一个伸手摸进曹六怀里的，也是扯出两团棉花，曹六本来装女人力小，见败露了就推开众人要跑，不防边上有人拿了只炒锅敲倒了。

素姐笑道：“我也是听见前边吵闹，方去寻的那个常五，就没想到他也是个男的。”

小九也笑道：“他装得倒像，我都没看出来。”

薛老三瞅了瞅小九道：“你要装上……”

小九跳起来拿本书使劲一敲道：“休胡说。”

素姐本想取笑两句，只是想到古代叔嫂之间不像现代可以随便说笑，只得忍住了。待紫萱来了见到舅舅，高兴地扑上来问好，薛老三就笑眯眯跟她说话儿，顾不上取笑小九。

狄希陈又道：“那日酒席上典史问我，有个狄希清升了都察院右都御史，也是山东的，可是咱们同宗？我含糊了几句。小九可知道是不是咱们家的？”

小九想了半日道：“咱们绣江这一支从济南府搬来也有百来年了，若是这位大人是济南府人，就算同宗，也是远支吧。”

素姐笑道：“难怪这么多人送礼来，我还以为是因为相于庭迁詹士府的少詹士呢。可惜他们没打听清楚，都白送了。”

狄希陈笑道：“现在的风气，不是一个姓的认门生，是一个姓不是一个省的认同宗，一个省的就自称子侄了。巧了他又跟咱们小翅膀名字差不多，是不是，咱们不说。”

小九也笑道：“多亏他，我跟周师爷这两个月也发了财的。咱们还是闷声发财要紧。”说得素姐跟狄希陈都笑了。

唯有薛三舅不快活，因小紫萱陪他说话，就不好说人家不送他钱的话。待饭菜都上齐，素姐给小九跟薛老三都布了菜方道：“其实那两个人手艺真是好，老老实实做个厨子也能过得日子的。”

狄希陈看了女儿两眼，忙道："吃菜吃菜。"素姐会意，就说些别的事混过去，饭罢薛老三自去安抚他的小桃花。狄希陈跟小九去寻周师爷闲话。

周师爷见他们来了，笑道："我可问出这孩子的来历了，你们再想不到的。"

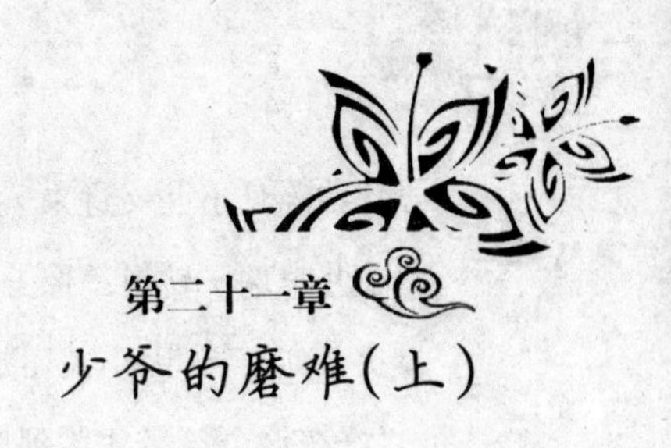

第二十一章 少爷的磨难(上)

小九因那个孩子生得好，倒有些与他同病相怜的意思，忙问：“难道是谢大人家的？”

周师爷摇头，狄希陈细想那孩子的相貌，笑道：“谢大人骨格清奇，神仙一样的人，生不出这么……”又看了看小九，道，“可爱的孩子。”

周师爷胡子抖动不停，转过背去拿茶盅，好好笑了一会儿，方板了脸正经道：“再猜。”

小九狠狠跺了门槛一脚，去耳房瞧那个孩子正坐在火盆边烤火。见有人进来，那孩子站起来施礼，抬了眼看是个长得比他还要俊的十七八岁的少年，盯着他上下打量，吓得直往墙角缩。

小九只得掉头，才走到台阶上，后边门已是悄悄关上。小九赌气想回家睡觉，又怕他两个背后取笑。

狄希陈见小九又进来了，笑道："可是瞧出来长得像谁？"

小九眼珠一转道："像五哥你。"

狄希陈大笑，因小九还是恼了，便直说："有五分像林大人，我都瞧出来了。"

"好在这个孩子才落到曹六手里没几天，还不曾吃过什么苦。"周师爷在案上烧的一小壶水已是滚开，就拎了起来给狄希陈小九一人冲了一杯茶，笑道："明儿贵府找两个管家送他去绵阳吧，只说路上遇到的。"

狄希陈点头道："也只得如此了，天幸赵快手手快，不然这孩子只怕也叫那两个人妖引诱坏了。"

小九忙道："周先生可有问清他为什么孤身在外？就这么送了去，不好。"

周师爷摇头道："只说是寻亲。"

小九又道："咱嫂子与林夫人来往过几次，不如问问嫂子再说。"

狄希陈果然晚间临睡时想起来问素姐，素姐冷笑道："林夫人说她只得两个女儿，还没有生儿子。"

狄希陈奇怪道："难道他家就没有几个妾？"

"林夫人说他们两口子极恩爱的。"素姐想了想又道，"听说林大人本是贫士，是林夫人父亲爱他才学，将女儿配了他，送了大把嫁妆。林大人感激妻子，不肯纳妾。"

狄希陈笑道："这就奇了，难道这孩子也是个骗子？这个时代通信不发达，隔了几千几万里的一个孩子，他哪里知道四川有个同知林大人呢？"

素姐道："你就是太热心了，休要送他去，那两口子下手可狠。"

"难道你就不热心了？"狄希陈凑了素姐跟前撒娇，"不许说我。"

素姐学恶少挑他的下巴，另一只手就去解他的衣裳，故意色迷迷道："只许我放火，不许你点灯。"

狄希陈半推半就被素姐推倒在床上，正要化被动为主动，就听见外门守夜的媳妇子叫门。素姐忙起来披了衣服出去，狄希陈拉了件皮袄道："你回床上去，怕是衙门有事。"一面说一面开了门出去问话。

素姐卧床上瞅着一支蜡烛烧了小半截，还不见狄希陈回来，只得穿好了衣服，掀了棉门帘出去。外头明月高悬，满地白霜，院子里一行大大的脚印朝外。冷风一吹，树上挂着的几片枯叶哗哗乱响，素姐就觉得身上寒冷，回屋加了件大袄儿，想着狄希陈出去时没穿多少，要打发个人出去问问送两件衣裳，就转到后边耳房叫春香起来。春香应了一声在房内摸索穿衣，一边要来开门一边道："大嫂屋里烤一会儿火。"

素姐道："我穿的不少了，就外边站站吧，你穿好衣裳再开门，看冷气带进去冻着。"

她两个说话，小荷花跟小杏花都醒了，纷纷起来穿衣，春香开了小半边门缝出来扶了素姐道："小心地滑。咱们先前头去吧。"

素姐点头道："这么着，小荷花去我房里就火盆上烧一锅酒酿鸡蛋送前头去。小杏花把他的夹袄跟大毛披风找出来，两个一道送前头去。"

小春香已是点了一个四面玻璃的方灯笼，远远地守夜的两个媳妇子就迎了上来，素姐道："你们守好门户，不必跟了来。"待走到大门处，门房里柳荣跟几个管家还没有睡，在那里烤火闲话作耍，听见声音出来笑道："前边有个小哥儿上吊了，已是救下无事。"

素姐道："我还是瞧瞧去，房里还有谁？叫两个跟了我前头去。"

门房里的几个管家都出来帮忙开门，素姐见有狄九强在里头，就自己直接叫了两个人跟着，推开前衙的后门，一行人到狄希陈书房。

狄希陈的前书房里灯火通明，一个门子守在门口，见是县太爷夫人来了，忙喊了一声："狄奶奶来了。"就退了几步到墙边面朝里。

素姐叫他喊得有些不好意思，只得退回过道转角，等里边人都出来，小九已是接出来道："嫂子使个人来瞧瞧就是，怎么自己过来了？"

素姐含笑正要说话，他却掉了头在前边带路。小春香的脸叫灯笼一照，红得放光，素姐看了更是好笑，就不理他们两个，拾阶而上，狄希陈背了手站在里间门口正与周师爷说："这孩子怎么这么想不开。"见素姐进来，忙道，"这么冷，你来做什么，明儿又要叫膝盖疼了。"

素姐不理他，进了里间瞧那个孩子，见他小眼睛哭得红肿，脖子上一道勒痕，缩在床上一角，偶尔抽泣一下。因他只比小全哥大两三岁，素姐叫他引动了思儿的慈母心肠，就坐下问他道："孩子，不要怕，谁欺负你了跟俺说。"

素姐到明朝这些年，说话已是带山东口音，那孩子听了亲切，眼泪汪汪牵了素姐的衣袖哭道：“俺娘死了，叫俺找俺爹。”

素姐拍他的背道：“你知道你爹在哪里，俺们送你去就是，上吊做什么。”

孩子哭了半日，小荷花已是送了热气腾腾的酒酿来，先就盛了一碗给那孩子，素姐接了道：“你先吃点儿，你可是大男人了，不作兴哭哭啼啼。”

那孩子方慢慢止了哭，一口口吃起来。素姐见他吃得香甜，又盛了一碗给他，吃完了左一句右一句哄他，方慢慢套出来缘故。

那孩子说他姓林名天赐，爹爹是个秀才，在他一岁时去了府里考试，只送了封休书回家。他娘带着他找了几年，变卖了家里的房子田土，才有族人跟他说他爹中了举在四川绵阳做官。待他娘搜罗了衣裳铺盖当了几两银子寻到绵阳，又听说他爹在成都做知府了。再寻到成都，他娘已是病入膏肓，挣扎着做些针线活，在东门租了间小屋，与常五嫂做邻居。因常五嫂常到大户人家走动，就求她去知府大人家里打听，谁知常五嫂只是口里应得爽快，拖到上个月他娘病死，哄他说帮他找爹，关在他家厢房饿了几天，叫他装女孩子，他不肯，打了两次了，说再不肯就要卖他。他在县衙等了一天都没人送他去寻他爹，心灰意冷才上吊的。

等林天赐说完了，素姐方觉得有些困，瞧外边狄希陈坐在那里小鸡啄米，周师爷跟小九都不见了。小春香还在强打精神一边打哈欠一边拨火盆。小杏花跟小荷花都倚着墙睡着了。

素姐叫林天赐睡下，给他掖了掖被子道：“你先睡几个时辰，婶子回头再来瞧你。”又将他里间的门帘掩上，推狄希陈道，“咱们回家睡去吧。”

小春香也推醒了她两个，先点了灯笼去叫门子来，吩咐他好生守着这孩子。狄希陈就扶着素姐回家睡觉。

将到凌晨，狄希陈听见素姐梦哭，移了灯看她半边枕头都湿透了，怕她着凉，抽了她的枕头要将自己的换给她，素姐已是醒了，摸摸头下冰凉，脸上还有泪痕，忙自己爬起来将枕头掉个面，笑道：“我这是怎么了？居然梦到林天赐变成咱们小全哥了。”

狄希陈搂了素姐道：“我也想儿子了，不知道他在家怎么样。不然咱们辞了官回家去吧。”

素姐苦笑道:“不行,儿子长大总要单飞,让他受些磨炼吃些苦头比在咱们大树底下乘凉强。”

狄希陈伸懒腰道:“咱们儿子可以无忧,那个林家的还给人家吧。林大人两口子没有儿子,这时跳出一个儿子来,林夫人不想要也得要了。”

素姐本来躺下了,听了这话又爬起来道:“林夫人还不到三十岁,不见得就生不出来儿子。你就这样送去了叫她折磨死了,不是咱们造孽?”

狄希陈笑道:“女人的心思你最懂,可是明朝不比两千年。两千年还有国家干部为了生儿子开除公职的。这个时代,没有儿子的人,就是要过继,也还要本族近支,女儿生的那是外姓。我担保送去了没事。林大人一定拿银子谢咱们。”

素姐叹气道:“换了我可忍不得,一定想法子赶走。”

狄希陈笑道:“再睡一会儿吧,我们叫你家老三带了狄九强送去,一路上传得人人都知道了。林夫人还要装装样子,又不比你现代女性更愿意生女儿的想法,有这么个男孩儿,她就不用给林大人纳妾,必肯的。”

“只怕这个孩子还要吃苦。”素姐不放心道,“那么聪明呢,给我做儿子就很好,不行,你过几天再送他,我给他做几身衣裳,教教他适应现实。”

狄希陈哈欠连天,拉了素姐一头睡下道:“教吧,小心别把两千年那套带出来。他学点儿世故人情,也能过得好点儿。”

第二日狄希陈到了衙门,就叫小荷花带了林天赐到后宅。素姐正查小紫萱背书,他就在边上静静地站着,待紫萱背完了方上来给素姐磕头。素姐笑道:“快请起,到婶子这边坐下。”

小紫萱并没有见过比她大的陌生男孩儿,就多看了两眼,又怕妈妈骂她,掉了头看素姐的脸色,素姐笑道:“这个林哥哥在咱们家住几日,他千里寻亲,可了不起呢。你跟他见个礼吧。”

小紫萱忙立起来福了一福,林天赐也还礼。素姐笑道:“绵阳的林大人前几个月来成都府署过知府印,虽然也是咱们山东人,却不一定是你亲爹爹。”

林天赐的眼圈就红了,因昨晚素姐说男子汉不作兴掉眼泪的,眼泪只在眼圈里打转转。

素姐又道:“若是咱们家突然来了一个人说是你爹爹的儿子,紫萱你信不信?”

小紫萱本来叫林天赐招得也想哭，听说了这话，捏紧了拳头站起来道："谁抢我爹爹，我打死他。"

素姐笑道："就是了。林大人家听说有两个女儿，跟你一般大呢，只怕想法也差不多。"

看了林天赐又道："万一不是，你见了人喊爹爹，林大人生气了要打你板子的。"

林天赐被素姐吓得眼泪哗哗流了下来，小紫萱的心就先软下来，抽了自己的帕子给他道："俺不打你了。"

素姐又问小紫萱："要是找来的人真是你爹的儿子，你爹爹要养活他，给他衣服穿，给他好饭吃，他有的你没有，你快活吗？"

小紫萱看看林天赐，又歪着头想了半日，素姐笑着不说话，林天赐也止了哭看她，小紫萱方道："要是这个哥哥，咱们养活他吧，好衣服好吃的分一半给他。"

"要不是你面前这个哥哥，是你不认得的呢？"

"不给，打死也不给。"小紫萱本来就有些舍不得，林天赐生得好看，又坐在她面前哭，所以心软，才要分他一半儿，说到别人，小拳头又提起来了，狠狠地挥了两下道，"我不打死他，妈妈也打死他了。"

素姐笑道："很是，妈妈也不放过他。林天赐，若是你跟爹娘一起开开心心的，你爹说你有个哥哥要来家养活，你的东西都要分他一半，你心里愿意吗？"

林天赐本来想说愿意，可是想到一个烧饼他自己都吃不饱，再分一半给人家就更饿了，犹豫了半日方道："我会分，可是心里不愿意。"

素姐笑道："你是个好孩子，紫萱不愿意，也不能说你是个坏孩子。"

紫萱因素姐没有夸她，翘了嘴道："我也会分，我是好孩子。"

素姐点点她的额头道："从前你哥哥跟小叔叔都让着你，好吃的分三份，那两份都让你哄了来吃独食，当我不知道呢。就是分了，你背后也想着绊人家一下，害人家出丑。"

说得小紫萱不好意思地吐了吐舌头，躲到春香后边去。春香就道："谁家来个陌生人来分家产会喜欢？差不多的人家赶得远远的罢了，狠毒的先收了家里去再慢慢治死你，休说是外来的，亲兄弟争家产还斗得你死我活呢。"

林天赐听了头都软得立不起来。素姐笑道："小春香你为九爷抱不平也罢了，不要吓着人家孩子。"拿了一盒点心递给他道，"不是婶子唬你玩。若是林大人真是你爹，林夫人只怕不晓得你爹前头娶过妻子生过儿子。你这一去，她不好不收你的，进了他家门，你又没有亲娘，谁护着你呢？"

素姐见小紫萱又坐了回来，便抱了她坐在膝上，说些人情世故给他两个听，又拿人在屋檐下不得不低头，大丈夫能屈能伸的故事，一一比方透彻，最后取了一对四两重的金镯子来给林天赐戴上道："寻着了你爹，不要与人斗气。好好读书，将来考取了功名，做不做官都无所谓，可以自立门户不受人欺凌。若是真待不下去了，这对金镯子还值些钱，你变卖了去山东绣江明水镇找婶子，咱们明年就回去了呢。"

小紫萱也似懂非懂道："林哥哥找着爹爹记得来山东看咱们呀。"

素姐又吩咐道："镯子收好了休叫人看见，不到考中举人不许拿出来换银子花。你在婶子家再住几日，婶子使人送你到绵阳林大人府上。"

狄希陈本来想叫小九送他去，小九道："这事我不合适，叫薛三舅带了狄九强去最妙。"

周师爷拈须而笑道："薛舅爷这么一路张扬下来，这孩子又确是林大人亲生的，他非但要认，还要送些银子谢咱们呢。"

果然，薛老三带了狄九强，一路咋咋呼呼，人还没有到，林大人已是知道狄大人路边拾了个长得跟他一模一样的孩子送来认亲。林夫人使了棒槌还是动了家法不得而知，薛老三离绵阳还有一站路，林大人已是亲自来迎。一眼见到林天赐，父子天性，再等儿子拿出了生辰八字跟藏了十来年的一封休书，更是确认无疑，抱着儿子哭了一场。

林大人将准备好的一千两银子送与薛老三，薛老三受了，只摸摸林天赐的头道："好孩子，可寻着你爹了。"对着林大人连个揖都没有，掉了头搬了银子到车上一路直奔。

回了家薛老三还晓得要把银子交给狄希陈，狄希陈道："你取二百两分给周师爷跟小九吧，是他们商量出的好法子，那八百两叫你姐姐替你收起来回家买地。"

薛老三方乐呵呵道："林大人也要多生几个儿子才好，咱一年送三四个就够了。”

狄希陈笑道：“收了人家银子，此事不准再提。”

薛老三一边摸银子一边笑：“知道，知道，得人钱财，我就闭嘴，姐姐教过的。”

第二十二章
少爷的磨难(下)

小紫萱好不容易得了一个能说几句话的新朋友，没有几天叫舅舅送走了，就总想着要问这个林哥哥什么时候再来。这一日午后狄希陈无事闲坐在家跟素姐两个说话，小紫萱爬到她爹爹膝上磨蹭，道:“我想吃蛋卷。”

狄希陈最是疼爱女儿，道:“好，叫你娘去做。”

素姐扔了手里做的一个布老虎，道:“怎么不叫你荷花姐姐做给你吃？”虽是嗔怪，已是收拾了针线箩，拿了围裙出来拍了几下。

狄希陈放下女儿过来替素姐卷袖子，系绳结，这个围裙算是两千年的纪念，样子跟娃娃衫差不多，罩上了连袖子带前胸都能挡着，素姐又拿雨绸在袖口、前胸等处打了几个补子防油，下厨做活就不必脱换棉夹衣裳。素姐一边摘手上的顶针一边道:“回头叫你爹泡一壶好茶。”

待素姐叫了小荷花一起去厨房，狄希陈方问女儿道:“有什么话快说吧。”

小紫萱拉了狄希陈的衣袖道:“俺就是想问问那个林哥哥啥时再到咱家来。”

狄希陈想了想笑道:“他要念书呢,只怕要等他长大了中举才有空出来耍。”

小紫萱忙道:“那我也要念书,也要做举人。”

狄希陈笑道:“做举人可不容易,要请先生教你呢,日日要上学,背错了书还要打板子。”

“我肯我肯,”小紫萱连连点头道,“先生没有妈妈那么凶吧?妈妈不跟我说话比打我还难受呢。”

狄希陈抱了女儿在怀里,抚她的头发道:“你娘对你是严厉了些,你不喜欢她吗?”

小紫萱摇头道:“喜欢呀,小镜子常跟我说,我娘最疼我了,都不舍得给我缠脚。”

狄希陈一听女儿提到缠脚,头都大了。素姐的小脚,站的时间长了,晚上睡觉脚跟膝盖痛得都伸不直,虽然他也舍不得女儿再吃这样的苦,可是大脚又怕嫁不出去。每次跟素姐提缠脚,素姐都不理他。“那你想不想缠脚?”狄希陈努力装出若无其事的样子问。

“不想。”小紫萱拼命摇头道,“小镜子的脚都烂了一半,还臭。每天还要杏花姐姐帮她洗脚,一边洗一边哭。”

“可是大脚嫁不到好人家。”狄希陈皱了眉道,“你娘能嫁给我,就是因为她是小脚。”

窗外一个清脆的声音笑道:“休听你爹胡说,嫂子真要是大脚,你就不娶了?”

小紫萱听见是九叔的声音,忙跑过去拉了门帘。小九弯腰进来,道:“嫂子在厨房吧,若是当了面你可敢说?”

狄希陈挺直了腰板大声道:“不敢。”又叫小春香,“春香,上茶,九爷来了。”

小九笑道:“你叫吧,你叫吧,叫破喉咙她也不来。”

小杏花已是抿着嘴儿送了三碗热茶上来,将桌上两碗凉的收起。小九道:“五哥不要哄小紫萱缠足,好好的一双脚非要变残废了才好嫁人?以咱们家世,就是天足,最多人家骂骂你们两口子罢了,有钱有势,什么样的好女婿随便挑。”

狄希陈苦笑道:“我也舍不得叫她缠,可是世道如此。”

小九又道:“若是因为小脚不肯来说亲,这样的人又有什么好?”拉了小紫萱过来道,“咱们不缠脚,你娘才是真心疼你,缠了那个脚活受罪。”拍拍她的头道,“想跑就跑,想跳就跳,出去玩去吧。”

狄希陈见小九打发了紫萱出去,料他是有事说,就站在门口叫杏花带女儿院子里头玩,关了门等小九说话。

小九从袖子里掏出一张米票道:“这个是前日周师爷说过的那个争产的孔大户送来的五百石。”

又道:“监察御史到了成都不到十天,就有人去告林同知休妻再娶,布政使来了人送口信说,怕是要问咱们详情。”

狄希陈笑道:“咱们只捡了个孩子,自称是林大人的儿子,别的都不知道。”

小九笑道:“周师爷都准备好了的。听说林夫人撒泼上吊,闹得鸡飞狗跳,将小天赐关了柴房不给饭吃。林大人在夫人闺房跪了一夜,打了自己几十个嘴巴,才求夫人放了儿子。就这么着,林夫人还把林天赐赶了厨房里睡,当小厮使唤,往死里虐待。”

狄希陈听了道:“这孩子可是自投罗网,素素那么劝他,还是要找自己爹。”

小九想了想道:“听说这个监察御史李大人就是大婆子养的,老太爷宠的是妾生的两个儿子。林大人这回撞到他手里,够他喝一壶的。”

却说林天赐被林大人接了回府,林夫人见了他们父子两个笑容满面携手进来,本来一肚皮的怒火又涨高了三分,拿了手边一个酒壶去砸林大人,骂他道:“明明都有了儿子,为什么当年要骗我爹说你没有娶妻?”

林大人叫酒水淋了一头一脸,额头上还砸了一个青包,赔了笑道:“当时夫人已是许了非我不嫁,我休了前妻方敢应承亲事,并没有瞒骗岳父大人。”

林天赐见日思夜想的父亲如此行事,退了两步站在墙边。林夫人见了这个十一二岁的大孩子,穿了簇新的绸缎衣服站在那里看她,眼里似有嘲讽之意,更是不快,推翻了桌子骂道:“来人,将这个小杂种脱了衣裳关到柴房里去。”她身边的丫头媳妇们忙拉了林天赐下去,拣了件破袄儿给他换上,为了讨好主人,故意关了小天赐到四面透风的柴棚子里。

林大人因做了亏心事,何况现在只得这一个儿子,不免有些心疼,摆了丈夫的架子骂道：“林家只有这么一个种子，虽然不是你亲生的，也要善待他才是。”

林夫人冷笑道：“不是我家为你上下打点，你到死还是个穷秀才，休在我面前充老爷。”

一面就收拾了衣裳箱笼要回娘家，见林大人生气去前衙住了几日都不进来拦她，拿了一条旧汗巾，还怕太结实了，又使剪刀剪了十七八个窟窿，叫了两个女儿来道：“你们的爹有了儿子，不要你们跟娘了，我先到地下等你们。”就拿凳子搭脚要爬到门上吊起来。林夫人身边的丫头们都知道她是做戏，一面使人去前衙叫林大人回来，一面拉道：“一个野小子罢了，夫人明年生了小少爷，大人自然打发他走。”待林大人进了内室，众人放手，林夫人就真要吊上去，一脚踢翻凳子，凳子还没有倒下，人已是摔了下来，头磕在桌沿晕了过去。

林大人本来是想杀杀妻子的脾气，见她晕倒，也怕闹出人命来，林夫人娘家虽然不是大户，他的泰山老大人可是富商大户都怕的一个狠人，又做了粮长横行地方。思来想去，儿子还可再生，这个娘子不似前妻可以随便休，只得亲手抱到床上，待她醒了跪下认错。

林夫人在床上躺了一天一夜，林大人也跪了一天一夜。正好那日绵阳知府有急事找他，一连四五遍拿了帖子都请不来，还是亲自到他府上，林夫人方放人。知府大人见林大人走路姿势奇怪，已是心生怀疑，又见坐了半日，也没有茶也没有饭，只得打道回府。男人也是有好奇心的，就使了人打听，正好监察御史李大人与他是同年，两个人一处吃饭时家人来报。他听了不过笑话几句，李大人触动了心事，就要办他，使了长随四处打听，又打听出些别的事来，更是铁了心要杀鸡儆猴，先拿他来立威。

林夫人知道了消息，虽然放了林天赐，但活罪难饶，打发了他在厨房打地铺，做重活，林大人心里舍不得，却怕这个当口林夫人闹起来丢官，也只得私底下跟儿子道：“吃得苦中苦，方为人上人。你且忍耐几时，待你娘消了气再把你搬进来住。”

众人都以为林天赐受不得这样的苦，过不几日不是病死就是逃走，却不料林天赐本来过的就是朝不保夕的日子，此时有衣穿，有饭管饱，虽然活重了些，却比他从前要好过得多。是以素姐送的两个金镯子他都套在手上拿布条缠了，夜深无人时拿出来瞧瞧，并没有想逃的念头。

从小林天赐就过的是颠沛流离的日子，受尽了亲族白眼，如今衣食尽有，又有素姐说的那些话在前。下人们的冷嘲热讽他都当风吹吹，就是那两个同父的妹妹无事生非，他也事事退让，逆来顺受。林府家人们虽然都看女主人脸色过活，到底这个孩子是老爷的亲生子，也有几分怜他，私下里议论几句，就传了出去。

李大人听说，更是生气，四处搜罗林大人的政绩，使了管家去成都县里问周师爷，周师爷只说出门半道上拾的，还罢了。问到别人处，哪个是喜欢林大人的，七嘴八舌将林大人的前事尽数揭起，顺着藤儿摸出一车瓜来，就有好些恨他的人另写了状纸去投。李大人审出来他草菅人命断的那些官司，以张氏二女一案为最。林大人只有摘了纱帽待罪。林夫人此时也不跟林大人吵闹，拿出银子来四处打点。御史大人一时意气罢了，到底却不过家兄情面，收了他几千两银子才肯放手。

倒是林夫人这个节骨眼上又怀孕了，林夫人盘算这次肯定生儿子，对林天赐虽然还是视如眼中钉，就不急着去拔他，就装好人叫他搬到内宅来，给他好衣服穿，还请了先生教他，总以为这么着讨了李大人的好，就可以将这个官儿做下去。只是事已传开，布政左使大人传了话叫林同知告病。林同知也只得收拾了箱笼回乡，再看这个儿子，已是认了下来，虽然恨他坏了自己的官，却是踢不走了，待他如同路人一般。林夫人才放下心，带着他一起坐船回乡。

小九心热，听说林大人回乡经过成都，乐呵呵拉着薛老三去见了林天赐一面。素姐也备了礼送去，林夫人一一收了。

小紫萱听说林哥哥要走，非要见他一面儿，狄希陈叫女儿缠得没法子，只得摆了酒请林大人一家子吃饭。林大人此时颇有人生寂寞之叹，难得狄希陈热情相送，又要图有现官儿送他脸上好看，欣然同意。

小紫萱席上见了两位林小姐没有话说，只对着林天赐道："林哥哥，俺也要上学了，等俺跟你一起考举人呀。"林天赐虽然晓得女人不能考科举，还是对着这个真诚的小妹妹点头道："好，咱们比一比，看谁先考上。"

林大人久闻狄家富厚，就起了心思道："君有佳儿，不如咱们结个亲家吧，俺这两个女儿都还没有许人家呢。"

素姐跟林夫人在围屏内另有一桌，听了这话都不喜欢。林夫人是不想女儿嫁土财主，素姐却是敬林夫人而远之。林夫人就咳嗽起来，林大人正想接着说女儿的生辰八字，只得和着酒咽了下去。狄希陈捏了一把汗听林夫人咳嗽了半日，方将这对夫妻送回江船上。

到家素姐笑道：“若是天赐那个孩子，我就肯了。她那两个女儿，还是留着做贵妃去吧。”

第二十三章

小九的苦恼(上)

狄希陈听了素姐的抱怨,笑道:“不只是你,我也吓得半死。天幸林夫人在那里咳。”

素姐笑道:“没见过面也上赶着要结亲,他娘子死命拦呢,眼睛都瞪得有牛眼样大。”

“想是为了钱吧,听说林大人这次叫李御史挤了个干干净净。”狄希陈笑道,“冲他搂钱那不要命的劲头就知道了。比不得咱们,不是怕这个官儿当不长,我一分钱也不收人家的。”

素姐听了好笑,拿了账本出来扔到他面前道:“上次谁吹牛说自己当官挣的比我开作坊多?还说要拿这些银子做私房钱的?”

狄希陈得意:“老婆,你的就是我的,我的还是我的。”

素姐看房里无人,要扑上来咬他脖子,一边磨牙一边道:“也就是明朝,你们男人才敢这样说话，换到两千年，人见人踩。”

狄希陈笑道：“说真的，我现在最怀念魔兽，要是这个朝代有电，有电脑，还有网络游戏，就完美了。”

素姐摸摸狄希陈额头道：“没病着吧？”

狄希陈趁势拉了素姐的手笑道：“看看你这双手不再像老生姜，一辈子不玩魔兽也值呀。”

素姐虽然明知狄希陈是肉麻，还是喜欢，倚了狄希陈的肩头道：“明年呀，咱们买块带山头的地，建一个大院子，山呀田地呀都围在里头，再养上猪羊鸡狗，也不怕走丢。”

狄希陈也道：“我就想建个小号的铁炉堡，那玩意儿结实，不但防火防盗，过几百年还能当文物卖钱。”

素姐凑到狄希陈的耳朵边呼气笑道：“想建就建吧，银子多了也没什么用处，说不定铁炉堡横空出世，大明朝的两千年穿越人士就纷纷来投了呢。到时候……”轻轻咬了狄希陈的脖子一口道，“你还可以组个团玩航海大时代。”

狄希陈摸了摸脖子，正色道：“明朝的皇帝我记得不真，好像再过十来年就是刘瑾当权，银子多了招人记挂，咱们修个碉堡，也算有个退路。”

素姐学着女儿紫萱的表情拿手指头刮脸，羞他道：“你想玩就玩，非要找个千秋万世基业的借口。”

狄希陈笑呵呵在素姐脸上啄了一口道：“我来画设计图玩，娘子大人红袖添香如何？”

素姐便喊春香打水，两口子洗了手，狄希陈自磨墨，素姐先铺了一张池纸，又找了两块香来点上丢进香炉，就坐在狄希陈身边看他沉腰坐马，摆出宗师风范来，在大好的纸上左一坨、右一坨涂墨球玩儿。素姐看了半日笑道：“这个是什么？保密图纸？”

狄希陈退后两步细看了看，摇头道：“这个是野兽派的风格，你的艺术素养还要加强呀，以前萝莉漫画看得太多，有空还是跟女儿学学琴棋书画什么的陶冶一下吧。”

素姐因狄希陈笑话他，拿了一支笔要扔他。紫萱咯咯笑着跑了进来，素姐忙蘸了蘸墨递给狄希陈，冲他对口型道："收起来。"

狄希陈将他的墨宝揉了一团，正要丢掉，门帘被小春香掀了起来，薛老三兴冲冲拿了帖子跟小九一道进来，先问了好，才道："有个乡宦卫大人做寿，送了帖子来请。"

狄希陈道："他手眼通天，必是成都府的大小官儿都请了，少咱们一个不多，备份常例寿礼送他便了。"

薛老三忙道："满城都传说他家的戏酒好，姐夫真不去？"

素姐笑道："原来是为着戏酒两个字，你就直说你想去吧。"

薛老三便推小九，小九笑道："卫家的戏班子调教了几年了，这是头一次演戏，听说里头有个小旦生得极好。

狄希陈笑道："别人去都使得，若是你去了，再是美人都叫你比了下去。"

薛老三因小九说中了他心事，也道："九叔借春香衣裳扮上一扮。"

小九生平最恨别人说他像女人，气得牙痒痒地伸拳头，老三还不知道死活道："你扮上了肯定比春香俊。"

素姐见薛老三越说越疯，怕小九下不了台，忙道："我昨日做了几盒蛋卷，叫小荷花去拿一盒来吃。"又道，"这位卫老爷做寿，礼不可过重，也不能太轻，我拿十坛自酿的葡萄酒跟上次人家送的福寿屏风，再配两样吉利花样的绸缎可好？"

狄希陈笑道："尽够了，不过是个意思罢了。"因薛老三站了他后边替他捏肩，又道，"你要去也使得，只是我不爱这些场合，拿定主意不去了，还得有人陪你一起去才好。"

小九听了眉开眼笑，冲薛老三钩手指头道："求我吧，求得我开心了我说不定就陪你去了。"

薛老三见姐姐没言语，忙丢了狄希陈，倒了碗茶送到小九面前笑道："九哥，喝茶。"

小九慢吞吞接了茶，呷了一口道："凉了。"

薛老三忙道："我亲自去再沏一壶。"也顾不上跟小紫萱说话，兴冲冲又出去。

素姐方笑道："九叔还要去，咱们还得再添两样儿。"站起来道，"我前日拿碎珠穿了一对小香炉，虽然珠子不值钱，胡三多瞧见了说外边没有这样的花样儿，做添

头送上吧。”

狄希陈指了小九笑道：“你也要去，看了戏就快来家，休叫人抢了去。”

小九跳了起来道：“五哥欺负我，五嫂也不管管他。”

素姐笑倒在椅子上，拉了女儿的肩爬起来道：“你五哥说的是好话，你又不肯留胡子挡一挡，小紫萱前儿还说她生得没你好呢。”

紫萱点头道：“九叔比春香姐姐还好看。”

小九龇牙咧嘴了半日，方笑道：“其实紫萱才是最好看的，比九叔好看多了。”

薛老三已是捧了一壶热茶进来，边走边笑：“上好的老君眉，九叔多喝几碗。”

小荷花又另送了一盘茶食进来，站在边上笑道：“小紫萱想问大哥大嫂，什么时候给她请先生呢，她自己总不敢问。”

素姐停了手看狄希陈，狄希陈笑道：“我答应的，明儿就去请，中不？”

小紫萱高兴，学薛老三也倒了一碗茶递给她爹道：“我一定好好念书，将来考中状元给咱狄家光宗耀祖。”

第二十四章

小九的苦恼(下)

小九看了紫萱半天,笑道:“谁跟你说考中状元就能光宗耀祖的?”

素姐忙道:“只怕还是那日我跟林天赐说话儿,她就有心记下来了。”

狄希陈笑道:“中举了光宗耀祖不见得,我只看中他能够遮风避雨免除赋税。两榜进士,任你几千上万顷地都不怕地方保甲来骚扰。”

素姐看小九似乎有些心动,也道:“九叔不如也去考几场,你总是要分家的,哪怕顶着秀才的名头也少交三百亩的税呢。”

狄希陈也道:“学里一个月还有二两银子。”

小九本来叫素姐说得心动,听狄希陈这么一说,当下点头道:“明年回家是得考一个才是,不然交税还罢了,让我去做粮长就要脱层皮了。”

狄希陈肚内便将成都的认得的几个教书先生挨个考量了一遍,思来想去道:“若是只考功名,随便请哪个来都使得,还要连小紫萱一块教,素素你怎么看?”

素姐拿了笔在桌上慢慢画了几笔兰花，笑道："要教小紫萱，还是找个风雅些的人吧，也说说八股文，也教几笔画儿作几句诗。我还能跟后头学学呢。"

小九听了欢喜道："嫂子说得极是，咱们又不用他教识字背文，指点一下罢了，料那个秀才没什么难考的。我也不想做官，守了几亩田作几句诗画几笔画儿，无事跟五哥讨杯酒喝，神仙一般的日子。"

狄希陈跟素姐相视而笑，唯有小紫萱急道："我要考状元，不考秀才。"

素姐微笑道："紫萱比你九叔可小多了，得多上几年学才成，慢慢儿学，咱们不着急。"

狄希陈也道："十年寒窗苦，始得金榜题名呢，女儿你才七岁，再读十年书方十七岁，才九叔这么大，可不得慢慢儿学。"

当下三人商议得请两位先生，一位教八股文的先生隔一日来一次，一位教画画作诗，隔两三日来一次就罢了。狄希陈还主张家人里边寻几个知书识字的做陪读，素姐笑道："那样咱们家的丫头都要去陪读，还得寻下个大屋子做书房呢。"

小九也笑道："小桌子小板凳这几个也跑不了，嫂子还要在书房里安架大屏风隔了男女才好。"

狄希陈心里已是想好了两个人，一个积年的老秀才石先生，一个极有名的落魄才子祝公子。这两位论学问都是极好的，只是功名是前世修来的，还要讲天时地利人和。所以石先生考了二三十年的优等，总是不能中举。祝公子本是世家公子，倒不在意功名富贵，他父亲手里已是败了一大半的家产，到他和几个兄弟分家过活，不过小康。这两个人为人都还随和，所以狄希陈看中，郑重写了帖子亲自去求。知县大人礼贤下士，登门来求师，石秀才就觉得腰也直了，眼睛也不老花了，欢喜应了。祝公子听说是教知县大人的女公子诗画，就觉得狄大人是个雅人，何况送来的礼物里头，池纸徽墨湖笔等物进了眼里就想吞进肚子里，哪里舍得推出去，忙忙地答应了。

素姐在家就收拾出一间大屋子来，又叫胡三多外头找木匠打了一个大屏风，回家拿豆绿细绢围了，就择了三月十五开学。

十二日却是那个卫老爷生日，小九跟薛老三带了管家拿礼物去贺，午饭时去了，不过两个时辰就来家。素姐跟小紫萱站在书房门口正看管家们擦洗桌椅、摆书架笔墨砚台等物，见他们两个路过，笑道："这么早就来家了，可是卫大人家的戏酒不好？"

薛老三笑嘻嘻走过来道："怎么不好？就是有人喝多了，看见九叔非要他扮上一出儿。"

小九气还没消，抱怨道："那个卫大公子有毛病，从我一进门就盯着我瞧，喝了几杯酒就借酒装疯。"

素姐拉了小紫萱的手忙道："快回去跟你春香姐姐说沏壶浓茶。"小紫萱蹦跳着去了，她方笑道："旁边就没人拦他吗？"

薛老三就指手画脚，将经过讲给素姐听，小九在边上又跳又要掐他也拦不住。原来他们两个拿了狄希陈的名帖儿送礼，因是地方父母的亲戚，卫大公子亲自来迎，就与他们一见如故。

虽然卫大公子跟薛老三更说得上来话，眼睛却总是在小九那里扫来扫去。待开了席，又寻了机会坐在小九身边，也不敬人酒，自己左一杯右一杯笑眯眯地喝起来。卫大公子的几位朋友寻了来，见了小九，都笑说这位公子眼生，就七嘴八舌叫卫大公子跟新朋友去装扮了唱出戏。卫大公子护着小九，众人起哄道只要小九扮个旦角亮个相也罢了。小九桌子底下踩了他一脚，痛得他乱跳，小九非要拉他回家，那位卫大公子还送到县衙门口。

素姐肚内好笑，看小九气急败坏，只得强忍了笑道："这位卫公子怕是真心想跟你交朋友吧，年轻人胡闹也是有的。"

小九低头不语，素姐又道："只是你后日就要读书，也没空跟这些纨绔子弟来往，再有人来，嫂子替你打发就是。"

小九方抬了头道："不许叫他进咱们家门。"

薛老三故意捂了嘴笑，素姐瞪了他一眼道："你家小桃花害喜，几日吃不下饭，还不瞧瞧她去？"

薛老三笑嘻嘻学了旦角走路，一扭一扭去了，小九还想诉苦，看素姐笑眯眯地等他说话，脸不由得又红了，慌忙道："我去厨房看有吃的没有。"

素姐暗悔刚才羞着他了，就不好再说你把胡子留起来的话，任他自去。过了好半日，素姐看着管家们收拾好了书房，春香跟杏花已是迎上来接她，素姐随口问道："晚上厨房里有什么？"

小春香笑道："干笋烧肉、猪脚黄豆汤、红烧鸡，还炸了熏鱼。"

素姐道："怎么没有素的？"

"有的，炒豆芽儿，还有冬笋炒木耳，里边加了点儿肉片。还有小白菜肉圆汤。"春香想了想笑道，"单给桃花炖了鲫鱼汤，也放了冬笋的。"

素姐点头道："这还罢了，拿麻油拌一点儿大头菜。这个青黄不接的春荒，就没个新鲜菜吃。"

小杏花扶了素姐，笑道："就是这几样菜，咱们家用的也不少呢，听柳嫂子说胡三多跑了两个多时辰才买来。陕西渐渐有流民到咱们四川来，只怕过些日子到了成都，米又要涨价了。"

素姐想到狄希陈前几日给她的米票，就问米仓还有多少米，春香道："还有十来石。"

素姐忙道："叫胡三多来。"小杏花掉了头去叫人，素姐一路走一路跟春香算些小账，不知不觉到了屋里，妆盒里找了米票出来，就叫春香去看人开了米仓打扫，等胡三多来了将米票交给他去买米。

胡三多双手接了小杏花传过来的米票，道："咱们全买了米吧？"

素姐点头道："买三百石吧，那两百石换五十石面粉，别的换油。"

胡三多忙道："那得现在就去办才好，迟几日就不好买了。"就赶紧回去换了新衣裳去米铺。

小杏花见素姐跟前没有人，趁机求素姐道："大嫂让俺去陪读吧。"

素姐看了她笑道："你们一个两个都背了人来求我，就不怕我不答应？"

小杏花红了脸赔笑："大嫂不是常说，妇道人家知书识字，虽然不用考秀才，教教自家孩子算算账也是好的。"

素姐看了她笑："我记得你十四还不到，早呢。必是见你春香姐姐管家威风，也想像她一般吧。"

小杏花点头，素姐笑道："你们肯上进我自然成全你们，明儿上课大家都去吧，只是要做的活儿课下都要做完。"

小杏花高兴地给素姐倒了一盅茶，掉了头就跑到隔壁去跟小镜子小梳子们说。

狄希陈回家，听见隔壁女儿院子里笑语喧哗，问素姐道："这群丫头今儿怎么了？"

素姐笑道："背了人一个两个来求我说要陪读，我都应了，在那里欢喜呢。"

狄希陈也笑，指了外边道："小桌子小板凳昨天听小九说了，一晚上没睡着，今天一个白天都在那打瞌睡呢。"想起来又问，"你兄弟没有在人家寿宴上惹是生非吧？"

素姐笑道："只怕是你兄弟要惹事了。"就把薛老三的话一一转述。

狄希陈笑道："这群公子少爷们也是吃撑了的，不要理他。我说小九怎么不肯回家吃饭呢，你回头把他那份儿跟周师爷的一起送出去吧。"

素姐就道："我可是打了保票说要替你家九弟打发那个卫公子的，他不会打上门来强抢民女吧？"

狄希陈接了素姐的茶正喝着，就呛了一口，顺了半日气方道："以后只把小九藏家里就是。其实对他有那个想头的人还不少呢，只是这种事毕竟不体面，没有谁好意思撕破了脸用强。"

素姐接了狄希陈的茶碗道："原来这个时代这么流行背背呀。我一直以为"三言二拍"写的是极少数现象呢。"

狄希陈道："这边不比南边，南边人好男风是出了名的。说不定你家薛如卞回家会带几个娈童呢。"

素姐忙道："呸呸呸，你别胡说，同性恋不是天生的吗？他什么时候不正常过了？"

狄希陈笑道："现在流行的不是男男，是男女皆可。古代人其实还是很开放的，公开地买了小帅哥摆家里。那个小天赐，其实常五骗来关了家里就是想教两年卖给有钱的人家。"

素姐看他道："难道那两个人妖不是专骗妇女的？"

狄希陈摇头道："他们原来在杭州就是男娼，也是从小就叫人哄了去调教的，后来两个逃了出来，装作厨娘出入人家内堂，有不守妇道的女子也跟人家勾搭，有俊俏的孩子就见机拐了出来卖。真是两个变态的妖怪。"

素姐就觉得恶心，拉了狄希陈的手说：“我本来还觉得你心狠，也不审就枷死了他们，现在觉得剐了他们也不为过。”

狄希陈苦笑道：“这种案子怎么审？他们是罪有应得，死不足惜。提了相关人证，平头百姓经了公差的手就要破财，妇人上了公堂已是出丑，要再问出些红杏出墙的事来，连她们生的孩子都赶出来，也不知道多少人家破人亡。这起人拐了的孩子也是卖给高门大户，牵连起来好几个省呢。”

素姐道：“总要把人家孩子找回来才好呢，”

狄希陈又摇头道：“你天真了，只怕咱们家的几个丫头里边就有拐了来的，你问她们可肯说真话？”

素姐道：“我看那个小镜子就像有些故事的，她比咱们小紫萱还像个小姐呢。”想着就笑了起来，“这几个孩子咱们不是当孩子一样养活的吗，就是亲爹妈身边也不见得好似这里。”

狄希陈笑道：“可不是，过惯了好日子，再叫他去受穷吃苦自然不肯的，已是那样了，认了回家，只会更差，饿肚子的人讲什么骨气呢。常五曹六就是这样，明明逃了出来，恢复男装老实做个厨子有什么不好？”

素姐想起狄希陈说过初遇小九的事，就想要是让人家拾了去，只怕小九也要日日装扮了女装，才说了“小九”两个字，狄希陈忙笑说小九说不得。

其实小九也十分烦恼，当初他大雪天里跑明水去看灯，又在狄希陈家住了不想回家，一来是因为争产，二来也是因为一个狄三的朋友对他不怀好意，所以躲了出来。幸好狄希陈夫妻善待他，不问原因。后来狄希陈做了官，他就越发有了靠山，这样的人虽然经常遇到，有个县太爷兄弟的身份也容易打发。只是总这样也不胜其扰，毕竟他是个正常的男人，日日被色男盯着流口水，恶心都恶心死了。因听说人家小倌儿长了胡子就没人爱了，他常常拿了把小刀在那里刮腮帮子，只是年纪还小，总刮不出一脸大胡子来。他又爱到处逛，拉了薛老三一道出门，还常被这个二愣子嘲笑，今儿就磨在周师爷家闷闷不乐，一人独坐。

周师爷猜到三分，笑道：“世人好男风的也是常事，你不喜欢拒绝就罢了，何苦自己生闷气？”

小九白了他一眼道：“你天天叫大胡子大叔色迷迷冲你流口水试试？”

周师爷拈了须冲他摆摆手："多吃芝麻花生，胡子长出来就好了。其实你生得虽然好，也不是女相，且忍辱负重几年吧。"

小九跳了起来笑道："周先生经验之谈，受教了。"看周师爷宠辱不惊，脸色都不变一变儿，又觉得自己有些过分，正经行了礼谢他。

周师爷方点头道："孺子可教也。"

小九看周师爷还有授业解惑的样子，忙取了棋子棋盘道："吃饭还早，咱们下一盘吧。"

围棋却是周师爷的大爱，杀小九这样的屎棋更是人生一乐，也就不提。

第二十五章

薛三冬历险记(上)

石先生进门吓了一跳，一间大屋叫一架屏风当中隔了一半，左边一群小厮围着一位长相俊美的少年公子，右边都是些女子，按个子大小前后坐了，仓促间也不好细看哪一位是狄大人家的千金。因狄大人说过不必从头教起，便拿了一篇《论语》来讲。

素姐平时不过回忆了大学时学过的那些经典散文诗词说给女儿听，并没有细说过《论语》，再加上石先生天大的学问都在肚内，只晓得照本宣科，比不得素姐大学几年做家教得来的口才旁征博引有趣儿，小紫萱头一个坐不住了，望眼欲穿等下课。

好容易到了饭时，狄希陈亲自来请先生吃饭，拉了昏头昏脑的小九作陪。素姐在家跟女儿两个吃饭，小紫萱就道:“那个石先生不如娘教得好，还是娘教俺们吧。”

素姐道:“胡说,石先生极有学问的,我在窗外都听得入了迷。”

小紫萱见母亲的脸板了起来,就不敢再说,委委屈屈吃了一碗饭,素姐还要她背出了先生早上说的几句书才放她出去玩。到了下午,一屋子的女孩子就去掉了一半,春香说她要算账,小荷花说她要趁了晴天晒衣裳,小梳子跟小雨点干脆说不去了。素姐站了窗外瞧,除了紫萱一脸无奈地坐在那里,身边只有小镜子跟小杏花,男人那边居然还多了几个中年管家,连胡三多也捧了本《论语》在那里看了石先生的胡子发呆。

素姐回了屋子,瞧几个人都在那里假装忙碌不敢在她跟前多逗留,觉得自己板着脸也很辛苦,信步在家里走了几圈儿。成都县的后衙本来不小,前几任都是将后门边几个院子租出去得钱好补贴修理官衙的费用,唯有狄希陈到任,一来觉得出租麻烦,二来狄家下人从来住得宽敞。果然等素姐带了人来,就将后衙住得满满的。素姐来了还要另建厕所跟下水道,方觉得住得比山东乡里舒服。宅里小块地都种上柑橘、樱桃等果树,大块空地都叫狄九强做了菜园。此时节气近春,暖洋洋的太阳照在身上,一路行来满眼青翠的橘树。

狄九强此时正穿件单衣在那里整地,见素姐走近了忙放下锄头来行礼。素姐见墙角边放了一个竹篮,里边是些切碎的块块,蹲下来拾起一个看,居然是土豆,再拿了一块发白的块块,嗅嗅味道是红薯。素姐激动地扶了墙站起来,问狄九强道:“这是哪里寻了来的?”

狄九强笑嘻嘻道:“九爷不知哪里央了人福建带来的,叫俺切碎了种种看。”

素姐欢喜之至,指了土豆的芽眼道:“一块上有一两个芽就得。这个单用一块地种,那个叫什么?”

狄九强想了半日才道:“好像叫什么番薯。”

素姐笑道:“番薯不能靠墙的,下种的时候我也不知道对不对,你另找块大空地种去。”

狄九强“嘿嘿”了两声道:“九爷也是这么说来的,买了几篓呢,叫我隔几天下一次种。”

素姐点了点头,因走得有些累了,在地头坐了不雅,前边就是薛老三的家,就进去歇脚,才拐进院子,就听见小桃花笑语:“这个小衣裳做得好不好呢?”

薛老三正要说话，见素姐进来，忙搬了凳子给素姐坐，小桃花就要丢了手上的针线去倒茶，素姐忙按下她道：“小铜钱哪去了？”

薛老三已是拎了架在小火盆上的茶壶给素姐倒了一杯茶。素姐欠身接了喝了几口，薛老三方道：“桃花想吃腌梅子，小铜钱去要钥匙开后门，等会子我买去。”

素姐见小桃花比从前胖了些，肚子也凸了点儿，想来过得不错，放了茶杯看她手里做的小衣服，衣领上边扎绣了几只小鸟，颜色配得也好，活灵活现的。素姐摸了摸，有些扎手，忙道：“贴身穿的小衣服，你还是拿旧衣裳改了的好，这个孩子穿容易扎着他。”

小桃花“呀”了一声道：“原来这样，我以为姑娘当年给小全哥做衣服用旧衣裳改是省钱呢。”

素姐笑道：“小宝宝娇嫩，硌痛了不会说话，总哭的。不然怎么小全哥的旧衣服小翅膀穿完了，我又讨回来给小紫萱穿。我那里还有些旧布衣，晚上找齐了，明儿我叫人送来给你吧。你就不要省布了。”

小桃花站了起来施礼道谢，素姐含笑受了，又吩咐她少做活，无事院子里多走走，薛老三在边上笑呵呵盯着桃花的肚子，小铜钱来了都不知道。

还是素姐听见钥匙叮叮当当的声音，站了起来道：“我送你出去吧，小铜钱在家陪着你桃花姐姐。”

到了后门边上，素姐拉了薛老三问他：“你们哪里打听的有番薯？”

薛老三急着开门，一边开锁一边道：“还是去年我们两个出去酒楼上吃酒听人说起，九叔就留了心托了福建商人，前几天才送了几篓来家。”

素姐一听说几篓之多，笑道：“这两样都是穷人活命的好东西呢，你们果然会寻。”

老三笑嘻嘻道：“姐姐还想寻些什么，我去找来。”

素姐想了想道：“我常听你们说人家花好，不如趁春天你打听好了，我们秋天寻些花种明年回家好种。”待老三掩上门，素姐又道，“回家从前门出入，我锁上了。听说不怎么太平呢，以后后门不要开。”

薛老三点点头，素姐就落了锁去前头大门，将钥匙交给守门的，也不说话。那守门的吓得忙跪了下来道：“舅爷要，小人不敢不给。”

素姐板了脸看他，那个守门的吓得说话都打颤："今儿是头一回，以前也要过，柳荣守门都不给的。"

素姐冷笑道："有一就有二，你也不是新来的不知规矩。守门就不必了，去给狄九强打下手去吧。"

待素姐走了，那人方擦了额上的汗，苦笑道："这个主儿，不敲不打的，比人家又打又骂的还叫人害怕。"

边上闲着的一个新买办爱穿白袜，人都叫他王白袜的笑道："奶奶打发了那几个买办，你就极该知道的，这个主儿平常宽泛，吃用都大方，只不能违了她的规矩。咱们这几个买办虽然不比从前那几个挣得多，可是心里安定，靠了这大树能吃碗平安茶饭不好吗？"

那人收拾了两样东西笑道："我跟狄周大哥说声，就去寻狄九强种地去，横竖不是什么重活。"

素姐回了家还是有些生气，使春香叫了狄周来说他道："你是家里老人，凡事总要多留心才是。今儿私开后门是我撞见了，只怕私底下图近开了后门出入是常有的事。潜进个把贼进来丢了东西可是笑话儿。"

狄周听了笑道："没有的事，谁敢上县太爷家偷东西。俺回头跟柳荣说去，叫他把钥匙看紧了就是。"

晚间吃饭，薛老三还没有来家，素姐在饭桌上问小九，小九打着哈欠道："他在外头交了几个朋友的，只怕是哪个拉了去吃酒。"

狄希陈见女儿跟小九都蔫头耷脑地在那里打哈欠，笑道："今儿上学怎么样？"

小九苦笑着伸懒腰："春天不是读书天。"

小紫萱也想抱怨，因素姐盯着她，便低了头吃饭。素姐见她这样又有些心疼，笑道："明儿那位祝先生只来半天，紫萱可以歇半日。"

狄希陈笑道："中举一半靠的是有福气，咱们女儿就是有福气的人，一定能考得上，不要泄气。"

素姐盯了小九笑道："九叔悄悄儿寻着了土豆跟番薯呢，有了这两样好东西，咱们回家就不怕荒年了。"

狄希陈也大乐道："哪里寻的？"

小九摸了摸头，想了半日方道："听一个福建来贩洋货的客商说的，他们那里种得极多，我想着嫂子不是找新鲜东西吗，就给了他几两银子叫他回家过年带些来。这两样东西我只听他说好吃，用处大吗？"

狄希陈笑道："大，能顶饭吃能养猪，又不挑地。还能做好些零食呢。"

小九笑道："那敢情好，明年回家我就养猪去。"站了起来拿手比画道，"盖这么大一片房子都给猪住，除了番薯，不给它们吃别的，养大了就取名叫做番邦猪。"

素姐笑得筷子都差点儿落到桌上，狄希陈不放心老三，吃完饭道："我去叫几个人找找去，头一回这样。"

小九忙丢了茶碗道："五哥不如换了旧衣裳咱们一起出去走走，这个天怕还有半个时辰才黑呢。"

狄希陈止了步笑道："正经没有出过几次门，小荷花前边叫几个人陪咱们出去吧。"

素姐就拎了衣裳来道："什么时候也带我跟小紫萱出去走走就好了。"

狄希陈换下绸缎衣裳跟官靴，摸摸女儿的头道："等回去的路上，咱们一路向南京苏杭逛过去，女儿扮个小少爷，你就装个老妈子吧。"

素姐笑道："当了孩子的面，说话可要算数。"

狄希陈跟小九笑着出门，紫萱就问："娘，为什么俺们在成都就不好出去逛？"

素姐笑道："这里的官儿家女眷都不出去，咱们也就不好出门，不然人家说起来要笑话咱们没家教的。听说南京跟苏杭妇人们常出门，到了那里风俗不一样了，就可以出得门了。"

小紫萱拍掌笑道："明儿我学会画画，就要把一路上的美景都画下来给哥哥看。"

素姐点头道："你想的很是，只是学画也要吃得苦，不然画个孔雀人家看成乌鸦就丢人了。"

她们母女两个说些闲话，过了一个时辰还不见人回来，小春香就先有些坐不住了，过来回道："三舅没回来，大哥跟九爷也没来家呢。"

素姐笑道："只怕是走得远了些，再等等吧。"

第二十六章

薛三冬历险记(中)

薛三冬出门时因姐姐在一旁，只穿着家常旧衣出门。他走到大街上东逛西逛，站在一个巷口看几个人猜点子大小赌钱耍子，不觉技痒，挽了袖子也要投注。那几个人见他说话带着山东土腔，料他是个羊牯，乐得哄他几个钱。赌了几手，薛老三身上的几钱碎银子都认了新主人，连帽子长衫都抵了出去，叫寒风吹得打抖。

其中一个骗子见好就收道:“大哥明日再来吧，咱们也都散了。”

薛老三是个愣人，心里约略猜到一二分这起人是哄成一伙儿骗钱的，见他们要散了，忙一手扯住一个披了他衣衫的汉子道:“把衣裳还我。”

那汉子哪里肯依，一手紧紧攥了衣裳，一手照他心口捣了一拳，骂道:“拿银子来换，没钱充什么大爷。”

薛老三哪里敢让姐夫知道自己赌钱，又怕丢了衣裳帽子回家叫管家们见了笑话，本来想着翻了本将衣物赎回也就罢了，此时叫这些人一哄而散，就有些着急，

死命地拽了衣裳道："衣裳还我，不然我去告官。"

边上茶馆就有一个秀才打扮的人看不过眼，站了边上道："你们赢的钱也尽够吃酒，衣裳还他也罢了。"

那几个人方将薛老三的衫帽丢了地上，笑嘻嘻钩肩搭背进了转角的酒楼吃酒。薛老三拾了自己的衣裳，已是拉绽了线，穿不得了，愁眉苦脸站在那里发呆。

那个秀才替他拾了帽子道："这件衣裳已是穿不得了，不如到小弟家去，我叫我娘子替你缝补一下。"

薛老三听了喜出望外，冲他作了一个揖："多谢兄台。"

那个秀才便拉着他七转八转，转了半日走到一个深巷前一株梨树下敲门道："娘子开门。"

片刻一个妇人出来开门，捧了茶出来就接了薛老三手里的衣裳帽子进内室去了。那个秀才自称沈轩，有一搭无一搭跟薛老三说些闲话。

薛老三前几日也听说有个富商之子叫大盗绑了，此时就有些警觉，不肯说自己是县太爷的小舅子，只道自己跟着哥哥从山东来成都买蜀锦。

沈秀才听了笑道："原来是山东来的客人，两位下处在哪里？"

薛老三想了想道："是个大什么寺，中间那个字不认得。俺哥去了绵阳，怕还有几个月才得回来呢。"

沈秀才因茶凉了，笑道："薛老兄等一会儿，我后边去换些热的来。"

薛老三一个人无聊，站了起来四下里瞧这三间客座，中间壁上挂了一轴不知道什么画，摆的都是些竹桌竹椅，都刻有花纹字句在那里，薛老三结结巴巴念："两个黄鸟鸣翠柳，一行白鸟上青天。"就听得窗外有年轻女子的笑声，他伸手开窗去看，一个十七八的美貌小娘子掩了口笑着掉头进了月洞门。

那个沈秀才手上搭着一件绸衫走出来道："我家妹子不懂事，薛兄弟休要笑话。刚才没有跟内人说明白，那件布衫缝上又洗了，兄台不如先换上这件挡挡风吧。"

薛老三嗅得那衣服上有一股子妇人用的脂粉香，十分地好闻，就不由自主接了穿上，眼睛还看着月洞门，见门边的树枝摇晃，伸了头去看，衣带子都顾不上系。

沈秀才见他这样，非但不恼，反而笑道："舍妹孀居也有三年，在下倒愿意妹子嫁个平常人家安分过日。”

薛老三想到家里娇妻也有，美妾也有，都不是好惹的女人，缩了头穿衣系带，只是眼睛还不时瞟向外头。

过不多时，那个小娘子就捧了一个大食盒进来，揩净了厅里一张竹桌，将盒里的一碟猪头肉、一碟花生米、一碟炒豆腐干并一碟松花蛋摆了出来，笑嘻嘻收了盒子进去，又取了杯箸酒壶等物出来摆好。薛老三看她走路轻盈，腰肢柔软，脸上时时有笑，两个眼睛水汪汪的，看模样有三分俏皮还有七分可爱，就爱到了心里。

沈秀才叫了几声儿，薛老三红着脸与他分宾主坐下。才喝了几盅酒，那个小娘子又捧出几盘炒菜来，虽然是家常菜，却治理得洁净中吃。沈秀才见薛老三喝得脸红红的，笑道："我家妹子平常再不肯下厨的，想来这妮子是心动了呢。"

薛老三听了心里暗喜，大着胆子道："只怕她瞧不上我呢。"

沈秀才笑道："哪里话，薛兄弟不嫌弃我妹子再蘸就好。"站了起来到门口喊道，"娘子带妹子一起来吃饭吧。"

须臾先前那个开门的妇人跟沈秀才的妹子都端了几碗菜进来，沈秀才就叫妹子挨了薛老三坐下，跟那妇人两个一口一个妹妹妹夫地劝酒。薛老三酒到杯干，吃得大醉，沈秀才就扶他进了内室，叫妹子陪他睡了。

薛老三这里被翻红浪，狄希陈跟小九街上哪里寻得到，他们两个一直走到西城门边上，见围了一群人在那里吵闹，以为必是老三，走近一看，是几个山西人在那里跟守城门的兵丁吵嘴，彼此都听不大懂对方的乡谈，指手画脚说得热闹。原来山西人要进城，兵丁要他们一人交两个钱，他们以为要两钱银子，不肯给。

狄希陈走到城门口朝外看看，外边或坐或立一群风尘仆仆的人，还有十几辆车。狄希陈道："这些只怕是陕西逃了来的富户。"

小九笑道："咱们四川才平定了些，陕西又闹起来了。"

狄希陈叹气道："闹的地方听说还有咱们山东呢，也不知道是真是假，都是粮长带头落草为寇，这样的富户只有逃到城里来了。"

边上人见他们两个说话，就有围了听的，狄周在京里住过几天，此时忍不住要卖弄，打着京腔儿叫人散开，那些人见管家说的是官话，只怕是两个官儿，也都散了，就是守门的也有些害怕，自己掏了两个铜钱比画道："一个人，两个。"

那山西人听说是两个钱，方数了人头给他钱。狄希陈跟小九退后几步让众人都过去了，又在城里转了半圈儿，到底没找着薛老三，只得回家。

素姐等了半日不见薛老三来家，心里胡猜他必是去了青楼之类的地方，只得叫小杏花去跟桃花说三舅去朋友家吃酒不来家了。这里小春香就开了柜子找旧布衣。

狄希陈跟小九两个喝了茶，见她们忙碌，小九就道："嫂子歇歇吧，明儿再找也不迟。"

狄希陈也拉妻子坐下，笑道："她是心里有些着急乱忙，其实老三又不是女人，丢了几日也无妨。"

素姐道："我倒是没有什么，只怕桃花担惊受怕。"

小九笑道："五嫂不要着急，明儿早上我就去他那几个朋友那里找一找，必定是在哪家吃醉了的。"

狄希陈忙道："明儿祝先生头一日来教书，你就想着法子逃课。不成，散了学再去。"

小九丢了茶碗道："那我先回去睡吧。上学好不费精神呢。"

素姐使小荷花掌了灯送他出去。狄希陈就问大半夜的春香在找什么。

素姐笑道："找几件不用的旧衣服给小桃花的孩子做毛衣。"

狄希陈笑道："你还真有心，平常也没有这么待见她的。"

素姐道："小桃花其实是个没心机的人，心里想什么就做什么。以前她打你主意，我待见她做什么？难道洗刷干净拿红蝴蝶结系了打包送你床上？"

狄希陈摆手道："她就算了，不如换了你拿红绸带打结系身上送我床上来，我看在包装的分上就勉强收下来。"

素姐因小春香还在里屋，就不跟他调笑，只坐了那里喝茶看书。好半日小春香拿了几件衣服出来道："就是这几件了，袖子窄了些，改什么都不好，只能做小娃娃的毛衫了。"

素姐点头道明儿洗干净了给桃花送去吧。小春香笑道："她大着肚子只怕也做不得这许多活计，我替她做两件吧。"

素姐看了她半日，丢了书笑道："只怕你忙不过来。这几件先送了去吧，你要做了送她，寻几匹绢做了新的好些。”

小春香点点头，就抱着衣服到后头去了。一夜无话不提。

薛老三朦胧中醒来，只觉桃花趴着睡在他肩膀上，怕她动了胎气，忙坐了起来要摇醒她。通红的日头已是晒到床帐上，哪里是小桃花，就是沈秀才的妹子倩娘。薛老三方想起来昨天醉时与她已是夫妻相称，不禁大觉头疼，轻手轻脚下地穿衣。身后就围上两只雪白的胳膊来。

一个娇嫩的声音含糊道：“冤家，等奴给你穿衣。”

薛老三要去的心就嗖一声回了山东，重新生出一个爱美人的心来，转头笑道：“昨晚上累着你了，想让你多睡一会儿。”

倩娘故意站在薛老三面前穿衣，做出许多娇态来，哄得老三恨不能替她再脱了去，方擦了薛老三的耳朵吐气道：“冤家与奴已是夫妻，何不搬了来住，也省几两房钱？”

薛老三家的王氏虽是小户人家的女儿，为人势利些，闺房中却端庄。小桃花长相胜过倩娘三五分，却不如她温柔。老三叫迷魂汤一灌，老实道：“其实我借住姐夫家，也没有什么哥哥做买卖。”

那倩娘变了变脸色，依旧含笑倚了过来道：“你将行李从你姐夫家搬来，与我长相厮守，昨日那些谎话我就替你瞒过了我兄嫂。”

薛老三想到素姐对付小寄姐的手段，心里就有些害怕，心虚道：“我姐姐为人最是古板，若是听说我娶你，必要使人来说媒方可，不如我先回家，请了媒婆来说合吧。”

倩娘就问他姐姐家住在哪里，薛老三如何敢说县衙，含糊道：“在东城门前头几步远的巷子里。”

东城门那边几条街住的都是些做一日活吃一日饭的小手艺人。倩娘听了大怒，推倒了老三骂道：“你一个穷鬼也敢近老娘的身。”反手要推了他出去。

沈秀才外头听见吵闹，几步抢进来，倩娘又揪了他的耳朵骂道：“你哄了个穷鬼来家，白费了许多酒菜，还叫老娘陪他睡了一夜。”

沈秀才听倩娘说薛老三是个穷汉，也气道：“居然被这厮骗过了，传出去不知怎样叫人笑话咱们呢，娘子去寻两根绳索来，我绑了这厮沉江里去。”

薛老三本来打躬作揖在那里告饶，听说要把他沉江里去，见门虽出不去，窗户大张，就想跳窗而逃。他踩了板凳就要跳，那个沈秀才捞着他的衣角一把拉了下来，倩娘已是与两个妇人一起进来将薛老三围在中间困住了他，沈秀才拿破布堵了薛老三的嘴，将绳细细捆了他道："看他也有两把力气，沉到江里白丢几两银子，不如卖到煮盐场去吧。"

倩娘见薛老三含了布团在那里呜呜求饶，寻了根棍子照了头脸抽起来，沈秀才拦她道："打坏了就不值钱了。"她方收了手掐腰骂道："我呸。"

沈秀才也踢了薛老三两脚，拖着他关进柴房，到了晚上方将饿了一天的薛老三拿麻袋装了拖到码头，换了二两银子，还讨回了麻袋跟绳子才罢。薛老三昏头昏脑又被关到船舱下边，只有一灯如豆，照出满舱的男女，多是衣不蔽体的流民，见他被扔进来，不过略移一个屁股大的空地与他坐下。薛老三愣了半日扑到舱门边哭喊道："我是成都县太爷的小舅子，你们快放我出去，我姐夫自然赏你们银子。"

边上一个穷汉冷笑道："我还是太上老君呢，就是天王老子卖了去煮盐，你也休想活着出去。"

薛老三哭道："俺姐夫真是知县呀，怎么能卖了我呢？"

边上一个四十来岁的汉子劝他道："等到了地头，你求了把头替你传信来赎你就是。哭得看守烦了，绑块石头就扔水里呢。"

小九找了半日，薛老三几个朋友家里都找遍了也没有找到人，回到家一问还是没有回来。此番不但素姐，就是狄希陈也着了忙，也顾不得脸面，就喊齐了县衙里的快手们出去查访。闹了一夜，哪里想得到薛老三坐了船在码头耍子。

却说第二日人贩子寻了十来辆大车，将这些饿了几日的人拎了到车上。正好从前那个张氏姐妹的老母舅送个朋友路过，见到薛老三鼻青脸肿被人推搡到了车上。这个老舅却认得薛老三，他本是江边开茶馆的，晓得这起人是人贩子的货物，过了半日回来悄悄儿跟船家打听这些人是送到自贡的盐井煮盐，就关了铺子寻到县里问狄大人家可是出了事。路人说狄大人家走丢了个亲戚到处寻呢，他袖着几钱银子守在后衙出入的侧门等了半日，方等到一个管家出来将消息送了进去。

狄希陈听说了这个消息，忙叫素姐重谢人家，去寻了周师爷商量救人。

周师爷叫人先去提了船家，方道："此事咱们只怕做不下来，我写了书信去找舍亲借一百兵丁来，查实了方好行事。"

第二十七章

薛三冬历险记(下)

周师爷写了信，狄希陈亲自上周守备府里借人马。这边已是将船家提了来，周师爷直接扔了二两银子给他道："我们狄大人并无他事，只要问一个人的下落。"

那船家起先唬得魂不附体，见有了银子，三魂七魄霎时间就飞奔回来，跪着接了银子笑道："本来小人不敢说的，其实是蜀王府里的管家招了几个短工去他们盐井煮盐。"

周师爷笑道："我也知道是他家，只是他家的盐井也多，不知道去的哪里？"

那船家盯了银子不肯说话，素姐在屏风后边听了着急，又让小九送出二两银子来。那船家接了纳在袖里笑道："就在自贡，他们的规矩是晚上走路白天歇息，此刻只怕还在路边那个驿站歇脚呢。"

周师爷听了站起来道："你说老实话吧，不然捆了你送蜀王王府里去。"

船家吓得磕头道："小人再不敢乱说话的，若真是要经了官，打死也不敢乱说一句。实是听说他们还在离成都十来里地一个叫刘家庄的庄子里歇脚，要等集齐了三四百人方才一起押送走的。”

周师爷冷笑道:“先拖下去关起来,待人寻回来了再放了他。”

素姐听见船家被拖走,走了出来问道:“要不要点齐了衙役们一起去？”

周师爷摇头道:“此事关系太大,咱们趁他们半路上把人要回来就是,最好悄悄儿地不叫人知道方好。不然闹出来,四川的官儿有一半要杀头。”

素姐听他说得厉害,忙道:“这么着,还是要银子开道,我去取几百两银子来。”

周师爷道:“一百两尽够。待借了舍亲的亲兵来,在下亲自带了去交涉就是,其实只要不撕破了脸,也无妨。”

果然周守备接了信,点了一队亲兵,并两个孔武有力的管家前来。周师爷劝狄希陈在家等消息,就骑了周府借来的马,领着众人去了。

狄希陈也不去衙门办公,只在家守着素姐,劝她:“无事,你家老三一无长相二无身材,顶多吃点儿皮肉之苦罢了。”

素姐泣道:“薛大薛二都还罢了。唯有这个老三跟龙氏,待我亲厚。若是把他丢了,将来怎么回家见龙氏？就是我自己也一辈子过意不去。”

狄希陈拍素姐的背道:“想哭就哭吧,平时总瞪他,待他回来莫要再板着脸了,搞得他跟小紫萱见了你就跟小鬼见了阎王一样。”

素姐扭了一扭,掐狄希陈一把道:“我是真心当他是自己兄弟,总想着他学好,不要总游手好闲。”

狄希陈笑道:“看看看看,好为人师的毛病到了明朝都改不了,咱们回山东干脆办个女子师范学校吧，你做第一任校长怎么样？也算是实现了你当年要做老师的理想。”

素姐不理他,狄希陈就拣了他们从小到大的乱七八糟的事情乱说一通,要逗她发笑。

待小春香摆好了饭来请素姐两口子吃晚饭,素姐忙问道:“周师爷可回来了？”

小春香笑道:“九爷已是到城门外头去接了。大哥大嫂还是吃点儿吧,只怕三舅来家,还要款待那些周家的亲兵呢。”

狄希陈也道:“先吃饭吧,说不定吃完了他们就回来了。”

果然素姐一碗饭吃不到一半，就听见小九风风火火跑进来道："回来了，还有饭吃没有？"

春香忙盛了碗饭给他，小九指了指门外，顾不得说话，先吃上了。素姐跟狄希陈放下碗筷，迎了出去，就见周家的两个管家扶了一个身披破布、蓬头垢面的人进来。狄希陈扒开乱发，虽然脸肿得如同猪头，左边眼睛还青了一大块，看得出来就是薛老三。

素姐见了忙叫抬到圈椅上躺下，就吩咐小杏花里屋寻衣裳来给薛老三披上，又要请大夫来瞧，一个周家的管家行了礼笑道："无妨，都是些小伤，只怕是饿狠了，先给他吃些稀的吧，过一两个时辰再吃些，睡一觉明儿就好了。"

狄希陈就要送他们外书房去吃酒，两个道："多谢厚赐，只是还要回去复命，就不叨扰了。"

狄希陈总是觉得过意不去，叫小春香拿了两个大赏封来，亲自塞到他们手里，才放他们去了。小九也丢了饭碗跟在后边送他们出去。

这里素姐亲自喂薛老三喝些茶水，方盛了一碗粥叫小杏花喂他。狄希陈跟小九一路说话来家，吩咐请周师爷进来吃饭，见薛老三张大了嘴一口等不得一口，都笑得要死。

素姐将动过了的几样菜撤下，让厨房另炒几样下酒菜。周师爷已是换了长衫，进来冲狄希陈拱了手道："幸不辱命。"因素姐还在那里吩咐搬了酒送前头去，他又道："不必安排酒饭，夫人先前的一百两银子，并不曾花用，我都赏了他们。"

狄希陈拉素姐一起郑重对周师爷道谢："此番多亏周先生，还当重谢。"

周师爷笑道："我倒不必，舍亲处很爱大人家的葡萄酒，倒是叫我讨几坛呢。"

狄希陈笑道："不值什么，明儿连酿酒的方子一起送了去谢他。"

薛老三看他们三人吃得热闹，自己面前只得一碗稀饭，素姐还一口一口慢慢喂他，恨不能眼睛里生出一双手来跟他们抢饭吃。素姐还道："慢些儿，当心呛着。"

薛老三哼哼道："俺要吃肉。"

素姐忙笑道："我已叫厨房去煮肉粥了。你饿了好几天，不能吃太多。"

小九故意举了酒杯，另一只手夹了块红烧肉道："有酒有肉，不亦乐乎。"

薛老三气得不肯再喝稀饭，咒他道："换了你，肯定卖到蜀王府里当太监。"

素姐正好听见，小声笑道：“也不见得，说不定王爷见了喜欢，就做了王妃了。”

偏生狄希陈坐得近些，也听见了，就笑个不了。小九本想跳起来去敲薛老三两下，看见素姐坐在薛老三身边的矮凳上，正低了头喂他吃粥，露出光滑的脖子来，忙掉了头夹菜吃。

大家都是两天没有好生吃饭，酒并不大用，忙忙地吃完撤了菜摆上茶来，周师爷就笑眯眯问薛老三道：“你是叫人怎么哄了去的？”

薛老三红着脸不肯说，狄希陈解围道：“周先生怎么找着了他？”

周师爷笑道：“我带人围了刘家庄的前后门，只说家人走丢了，有人看见躲在他们庄上，我一说年貌，人家就把他送了出来，倒是不费事的。”

小九忙问道：“这起人贩子为什么不抓了来？”

狄希陈笑道：“有蜀王撑腰，咱们能把人寻来家就是万幸了。王爷煮私盐，就是今上也是睁一只眼闭一只眼的。咱们这么一闹，就是收拾得了这么大一个烂摊子，今上仁厚，他还是他的王爷，咱们怎么办？”

薛老三因他们不理他，着了急，就道：“我听他们说去了煮盐场，不到死是不放人出来的呢，跟俺一路的足有两三百人，都是陕西逃难来的。”

狄希陈紧紧地捏了茶杯，不肯说话。小九叹息道：“老百姓的命就这么不值钱？”

素姐就走过来道：“狄希陈，‘己所不欲，勿施于人’的道理我今天算是明白了，咱们丢了家人着急，别人也是一样，有这个机会收拾了这些人不好吗？”

狄希陈看了素姐半天，叹气道：“你想想咱们老家煤矿死了人查清过没有，不是我不想，我没有那个能力啊。治国平天下的理想我也有，可是我能做到的也只有齐家。”

周师爷冲素姐施了一礼道：“夫人有此心就足矣，今上连杀母之仇的万贵妃家都不去查，要扳倒祸根，咱们洗眼看将来吧。”

素姐叫教他闹了个不好意思，笑道：“我妇人家见识短，想得不长远。”

薛老三又道：“王爷咱们惹不起，拐了我的那两个人必得捉了来打板子替我出气。”

狄希陈笑道：“三舅是迷了路自己走丢了的，跟别人没有什么关系，叫下官如

何治他？”

薛老三只想着报仇出气，顾不得方才还害臊，就将自己路遇秀才沈轩，与他妹子倩娘的艳遇全倒了出来。

狄希陈夫妻与周师爷听了都觉得好笑，只有小九道：“你睡了人家妹子，卖身二两银子还人家也罢了。”

薛老三气道：“换了你去，只怕人家倒贴你二两银子。”

狄希陈笑道：“不然叫小九也在那街上走一圈儿，看能不能哄出那个秀才来，咱们好捉了他们为地方除害。”

周师爷也道：“那起人想来也不是什么兄妹，做了一伙哄孤身在外的客人的，只怕也骗过不少人了。极该办他们。”

小九看众人都看着他，扭头道：“不干，你们当我是什么了？”

狄希陈笑道：“万一看中你的不是人家妹子，是秀才自己，你可是吃了大亏。咱们另找了人去吧。”

因想起来衙门里头有个才来几日的门子姓牧人称牧童，生得清秀，第二日就叫他扮了个小商人去那个茶馆一连几日喝茶，因他使钱大方，果然就有人凑了上来与他说话。

牧童照周师爷教的话说自己是外地来贩丝绸的商人，果然就叫那个自称沈秀才的人带了家去。

素姐待第二日中午薛老三吃过了中饭，方问他那几日都吃了什么苦。薛老三道：“俺饿了两天，被人从船上架到大车上还从县衙前经过呢，就是没有力气叫救命。后来拐弯抹角到了一个庄里，才一人给了碗菜粥。”脸上露出恶心的表情道，“还臭呢，俺一口都喝不下去，全倒给边上一个老头子了。”

素姐笑道：“只怕再饿几日你就觉得香了。”

薛老三道：“还没到晚上，到了中午还是那个粥，只得小半碗，俺都喝下了。那几个人还脱了我里边的绸衣，扔了几片破布给俺。”

素姐道：“你此番也算是吃了苦了，不如留下破衣吧。”

边上小荷花笑道：“那几片布俺都扔灶里烧火了呢，也去去晦气。”

薛老三低头想了半日道：“总是我的不是，其实想想，哪有那么好的事，才见一面儿就要把妹子嫁你呢。”

素姐笑道:“你这个毛病真要改改才好,下次再叫人哄了去,我们就不去找你了。”

薛老三抱了头道:“再不敢了。当时在船上还有人来问谁有信寄给家里,我不会写字,不然早就来了家。姐姐,俺也去上学吧。”

素姐没想到薛老三吃了一番苦,居然有了向学之心,大感意外,只怕他是三分钟热度,存心要磨一磨他的性子,只淡淡应了一声。

薛老三吃了饭又要去买腌梅子,素姐不放心,叫个买办跟了他一起去,还要亲自送到门口,就见狄希陈笑嘻嘻又回来了,吩咐了声三舅小心,拉了素姐回家,递给她一个信封。

素姐拆开来看,是个礼单,珍珠翡翠宝石美玉,粗估一下不下五千金。素姐问道:“这是谁的?”

狄希陈笑道:“蜀王府送来的。”

素姐冷笑道:“这样的黑心钱你也收?”

狄希陈见素姐恼了,劝她道:“咱们收下了,将来再变卖出来给穷人做好事就是,不然退还了去,他就当我要跟他作对了,自然要先下手。”

“我是瞧不上你见钱眼开的样子。”素姐还是不高兴,扔了礼单在桌上。

狄希陈捡了收进素姐妆盒,笑道:“本来周师爷还跟我商量要不要给王府送礼呢,没想到王府不只送了咱们家,就是周守备那里也是这样一份厚礼。方才还送了一半给周师爷。”

素姐奇道:“他收便收了,怎么还要送周师爷?”

“周师爷是他堂叔,又是他启蒙的先生,所以敬他。”狄希陈笑道,“我也没想到寻个师爷也捡到宝,明朝最缺什么,人才!”

素姐掐他道:“你死了心吧,人家是大明朝的人才,不会跟了你打天下的。又在那里做白日梦了。”

狄希陈撒娇道:“坏人,做都不许做了,人家 YY 一下不行啊。周师爷说他明年回乡还要考科举,将来只怕咱们还要沾他光呢。”

素姐皱了眉想了半日,才道:“只怕将来的官儿不好做,我记得明朝一共也没有三百年，这都过了一多半了。最后几个皇帝都是昏君不是？”

狄希陈拿了纸笔算了半日，“哎呀”一声道：“可不得了，不是你提醒我都忘了，这个皇帝死了，后边全是昏君。我记得当初拍卖行里找历史教授来讲课时提到过，明朝有个小皇帝最是爱财，派了太监到处开矿煮盐，连人家的作坊都强占的。咱们家的两个作坊人家眼红得已是久了，若是不巧新帝就是那个爱财的人，只怕保不住。”

素姐笑道：“你去打下个新天下来就是。”

狄希陈摇头道：“咱们回家就想个法子将两个作坊都脱手转卖了。钱这东西，在明朝不如粮食安全。”

素姐嗔道：“越来越像地主了。”

狄希陈正装了地主的样子在那里挺了肚子装巴依老爷说话，小九就押着两个食盒进来。素姐忙道：“九叔歇歇脚再走。”揭了盖子道，“喜欢什么尽你挑。”

小九摇头道：“不要，嫂子有心，替我散给穷人吧。”

狄希陈笑道：“你们两个呀，就不知道授人以渔的道理。”

第二十八章

真相(上)

薛老三苦等了几日，也不见姐夫派人去抓沈氏兄妹，急得总在素姐跟前打转，左问一句:“捉到没有？”右说一句:“我要去看升堂。”

素姐叫他烦得无可奈何，道:“就是捉了来也不许你出去瞧，传出去多大的笑话！你将来怎么跟你儿子说？你爹我当年叫人家骗了卖去做苦力，孩子问你为什么被骗，你说得上来吗？”

薛老三因素姐提到儿子，不由想到小桃花还在家生气，看桌上摆了几对珍珠耳坠，挑了一对珠子最大的道:“这个给我吧。”

素姐笑道:“拿去吧，我想起几个样子来，明儿再给你几对装了回家给三弟妹。”

薛老三笑嘻嘻谢了回家找桃花献宝。素姐仍旧摊了纸，拿块细炭低头画样子。小春香拿了一个小盒子进来笑道:“我跟着胡三多去了那个金铺，换了这些金银钱，老板送了我跟胡三多一人一对镀金的银丁香。”

素姐道：“不值什么的，你就乐成那样儿？”

小春香笑道：“我只好笑胡三多，一二十两银子的生意，这点子东西做添头还是胡三多硬要了来的呢。”

素姐笑道：“这才是过日子的人呢。他娘子回来了？”

小春香点头道：“方才还让我去他家吃茶，他娘子在家纺纱。”

素姐开了盒子，拿剪子弯了弯银线，就剪下一截来，又分成几段，穿了几粒小珠扭成花样儿，捡了现成的耳钩绞上，拎了起来问春香道：“可使得？”

春香本来正吃茶，忙接了在素姐耳边比了比笑道：“比我在铺子看见的好多了。那些卖的，挂了一大堆，当是卖葡萄呢，又重又俗气。”

素姐就叫春香搬了镜子过来，自己戴了照了半日道：“只是花样新鲜罢了，毕竟外头卖的做工精巧些。”

春香洗了手来，照着素姐画的样子做起来，素姐就另拿了一盒上等好珠，用极细的金线穿一个小珠凤。两个人低头做了半日活，素姐叫人倒茶，叫了半日也没有人应，奇道：“人都哪里去了？”

小春香将手里的活归置好，笑道：“荷花必是在厨房。小杏花不用提了，在那里学着对对子呢，一宿没睡，说是今天要交功课。”说罢倒了一盅茶摆在素姐跟前，就去小紫萱的屋子里寻人，那边静悄悄的只有一个守屋子的媳妇子坐在门边做针线，春香问：“人都哪里去了？”

那个媳妇子站起来笑道：“听说学堂里先生今儿教画荷花，都去了。”

素姐在妆盒里找了一根头上有几个眼的扁金簪，拿金色细丝绦跟金线绞在一处，从眼里绕出来，打了几个结，把珠凤牢牢缚在簪上，就将做好了的几样东西分类摆在妆盒抽屉里，也走到女儿房里找人。原来春香半日不过来，是帮着媳妇子收晒在外头的棉被。

见素姐进来，春香笑道：“自打请了先生，要找个人使唤都难。”

素姐也想起祝先生上课她还没有去瞧过，起了心要看看这位诗画风流的先生教得如何，还没走出几步，小春香跑来递了件薄披风道：“天阴了，大嫂只穿夹的站在外头仔细风吹着了。”就替素姐披上。

素姐抬头看天，可是作怪，天边乌云黑压压一片涌上来，风再一吹，身上就有些发冷，裹紧了披风道："又要下雨了呢，你回去加件衣裳，厨房里叫他们烧了热汤点心送前头去。"

素姐紧走几步，绕到窗外，两个媳妇子抱了两三岁的小娃娃也站在那里瞧热闹，素姐摆摆手叫她们不要做声，看那个祝先生大约四十岁年纪，穿的绸直裰洗得有些发白，俯身在大书案上教怎么用墨线勾勒，怎么蘸水渲染。四周围了一圈人，半边是男半边是女，唯有小九拉了小紫萱站得最近。那个祝先生果然有才，滔滔不绝说了许久，众人都听得入神，就是素姐在外边，也觉得要是自己拿了毛笔，也会画几笔了。因听到祝先生要各人散了自画，素姐怕他瞧见自己在外边不雅，忙抽身去厨房。

小荷花跟柳嫂子正在灶前忙乱，小春香却拿了个算盘坐在门口算账，素姐瞧了是厨房的日用流水账，笑道："这个账是谁做的？"

春香笑道："是小板凳帮柳嫂子做的呢。柳嫂子怕他算错了，叫我再核一下。"

素姐因天越发地冷了，又无事，就要亲自去前衙走走，吩咐回头送了点心给祝先生。就叫小春香拎着食盒陪自己到前边去找狄希陈。

狄希陈正与周师爷在书房里闲话，见素姐出来，笑道："百年不遇的奇事，你怎么也肯出来走走？"

周师爷笑着过来行礼，就嗅到酒香，笑道："夫人必是送什么好吃的来了。"也不等春香动手，就先揭了盒盖来看，却是一大盆桂花酒酿元宵跟一碟糖醋姜。小春香又从底盒取了碗勺，先盛了一碗给周师爷，再盛了一碗给狄希陈，盆里还有一大半。狄希陈就道："小桌子你连盆搬了吃去吧。"

素姐等他们吃完了方问可捉到沈氏兄妹。狄希陈笑道："去了七八个快手埋伏在前后门呢，只要他们有动静儿，就动手。"

周师爷笑呵呵道："牧童带了个大箱子去，里头盛了几块砖，好不沉重，又封锁得牢固，听说这几日好吃好喝供养他，想来银子花尽了就要动他主意。"说罢拱了拱手自去。

狄希陈见素姐披着披风，笑道："怎么怕起冷来了？"

素姐指了指外头道："只怕要变天了呢。"

狄希陈伸头看看，就有些着急，忙道："你家去吧。这时候若是又冷起来，只怕要受灾，我找师爷书办们各处查一查，先预备起来。你家去也使人看看下水道通不通。"

素姐忙应了，走了门口又道："我叫人拿件袄出来你穿，晚饭也送出来？"

狄希陈道："再备两桌饭，今儿若是下雨雪，晚上就睡不成了。"

素姐就与小春香一个去厨房叫备饭，一个去房里寻衣裳。素姐从厨房转到家里，寒风吹到脸上如刀割一般。屋里已是昏黑一片，素姐忙站了门口叫媳妇子去烧炭火，自己关了各房窗户，方点了支蜡，坐下来喘息。少时听见小九跟紫萱的说笑声音一路传来，素姐站起来拎了女儿的小皮袄儿迎上去道："只怕要下雪呢，快穿上吧。"

紫萱笑嘻嘻道："下雪珠了，打在衣服上沙沙响呢，可好玩了。"

小九笑道："明儿要是下雪，咱们再在院子里堆个大雪人玩。"

素姐拉了女儿替她穿衣裳，小九的老仆福伯也送了皮袄来与小九。素姐敬他是个老人，要留他吃茶，福伯道："这个时候下雪，五六月里油就贵了。五少奶奶还是趁没涨价多买些油吧。"到底不肯吃茶，缩着头朝厨房去了。

素姐就拿了前些日子买米面油的账来算，加上昨天人家送的，差不多可以吃用到过年，才放下心来。因两个媳妇子抬了火盆进来，就问道："各房里可都有了？"

那个媳妇子笑道："都有了，连前边衙门都送了两盆过去。"素姐就招呼在院子里疯玩的大小两个孩子进来，看他们头上身上的冰珠子叫热气一冲都化了水，忙拿了两块手巾递给他们道："快擦干净了洗手吃点心。"

小紫萱笑道："下了雪，明儿石先生必不能来了。娘，咱们做些什么吃的赏雪吧。"

素姐道："下刀子也给我上学去。"

紫萱吐了吐舌头，低了头去洗手，小九笑道："石先生家在城外种了几十亩油菜呢，昨儿还说要带我们去看菜花，这下叫雪珠打坏了，哪有心思来教书。"

这一夜狄希陈都没有来家，到了半夜果然下起大雪来，虽然节气近春，却寒冷得如同腊月，大雪一连下了三日，天气才晴朗起来。石先生拖了沾满泥点的衣裳来上课，比从前更木讷了。就是祝先生，也是笑容变少。

狄希陈怕有灾变，忙着各处督促农家补种，衙门里只让小九守着传话，连守牧童的人也撤了只留一个。却说这一日沈秀才浑家跟沈秀才争吵，倩娘去劝了半日，眼圈儿红红回来道："你在我家住了这许多日子也不曾叫你花过一文钱，如今家里米都没有，何不取出些钱来把与我嫂子去买米。"

牧童心道那话儿来了，笑道："银子我自有，却是存在相识的店里，待我去取些来。"

倩娘撒娇撒痴，非要他开了箱子来看，牧童执意不肯道："箱子里的银子却不能动，要留着贩货回家的。你等我出门去讨还几两碎银来把与你花用就是。"牧童前脚出去寻伙伴们，后脚沈秀才就拿了斧头来要砍箱子。倩娘拦他道："这口箱子也能卖几十文钱，够七八斤肉钱，我拿簪子捣几下试试吧。"

谁知他们几个人在房里试了半日，方才开了箱子，牧童已是寻着几个同事来家，听见他房里有动静，先四下里瞧了无人，就派了两个人拦住了窗口，自己进门笑道："娘子与舅爷这是做什么呢？"

沈秀才跟倩娘两个正伸了手在一堆破衣烂裳里翻出几个油纸扎捆的硬块来，快活得眼睛发光，哪里想到他会进来。倩娘机灵，扶了箱盖道："帮你理理箱子罢了。"

谁知沈秀才拆了一个纸包，里边几块碎砖，再拆了一个还是碎砖，四五个纸包尽数拆开，一个铜钱都没有寻着。抬头见了牧童笑嘻嘻站在跟前，发狠提了脚边的斧头要砍他。

牧童毕竟比薛老三强几分，一脚踹翻了那两个妇人，就提了倩娘挡在面前，大叫一声："来人。"

门外藏着的几个快手就奔了进来，一边一个捉了沈秀才，另一个就拉了倩娘摸她的脸蛋道："果然生得好，牧童你这几日享够了艳福，也让咱们开开荤吧。"

守在窗外的一个老实人道："这是上头交代下来的，休坏了大家体面，收了监随你怎么着，还是送了衙门去吧。"

牧童从门后拿了藏起的绳子道："这个都现成，咱们先捆了他们四个狗男女，他们骗人也不是一两日了，只怕还积了些好东西。"

那个沈秀才跪了下来央求道："若是几位官爷肯放了小人，小人情愿将这几年得来的钱财都献给官爷爷们。"

牧童笑道："咱们肯放你，县太爷不肯放你，你那些钱财，我都瞧在眼里，自会去取。"就将他们四个拴了堂前大柱子上，叫那个老实人看守，带了众人去搜沈秀才的箱子柜子，果然床底下搜出一包碎银子来，约有四五十两重。还有绸缎布匹并些首饰，大家按人头平均分了，就先将财物送了回家。牧童还抱了倩娘房里一床新被，将她头上的两根银钗与一朵金花取了收在袖里，笑道："这些与我做个纪念吧。"

那几人也笑嘻嘻将三个妇人从里到外都摸过了，把小衣儿里藏的几样金银锁片取了下来，方牵羊一般牵了招摇过市，送到班房里寄放，报与狄大人知道，狄希陈叫寻个官媒来带了三个妇人回家看守。

狄希陈虽然封锁了消息，不肯叫人知道妻舅是让人拐了去的。只是世上没有不透风的墙，各人心里都猜到一两分，不然没有苦主打点，谁肯这么上心？

狄希陈与周师爷忙着四处劝农桑，听说捉住了，只道过几日闲了再管他，就将沈氏兄妹撂开手不提。

薛老三极想报卖身之仇，无奈此事素姐跟狄希陈都有主张，只叫他在家守着桃花。因桃花是半装的肚子，请了产婆来瞧，都说是男，他也就欢喜守着妾做二十四孝丈夫。

素姐本来担心跟去年一样，有银子都买不到菜，谁知蜀王府道狄希陈识趣，常常送些新鲜蔬菜，成都的士绅们也把狄知县看得比谢知府重，哪一日都有人送些东西进来。素姐若是回了礼，却又作怪不肯收。素姐跟狄希陈说，狄希陈笑道："收吧，过几个月人家知道咱们跟那个狄大人不是一家，只怕还要来讨回去呢。趁有得送多收点儿，这些人不是心怀他念，哪能那么容易送出来。成都府里几个忠厚大家，我来了两年多了连人家管家都没有见过呢。"

素姐还是觉得不妥，只觉得收得不安，狄希陈教她道："你留够家里吃用的，再分三份出来给县里那三位官儿，再送三份到谢大人府上，别人就罢了。"

素姐听了要送谢大人，就有些不乐意，只是狄希陈这样说，必有缘故，赌了气不去问他，要自己看出来。就照了狄希陈的吩咐行事。

狄希陈因成都一县村村都查看过了，虽然油菜小麦没有什么出产，种下了荞麦棉花等物，想来只要年景不是太差，百姓都可过得，方松了一口气歇了两日，偶然晚饭时看见薛老三又胖了些，就想起来沈氏，与周师爷商议行事。

第二十九章
真相（下）

待到提来四个人不人鬼不鬼的男女跪在下边，狄希陈看了半日，也没有看出那三个妇人的好来。

周师爷已是预先审过，道："这伙人拐的都是外地来的单身客人。"极力忍着笑道，"说卖人只得那一遭儿。"就叫人先提了那个男的到案前跪下。

狄希陈道："哪一遭是卖了人的？说来听听。"

那个沈秀才磕头如捣蒜，狄希陈不耐烦喝道："你说吧。"

沈秀才道："那一日小人在茶馆与朋友吃茶，因见一个二愣子在街口赌钱，看他是个不晓得事的主儿，就想哄他两个钱使。谁知道他白睡了我浑家一夜，一个钱没有，小人一气之下，才卖了他。"

狄希陈命提了他下去，又向那三个妇人道："把他浑家提上来。"

门子扯了一个年小些的妇人到前边。狄希陈冷笑道："你汉子已是都招了，说他行事都是你唆使的，好个狠毒的妇人！”

那妇人禁不得激，哭道：“我本是好人家的女孩儿，做这见不得人的勾当也是他逼迫，我若是不肯，就是拳打脚踢，小妇人吃不得痛，只得依他。”

狄希陈道：“你是哪家的女儿，何时叫他拐了来的？”

那妇人咬了半日的牙，方道：“他不仁我不义，我就全招了吧。小妇人本是荆州人氏，十三岁跟着娘去庙里烧香，叫这个杀才绑了带到长沙。他装我兄弟骗婚，哄人家彩礼钱，在长沙存不住身方才搬到成都来。”

狄希陈听了笑道：“原来你也是好人家女儿，你说了家里父兄姓名，我派人送你家去吧。”

那妇人忙道：“我小名就叫倩娘，家在江陵县城，我爹爹姓谢，名文洋，字子正。”又将这些年来的行骗事实一一招供。

狄希陈听了谢文洋的名字觉得耳熟，问周师爷道：“这个名字我在哪里听说过？”

周师爷摇摇头道：“不记得了。”就命带了这个妇人下去，另提了那两个妇人，叫周师爷拿了刑具一吓，就全都招了。原来沈秀才真名沈二呆，读书不成，就养成了游手好闲的性子，好容易问人借了几两银子娶了外地来的一个妇人为妻，谁知道成亲不过一日，就叫新娘卷了他家的细软跑了。他不去报官，反到处钻营，找了守寡的两个表姐妹，也学人家放鹰。前几年因表姐妹两个年纪大了哄不得人，听说同里谢家的小娘子美貌，就趁她跟家人上香时拿布袋罩了绑来家，教了半年如何哄男人，一路行骗到成都。因有蜀王府的管家到处买卖人口，都是拣那孤身的外地客商，先骗光了钱再卖给他们，横竖煮盐场里折磨几个月也就形销骨立，只有半口油气。薛老三，本来只想骗些钱也就罢了，只是半个钱都没有到手，气极了方才卖他。

狄希陈听这两个妇人说了半日，又拣关键的问题问了几次，再提了沈秀才来问，两下里比对，果然没有差错，就命退堂。

到了书房里喝茶歇息，周师爷方笑道：“知府谢大人家好像也是江陵县人，名文翰字子彰。想来必是一族。”

狄希陈道：“真是这么着，就不好断了。谢大人知道了可不好打发他。”

周师爷想了想道："前事不提，只说牧童这次吧。打他几十板关几年，将这三个妇人找官媒发卖到远处，也还能保得他们几个的性命，不然，依蜀王府的行事，总要挖出这个害他们破财的根儿，哪有命在？"

狄希陈想了想道："他们行事毒辣，怎么反倒送钱给咱们？"

周师爷笑道："一来令表弟相大人已是太子跟前的红人，二来此事牵着舍亲，他积了军功下个月就要赴京。蜀王虽不怕今上，却怕将来新帝收拾他呢，所以要拿银子买通咱们。却是多亏令妻舅，叫咱们都发了一注大财。"

狄希陈因他消息灵通，就问道："太子是什么脾气，连蜀王都有些怕他？"

周师爷开了窗看四下里无人，方道："太子爷还好，他跟前有个太监总管刘瑾，行事阴狠。听说今上病得厉害，怕就是这一两年的事了。"

狄希陈倒是听说过刘瑾的，这个太监太出名了，顺便就想起来他的主子小皇帝是十五岁登基的，顺口道："太子爷今年十几了？"

周师爷笑道："十二。"

狄希陈心里算算还有三年太平日子可以过得，过了三年刘瑾当权到处抢钱，家里的作坊只怕保不住，低了头在那里谋划。周师爷见他无话，就自去发落那起人，胡乱判了沈二呆四十大板监十年，打得发晕扔到监里，因他没有家人打点，棒疮也无人理会，囚了几十日疮毒发作就死了。那三个妇人交给官媒发卖，官媒见到倩娘如获至宝，转手三十两银子卖到青楼，那两个妇人就卖到蜀王府的煮盐场做活。回头到了县衙，只将十二两银子交割，说卖给了过路的商人，休说狄希陈，就是周师爷也想不到官媒这般大胆。蜀王府的人果然查到沈二，听说狄大人已是处置了，回去报与王爷知道。王爷笑了两声道："还晓得擦嘴，咱们银子没有白送他。可惜明年就要走。"

素姐私底下将沈秀才的下场告诉薛老三，薛老三听说他打了四十板，要关十年，也还罢了，只听说倩娘卖了，连声叫可惜道："烧得一手好菜呀，咱们买了带回家使不好？"

素姐又好气又好笑道："你的事，咱们家里也只得四五个人知道，小桃花我都瞒着她呢。若是张扬得人人都知道了，你的脸往哪里搁？"

薛老三咂嘴道："我也是说说罢了，好个活动的人呢。"因看素姐脸又板了下来，忙道，“姐姐俺明日也去上学吧。九叔他日日上学，俺一个人逛起来都没有意思。”

素姐见他求了好几次，便依了，去自己的小书房寻了套笔墨砚台，又拿了两本自己订的大字给他道：“你此去能多识得几个字也好。”

薛老三接了笑道：“俺就没有福气考个举人来家？”

素姐笑道：“你有志气，很好。”

薛老三第二日果然就坐了小九边上。不论是石先生还是祝先生，他一律春天不是读书天，春日融融正好眠，还好他晓得支本书立在面前，睡着了又不打呼噜，两位先生也知道他是来混日子的，只照管小九跟紫萱两个，旁人都是顺便罢了。

这一日艳阳高照，薛老三睡了一上午，中饭又吃多了，听石先生在面前唠叨破题，实在有些坐不住，摘了出恭牌出来偷懒，因想起结交的几个朋友多日不见，就想出去走走。

到了门口柳荣拦他，他扯个谎道：“我去买块墨就来的。”柳荣不好拦他，只得随他去了。他寻到一个住得近的朋友吴十三家，正巧遇到吴十三要出去吃酒。

吴十三晓得他是县太爷的小舅子，就有心引诱他道：“愚兄要去吃花酒，薛公子不如一起去凑个热闹？”

薛老三久有去青楼见识一番的心思，好容易遇着良机，不舍得错过，就将马上回家的念头抛到脑后，摸摸腰里的小荷包里还有二两银子，乐呵呵跟着吴十三走。走了几条街就看到一个大门，门口半截上马石，推开了漆黑的门板，就闻到香风阵阵。再进去十来步就是一个天井，下边厅里坐着一个花枝招展的妇人，见吴十三带个愣头愣脑到处乱瞧的公子进来，忙笑着接出来道：“春花房里摆了酒，正等你呢。”

就将眼睛看向薛老三，吴十三将他带到房里坐定，借口小解，出来寻着李妈妈道：“李妈妈，这是薛衙内，你找个有本事的来哄他些银钱，发了财也分几两银子与我使。”

李妈妈听说是个衙内，再看他傻不愣愣的样子，这样人的银子不使，使谁的银子？想了半日笑道：“有个新来的倩娘，乖滑无比，又有几分颜色，就是她吧。”就笑嘻嘻进房拉了薛老三出来道，“官人别处坐坐吧，开席还早呢。”

薛老三被李妈妈带着上了胡梯，进了一间极精致的阁儿，小小一张矮儿，边上是两个锦凳。靠窗是妆台，摆着极精致的妆盒，半盏胭脂搁在镜前，薛老三不由自主伸了手拿起来嗅。

李妈妈笑道：“好女儿，有客来呢。”就退出去掩了门冲茶。

倩娘本在公堂上听狄希陈说要送她回家，却是有些心动。谁料过了几日被卖到这个去处，晓得这里比不得在外行骗，就算家人寻来了，也不会认她，就死了心要做妓女，打点精神，拿出苦练多年的本事迎来送往，好讨妈妈喜欢，暗中存钱赎身。

这日她正歪在床上想着存些银钱，将来找个小户人家嫁了，买几间屋取租，也可过得日子，就听见妈妈叫她。本来不想理会，只是到手的银子要送出去给别人，又有些不舍，慢吞吞爬了起来一看，却是前些日子被她卖了的薛老三，穿着光鲜站在跟前，唬得她尖叫一声：“鬼呀，不是我。”就往后一倒。

薛老三满腔的春情，见出来的是个旧人，还有三分怜惜，谁知道佳人当他是鬼，想到闹出人命来姐姐姐夫那里不好交代，慌忙推开门，三步并作两步逃走。

却说李妈妈捧了两盏香茶上楼，不见金主人影，伸了头看床里，只有她的爱将趴在那里，气不过拎着倩娘的耳朵骂道：“小贱人，客人哪去了？”

倩娘醒了哭道：“有鬼。”

李妈妈看她脸色发白，想是真的冲撞着什么了，松了手道：“方才上来的是薛衙内，如何是鬼。”

倩娘含糊道：“他跟亡夫有几分相像，想是我看错了。”

李妈妈道：“好容易请了来的金主呢，明儿我想法子请了他来，你小心侍候。不然老娘的板子可不饶你。”

薛老三回家惴惴不安一夜，第二天清早门上来报说有个姓吴的朋友来寻他，提心吊胆磨蹭到门口，隔了传桶道：“何事？”

吴十三笑道：“昨儿你怎么走了？倒叫人家倩娘埋怨我半日。”

薛老三放下心来，也笑道：“我今日还要到学堂去，改日闲了再请你吃酒。”

吴十三哪里肯放他走，在门外道：“跟我去去就来，见个面人家也好放心。”两个正说话间，正好素姐使了荷花送早饭到前边给周师爷。吴十三见开了门就要进来拉薛老三，转眼见了个佳人拎了食盒出来，就看得发呆，薛老三趁机脱身。他就问守门的柳荣道："这个小娘子是府上什么人？"

柳荣道："快去吧，回头县太爷出来，瞧见你拿你当贼办。"

他悻悻地退到角门处，到底等荷花进了后宅，才魂不守舍地走到李妈妈处道："我今日才瞧见了，县太爷家随便出来个使唤丫头，都有十分颜色呢，难怪薛衙内瞧不上你家倩娘。"

李妈妈还不死心道："木头美人怎么能跟我家倩娘比。改日你再拉薛衙内来一会儿，管叫他的银子都跟我姓李。"

话说柳荣听薛老三与陌生人说话，猜他在外边不是嫖就是赌，再不然就是养了女人，就趁饭后无事回了素姐。素姐听说里边牵涉到的女子名倩娘，因狄希陈说过已是卖了远处的，就写了张便条儿叫人送出去给狄希陈要他再查。

狄希陈这日正无事，坐在外书房与周师爷两个下围棋，输得心浮气躁，正好借机不下，拿了条儿看了半日，丢给周师爷道："你瞧瞧。"

周师爷拾起这张白纸，见折了十条格子，上边也没有抬头，下边也没有落款，写着：今日有人寻三弟，话里提到倩娘等他，此倩娘是否彼倩娘？笑道："提了官媒来一问便知。"就命人寻了官媒来问她。那个媒婆满不在乎道："是卖了青楼，若是长得弱些儿，也一并送了去煮盐呢。"

狄希陈与周师爷对看了两眼，道："你且去吧。"

周师爷劝狄希陈道："这也是常事，从来欺上不瞒下的，这个媒婆是蜀王的人，就不要动她了。咱们自己把她赎出来送走就是。"

狄希陈苦笑道："我怎么就这么倒霉呢？若不是谢大人的侄女还罢了，若是，又有麻烦了。"

就喊小板凳回家问素姐要了三十两银子，拿了周师爷的帖子，寻个嘴紧的衙役去赎了倩娘。又拿了五两银子送她，周师爷亲自看着人押到码头，找了个顺路的船送了她回乡，吩咐她道："我们大人与人为善，不忍见你世家女沦落风尘，此去回乡，你只说丈夫死了邻人凑了银子送你回乡，不然在娘家也存不住身。"

倩娘喜出望外，拜谢了道："小妇人省得。"

过了几日薛老三心定下来，想到沈倩娘的温婉，心里还有点儿痒痒，找了借口要出门。素姐晓得他不死心，命人悄悄跟了他。他到李妈妈家听说倩娘叫周师爷赎走，还有两分舍不得，回了家长吁短叹，不敢叫姐姐姐夫知道。

第三十章 踏青去(上)

过了清明，就不断有人送了茶叶来。素姐一早请了几个锡匠在家里做锡罐，到了下午，胡三多将五个锡罐送来来给素姐瞧。素姐倒是听人家说过纯锡色如银、亮如镜，叩之无回声的方是上等好锡，就拣了两个白亮的敲了敲，果真没有回音，就指了这两个道："这两个留下吧，那三个明儿再叫他们重做了来。"

狄希陈来家时，素姐正对着几个罐子细瞧，就问她道："瞧出朵花来了没有？"

素姐笑道："好多茶叶呢，打几个罐子装，你来看看哪个好？"

狄希陈都拿起来狠狠朝地上一砸，指了那个不破的道："花样儿好看不中用，依我看，只要扔了不烂，就是好的。"

春香跟小荷花赶紧上来捡了那几个破罐，又将那个好的送到素姐跟前。素姐随手一揭，果然轻轻就揭开了，并没有变形。

狄希陈又道："人家送了来的茶叶有多少？"

素姐查了账本道:“都是论篓的,一篓二斤的也有,五斤的也有。差不多有四五十篓了。去年就没见过一篓,今年倒好,四篓八篓地送来。”

狄希陈冷笑道:“去年林大人手长着呢。听说他卖茶叶都卖了够两千两。”

素姐笑道:“他也是为别人做嫁衣,人家都回家了,还记着他给你小鞋穿?”

狄希陈拿了那个锡罐看了看,说:“这个锡比咱们山东老家的可好多了,就是只有一个盖,密封性不大好,叫他改成五斤装的四方大罐,上边用两个盖,就不要敲花样了,只在底上打个狄府制的花纹就得。”

素姐笑着应了,拿块细炭用镇纸做尺,大概画了样子递给狄希陈看,狄希陈笑道:“就是这样,咱们回家也好装箱子,山东买不到好茶叶呢。”

素姐也道:“我也想着用方形,只是不如圆形稳定。以后日用,还是圆的好呢,各样都打一些吧,回了家不装茶叶,也能装些别的吃食。”

狄希陈笑道:“你想得长远。这里的锡好,咱们索性多买些,再打些家常日用的东西,将来分了家,总是要添置的。”

素姐久有分家的想头。照着听说来的情况,明朝分家家产是平均分的,狄员外的家事不过万金,就是一个铜钱不要她也没有什么舍不得的,自己两口子挣的要分出去给人家一半,她多少就有些不舒服。

狄希陈看出素姐的心思,支使开了春香等人道:“两个作坊你从前不是分了一份给小翅膀嘛,他们收了,就不好要分你的嫁妆了,看看,你多会打算。”

素姐心思叫狄希陈揭破,不好意思道:“我是不是太小气了?”

狄希陈笑道:“咱们现代人,不占别人便宜,也不想别人占我们便宜是天经地义。明朝其实这样的人也多,不过真要你一毛不拔,你也不好意思是不是?”

素姐点头道:“正是为难呢,分给小翅膀,对不起自己,不分,又好像对不起他。”

狄希陈笑道:“有什么为难的,我们做官得来的这些财物,都是你的私房,回家把当初的五千两再添上两千还公账上就是。三年知县带七千回家也差不多。”

素姐道:“你比我想得开,总是你名义上的弟弟呢。”

狄希陈笑道:“这样就算难得了。不信你看你娘家那个老大,做官得来的钱有多少分给兄弟。将来薛老泰山的家财他还要分一份儿呢。”

素姐道："咱们不比他们，总要问心无愧才好。"

狄希陈算给她听："如果我不做这官，不开作坊，我是长子，还有长孙，肯定要比小翅膀分得多些，他能有五千就不错了。现在咱们就算分一半，他也有七八千。这个账，爹娘心里有数。"

素姐叹了口气道："分不分都麻烦，偏偏二老在世就不好分家，不在了只怕怎么分都有人说闲话，让人心里不自在。"

狄希陈摇头道："分家争产的事多的是，不要理他们就是。倒是咱们那两个作坊，还是要卖掉的好。"

素姐奇道："才开始挣大钱呢，卖它做什么？"

狄希陈问她："你记不记得太监刘瑾？"

素姐想了半日道："记得，死要钱的坏太监。难道他也是穿来的？"

狄希陈没想到素姐在这里幽默了一把，笑了半日方道："再有三四年他老人家虎躯微震，就要到处搜钱了。咱们的镜子京里头卖得好，人家必不会放过的。相于庭上回写信来说，这两年分红够两万了，等咱们去京里时取呢。"

素姐也没想到有这么多，狄希陈的想法她也知道，钱可以少挣，只怕引祸上身。不过狄家作坊也要一并卖掉，总有几分不舍，忙道："咱们家的小作坊一年不过三千多两，也卖了多可惜。留下吧。"

狄希陈摇头道："做水银镜子的技术还在我们手上，没钱时再新建作坊也不难。回了家老实种几年田地，把玉米红薯土豆种好了，我们现在的钱，足够用到孙子辈了。"

素姐笑着应道："那样，我要开个小店专卖薯片。"

狄希陈见说动了素姐，也就放心，把将来的设想说给素姐听。任满回家，寻个偏僻些的地方买几百顷地，最好依山傍水，盖个小庄，再建个学堂，就可消磨时间。素姐觉得这样不是很好，就道："不与亲戚朋友来往，也省得许多烦心事，只怕这样的地方难找。你们狄家的那几房，都是很强大的人。到时先送了孩子来就学，然后大人也来住下，你怎么办？"

狄希陈笑道："我是怕老婆的将军，娘子大人不发话，怎么敢留客？"

素姐"呸"了他一声，笑道："还是就近买几个荒山吧，又便宜，咱们种上竹子果树，开出旱地来，粮食够吃，样样都能自己制造，也显不出富来，遇到灾年也足以自保，不比你拿几万两银子买地强？”

狄希陈想想，生活，还是低调一点儿好，笑道：“都依你。我去看看孩子放学了没有。”

素姐这里才摆上饭，头一个薛老三冲了进来，一边走一边叫饿，等不及洗手就要入席，素姐瞪了他一眼，方缩了手去跟小九抢着洗手。

小荷花又打了一盆水进来。狄希陈一家三口儿也洗了手，小紫萱就唧唧喳喳跟爹娘说学堂里的新鲜事，狄希陈含笑听完了方道：“明日，后日，大后日，两位先生都有事不能来呢。”

素姐道：“这倒奇了，约齐了一般。”

薛老三笑道：“就是约齐了的，他们什么诗社、文会都是这几日出去踏青呢。”

小九也道：“周师爷也请了假，说这几日跟周守备一起去峨眉山转转。嫂子，咱们也出去走走吧，总在家闷坏了。”

素姐心里自然想去，这几日春暖花开，时时听见布谷鸟在叫，想必外头春光明媚。只是怕人家说的不好听，就看向狄希陈。

狄希陈笑道：“明天就去，咱们也不借人家园子，坐了车去，带了吃食，寻了风景好又安静的地方坐半日回来，后儿再去看花市，如何？”

素姐笑道：“其实我最想看的还是菜市场呢。”

薛老三笑道：“都去都去，祝先生还说呢，读万卷书不如行万里路。”

素姐见薛老三念了几天书就有进步，心里喜欢，嘴上仍道：“偶尔出去走走不妨，书还是要读的。”

狄希陈笑道：“认得几个字就罢了，科举运气居多，倒是端午还有差不多十几二十天，咱们到时好好过个节。”

素姐笑嘻嘻道：“还用你说，到成都来，就数今年过得开心，一定要好好乐乐。”

吃罢晚饭，素姐就召集了管家们来，说明日后日都出去踏青，让家人分了两班跟出去。家人们听见如何不喜，都喜滋滋各自准备。

第二日，光是吃食就单装了一辆车。狄希陈一家三口带上小九坐了一辆车，薛老三两口子带了小铜钱坐了一辆车。素姐跟紫萱房里的丫头们挤了一辆大车，其余家人去了一半，男子们走路，妇女带了孩子又坐了两辆车，浩浩荡荡出了城门，一路朝西郊的浣花溪去了。

狄希陈跟小九都穿的家常的青绸衫，素姐因是出门，怕招人注目，连平常最爱的两样首饰都不肯戴，只插了两根簪子，连女儿也不给她打扮，就是平常的装扮。唯有薛老三两口子，华丽丽的生怕人家不知道他们有钱，小桃花抱着大肚子也不嫌累，脖上挂了金锁片不算，还挂了一串珠链，手上除一对金戒指，还有两对银戒指，一对玉镯子，走动起来环佩之声不绝。

到了溪边寻了个无人的地方歇息，素姐见了金晃晃两个人下车，差点儿一头栽到溪里去，忙叫家人搬了屏风围起来，薛老三见姐姐一家都穿得素，就愣了一愣，还是小桃花机灵，连忙摘了两人身上的零碎，拿帕子包了交给小铜钱收起。

素姐才松了一口气，本想说他们两句，小桃花识趣，再说又怕扫兴，只得吩咐在树荫下铺地毡放了矮桌，亲自汲了溪水烹茶。

小九看小紫萱眼睛总盯着屏风外头看，笑道："我带孩子们出去转转。"狄希陈怕素姐拦他，忙道："多带几个管家，只在周围转转吧。"

家人们见小姐都出去了，也纷纷四散走开，薛老三趁乱也要走，小桃花扶着小铜钱紧跟着他也去了。主人跟前只留了柳嫂儿夫妻两口子跟春香侍候。狄希陈搬了车上的靠垫，靠了树根半躺下，取了一本《南华经》看。素姐送了一盏香茶来，狄希陈接过来喝了，见素姐在太阳底下晒得脸红红的，额头上渗出细小的汗珠，忙道："坐过来吹吹风吧。"

素姐接了茶碗递给春香，就真个靠着狄希陈坐下来，笑道："这里风景真好，难怪叫浣花溪呢。要是能在这里住一辈子就好了。"

狄希陈笑道："天府之国呢，以成都平原最为富庶，你倒是会挑。等回去路上到了南京、杭州、扬州这些地方，只怕你又舍不得走了。"

素姐轻轻掐了狄希陈一把道："我说说罢了。其实若是居住，苏杭都好。咱们能住得成吗？"

狄希陈想了想，笑道："不如庄居安逸，那里的田地不好买。"

春香送了茶来给素姐道："俺就觉得山东好，在成都这两年总住不惯呢。"

素姐道："自然回去的，外头再好，没有亲戚朋友来往也无味得很，"冲了狄希陈笑道，“是不是？”

素姐指的是狄家那些亲族，如今都破落了，狄希陈中了举，来打秋风的就一日比一日多。将来回乡，只怕就更多了。狄员外年纪大了，总想着自己家光宗耀祖，在亲族面前充大头的事没少做，狄婆子也拦不住他。狄希陈不比素姐可以装反面人物，接来送往也是烦得要死，所以才有将来搬远了别住的想头，听了素姐的话，忙装着看风景，站了起来笑道：“咱们也四下里走走吧。”扶着素姐站起，叫柳氏夫妻在这里看着，朝女儿走的方向去。

小春香忙上前几步扶了素姐，前边略走几步就有一树桃花，素姐站在树下不忍离去，只说得“桃之夭夭，灼灼其华”两句，狄希陈已是弯腰在草丛里掐了一枝兰花，递到素姐面前笑道：“这里也有，我替你簪头发上。”也不等素姐说话，就插到素姐的鬓边。春香扭了头笑嘻嘻转到树后，狄希陈就趁机握了素姐的手要说话，冷不妨小铜钱扶着小桃花走来了，素姐忙甩了狄希陈的手道：“三冬呢？”

小桃花赔了小心笑道：“遇见几个朋友了，叫我先回来，他说几句话就来的。”

素姐就叫春香来扶她过去坐下，对狄希陈笑了笑道：“你去找女儿吧。”

狄希陈叹了口气，就顺着女儿走的方向寻过去。一路走来，路边的女子也不少，见来了个举子模样的青年，还没到秋天呢，一筐一筐菠菜朝他飞过去。狄希陈在现代社会哪有这么多美女青目，乐陶陶穿花拂柳，突然见前边围了一群男女，人缝里瞧见有一个像是自家的小荷花，忙拨开人群走进去。

第三十一章

踏青去(下)

小九被姑娘们围在最里边，一脸苦笑。小紫萱站在小九前边正气鼓鼓瞪着一对吵嘴的男女，小模样儿跟素素小时候一模一样，狄希陈忙挤到女儿身边，学习明朝的骂街。

那个男的一副路人甲的恶少打扮，一手执了一柄描金大扇在那里扇，另一只手掐了腰骂道：“浪蹄子，看见男人就认表哥表弟。”

四月天气虽然转暖，还是穿夹衣裳的时候，那个妇人却穿着柳绿扣身纱衫儿，还要露出桃红主腰来，一双水汪汪的眼睛只盯着小九，还嘴道：“不是我家表弟，难不成是你家表弟？”

狄希陈瞧这两个人都不像正派人，看自家的大小丫头们都在这里，大喝一声道：“走吧。”

小九忙拉了小紫萱就朝来路跑，小杏花扶了小镜子也就跟上。那两个人见正主儿跑了，一齐上前来拉住狄希陈道:“原来是你拐了我家表弟。不把表弟还我们，就拉你去见官。”

狄希陈不晓得是不是小九招出来的是非，推开二人道:“放告那日去告就是。”

扇子男见他不怕，反笑道:“我跟知县大人日日一处吃酒，拿个帖子送你去打几板子易如反掌。”

狄希陈看了他半天，还是认不得他。那个妇人又贴了上来，狄希陈叫这一对男女恶心得半死，忙跳开了紧走几步，见他两个又在那里对骂，并没有追来，匆忙回去，道:“快收拾家伙，咱们换个地方。”

素姐看小九回来就藏到车上已是奇怪，狄希陈这样慌张却是头一回见，问道:“这里不好吗？”

狄希陈叹气道:“差点儿被人家送县衙里打板子去了呢，咱们避避吧。”

素姐听了好笑，忙叫柳荣去四下里招呼家人们都回来。等了半盏茶工夫，家人们才回来一半。那扇子男已是先寻了来，探了头瞧见狄希陈，喜道:“是这里了。”也不管里边有内眷，大步走了进来，正要跟狄希陈说话，却见边上站着个极出色的俏婢，就软了半边，再见一个花枝招展的妾样女子跟一个素衣妇人坐在树荫下，如同花瓶上画的牡丹与水仙。他就动了心思要一网打尽，在那里咕噜咕噜吞口水。

狄希陈方才是身边无人，战略撤退，此时四下里都是自己人，见他盯了素素做猪哥表情，哪里忍得，大喝一声:“拿下。”

狄九强头一个冲上来，抡起食盒上头的盖子照着头就是一下，扇子男已是“哎呀”一声栽倒，众人七手八脚将他捆了。

豪放女冲上来尖叫:“表哥！”小紫萱也是忍了很久了，捡了刚才那个盒盖朝她扔去，那妇人拿手一挡，碰裂了两个指甲不算，手腕上套的两个玉镯也碎成四块，就顾不得表哥，要跟小紫萱拼命。春香跟小荷花哪里会让她近身，走过去一人拉住她一只袖子，朝屁股上踢了两脚，狄九强乐呵呵又拿绳子来捆上了。

狄希陈忙走到车边问小九道:“这两个人怎么回事？”

小九见他二人已是捆住了，方跳下车来道:“不认得，一见我们就说我是他们表弟，小镜子是他们表妹，要带我们回家。”

素姐接口道:“只怕是两个拐子吧，送了衙门里去。”

路边一个看热闹的秀才接口道:“是知县大人的亲戚呢。”

狄希陈冷笑了问道:“两位真是成都县狄知县狄大人家亲戚?”

扇子男道:“狄大人是我表哥。”

素姐笑得要死,走上前来道:“真是?那这位娘子是?”那妇人忙道:“我是狄大人的妻姐。”

狄希陈也看了素姐笑,摆手道:“堵了嘴扔车里吧,回家时送县衙里去,看狄大人怎么说。”

因周围围了有二三十人,素姐也有些坐不住,等家人都回来,收拾了家伙沿着溪水另觅了幽静去处,重新放下屏风铺陈。

此处是一个小小山谷,山上杜鹃盛开,红艳艳的十分可爱。小紫萱见了,挽起裙子就冲了过去。春香正要去拦她,素姐忙道:“一年也出不了几次门,让她玩吧。你也四处走走,大家只在这山谷里就是。”

狄希陈看着女儿跟只快活的小狗一样满山乱蹿,后边小九跟着她一起疯,笑道:“长大了怎么得了?”

素姐指指可怜巴巴一个人站在山脚下看着一枝花发呆的小镜子道:“非要那样才好?”

狄希陈叹气道:“若能一辈子在咱们身边还罢了,不然吃苦的日子还在后头呢。”

素姐道:“我这样不是吃苦?且不说女儿,那两个人你怎么办?”

狄希陈冷笑道:“先押几日,看情形吧。天幸叫咱们遇见了,不然借了咱们幌子到处招摇撞骗,咱们还不知道呢。”

小杏花跟小荷花两个摘了些花,拿细绳结了个花球,笑嘻嘻拿了送给柳嫂子,柳嫂子就拴了衣带上笑道:“你们年轻人就是会玩,我像你们这么大,天天关在家里头纺纱织布呢。”

素姐坐在狄希陈身边看了一会儿风景,突然想起来道:“咱们把三冬丢了。”看到一排三四个家人在那里烧炭炉,忙道,“胡三多你去方才那里转转,若是遇到三舅,带了他来这里。”

胡三多笑嘻嘻去了,小桌子从一边经过,见少了个人就走了过去扇火,拿的却是扇子男的那把扇子，素姐见了眼熟，忙要了过来跟狄希陈一起看，道："哪里见过的呢？"

狄希陈翻个面，上边却是自己的一行字，写的两句小诗，想了半日笑道："这是你家老三的东西。"

素姐忙拿了问小桃花，小桃花拿起来看了，也道："是咱们的，去年八月说是一个朋友借了去，再没还来。"

狄希陈跟素姐对看了两眼，狄希陈拉了素姐的手道："我带你山上走走。"

站了小山坡上，极目远眺，浣花溪如一条玉带镶在翠衫上，溪边不是桃花就是杏花，山阴处杜鹃丛生，游人如织。大户人家歇息处都是拿屏风围得紧紧的，外边又拿车轿挡了。小户人家不过地上铺块布，上边摆了各样吃食，一家老小围在那里吃酒谈天。

狄希陈笑道："没见过吧，其实明朝妇女也不是总闷在家里的，找个烧香还愿的借口几天出来逛一趟的都有。你无事出来逛逛就是。"

素姐呼了口气道："依你。我说原来咱们隔壁杨夫人怎么那么爱上香，隔几日老远去烧一回，原来是借口出来玩。"

狄希陈笑道："总要有个借口的，你不信这些，就连借口都没有了。"

素姐笑了笑，见原来山上的几个家人都避了下山，忙道："要不要好好审审薛三冬？"

狄希陈笑道："这样两个人怕真是你家老三的朋友，物以类聚呀。以后轻易不要放他出门就是，回了山东扔给你爹管，就没咱们什么事了。只是这两个人必得处置。"

素姐笑道："今天最开心的就是遇到这么一对活宝，第二开心的是咱们女儿不是受气包。"

狄希陈看到胡三多带了薛老三过来，忙道："我也笑得要死，咱也是名人呀，才有李鬼。"就拉着素姐慢慢下山。

矮桌上已是摆了四盒食物，都是饭团、炸鱼、卤菜之类的食品跟点心，又有一壶烫过的黄酒，小九已是拿大杯倒了几杯依次递过来。薛老三接了一饮而尽，方道："我在那里转了半日，也不见人影，怎么挪到这里来了？"

素姐拿了扇子展开问他道:“这个东西你送了谁?”

薛老三看了一眼笑道:“是个伍公子,说爱姐夫的字,非要拿块玉跟我换,就换给他了。姐姐哪里寻了它来?”

素姐笑道“方才有位公子路过丢了,我们拾的。你说说那位公子长什么样儿?我让管家找着了还他。”

薛老三想了想说:“个子比我高半头,长得还没有我好看呢,早上出城门我还遇到他跟他表妹两个,说起来好笑,这么冷天,他妹子还穿件纱衫。”

狄希陈就问:“这位伍公子是哪家的?”

薛老三夹了块点心丢嘴里,满不在乎道:“他家开了个酒楼,没有什么亲戚做过官,不过花钱大方,所以朋友尊称一声公子罢了。若是官宦人家的公子小姐,能天天两个手拉手在外边乱晃吗?”

狄希陈听说是这么两个人,料也不会做出多大坏事,就放下心来,笑道:“他如今做何生理?”

薛老三笑道:“今天遇到几个人都认得他的,明儿得空我去问问吧。”

素姐见小九忍了笑在那里低头吃点心,想那对极品表兄妹手拉手儿到处乱晃,见人就拉亲戚,怕笑出来不好看,拿个细瓷碟儿拣了几样饭团点心道:“我怕晒,那边树荫下边坐坐吧。”

小紫萱就跟了过来问道:“娘,为什么不跟舅舅说咱们捆了那两个坏人?”

素姐道:“看上去像两个拐子呢,若是跟你舅舅这会子说认得,明儿公堂上你爹就不好打人家板子了。”

小紫萱悄悄道:“叫爹爹多打他们几板子。九叔方才跟我说,他气死了。”

素姐笑道:“知道。今天你做得就很好,下次还有人欺负你,若是打不过他就先让他,等家里人都来了,再下手狠狠地打他。”

小紫萱点头道:“九叔也是这么说来。”

素姐见渐渐人多起来,就站起来道:“咱们回家吧,人多了就没什么意思了。”

狄希陈也见不得人家盯着内眷看,就叫收拾家伙回家去。一路上素姐掀了车帘偷看外头,大家妇女果真不少,有些家人带得少的,就有浮浪子弟在屏风外头说些风言风语。更有那小门小户的女子与路人眉来眼去的,素姐看了好笑,却也奇怪

四川风俗与山东大不一样。

狄希陈指了外头笑道："这样的妇人，若是在山东，只怕爹妈就拿棍子敲死了。"

小九却道："差不多的，咱们绣江小地方，妇道人家出门少。我听我家大嫂说，她们娘家济南府，到了清明前后，妇女们争先恐后换了新衣裳出门逛呢。"

到了县衙门口，狄希陈先不回家，提了那对男女进衙门。素姐因艳阳高照，出了一身的汗，就要烧水洗澡。待她们母女两个都洗好了坐在太阳底下晒头发，狄希陈笑嘻嘻进来道："紫萱打哈欠呢，拿干手巾包了头发去睡会子去。"小紫萱疯了半天也确实累了，就握着头发进屋爬到素姐的床上去睡。

素姐忙道："可审出什么来？"

狄希陈摇头叹气道："借了一把扇子装我的表弟你的姐姐，调戏路边的帅哥美女罢了，我让人查了查他们并没有真做过什么坏事，已是放了他们回去。"

素姐笑道："这一对还真是少见，是不是两口子？"

狄希陈道："一个鳏夫一个寡妇，都是没人肯问的主儿，怕是一对吧，我才遇见他们两个的时候，就觉得两人不对，好像要哄小九跟他们三 P 一样。"

素姐呸了一声道："不正经，春香在后头给你烧了水呢，正好趁有太阳洗个澡。"狄希陈笑嘻嘻去了。小春香回避了出来笑道："大嫂，明儿真的还要去花市？"

素姐笑道："去呀，听说花市在青羊宫，也是个名胜所在，咱们来了成都两年，正好趁了这几天人人都出门的时候出去逛逛。不然可惜了。"

因青羊宫附近有个酒楼，狄希陈先叫人去订了两个包间，第二日一家人先到酒楼歇了一会儿，方慢慢走到青羊宫。说是花市，其实是庙会，卖什么的都有。素姐却是头一遭儿逛街，流连忘返，连个卖糖人的，都跟紫萱两个一起站在那里看半天。狄希陈跟小九左右护了她们两个。还好素姐是小脚，站不多久，就近寻了个小茶摊坐下。狄希陈笑道："咱们的战斗力不如春香她们呢。小春香跟着胡三多买东西，银子花得流水一样。你就买几个小糖人，走，接着买去。"

素姐趴了桌上笑道："不去不去，不然小九寻她们去吧。"

小九坐了不动，笑道："我怕有人再来说是知县大人的表弟，抢了嫂子去。"

小紫萱眼尖，指了人群里两个人道："那不是？"

狄希陈去看，果然是昨日两个人，笑道："他们不敢再来了。歇够了咱们去上香吧，也够饭时了，晚了就去不了了。"

素姐见这两人百折不回，昨儿让县官捆了，今天还能拣热闹钻，实在是敬佩他们的娱乐精神，只是带着女儿，不好意思做八婆跟在后头瞧，只得顺着人流一路向前。到了大殿外的坝子上，里边已是挤得水泄不通，素姐眼睛不如小紫萱好使，也看见人群里有几个人故意在那里挤来挤去，趁人乱之际偷妇人头上的首饰，便道："咱们回去吧。"

狄希陈拉着素姐从小门出去，小九干脆把小紫萱抱起来往外挤，好容易回到酒楼，都是一身大汗，小春香已是先回来了，红着脸儿接过小紫萱道："就叫他们上菜吧？"

狄希陈点头，因里间小桃花开了窗倚在那里看风景，见他进来就要站起来行礼，忙道："坐下坐下。"跟小九就坐了外边。素姐拉了女儿进去，桌上已摆好了茶。小紫萱就挤到小铜钱处，将买的小糖人分一个给她道："一人一个，这是你的。"

小铜钱接了还要跪谢，素姐道："快起来，服侍好你桃花姐姐，一个糖人值什么呢。"

就听得紫萱冲下边叫："三舅，三舅。"

素姐忙道："快回来，看看还罢了，站在窗前大呼小叫，真成了野人了。"

小紫萱因母亲今天心情好，也不怕她，笑嘻嘻道："三舅抱了两只小狗来了呢。"

果然薛老三抱了两只小黑狗进来，笑道："紫萱一只，我们儿子一只，来来，紫萱先挑。"

素姐本来想说小狗小猫身上有寄生虫，孕妇不能接近，只是这个理由不能直说，想了半日方道："当心咬着手，桃花现在是两个人呢，更得小心，就不要抱它了。"

桃花忙将小狗丢到小铜钱怀里，笑道："知道。"

小紫萱就拉着眉开眼笑的小铜钱出去献宝，走了一圈回来，方问她舅舅："小狗吃什么？"

薛老三道："卖狗的人说什么都吃的，你喂他吃块炒鸡蛋试试？"

素姐见菜都上齐了，忙道："把狗给小铜钱看着，你先洗了手吃饭。"

狄希陈跟小九因家人们都回来了，坐在外间众人都不好坐下，也进来吃饭，笑道："我就没想起来要在家里养个狗呀猫的，还是三舅想得周全。"

薛老三得姐夫夸奖，比拾了十两银子还快活。三口两口扒光了碗里的饭，又道："还有呢，我再去买两只猫来。"

素姐道："好生吃饭吧，从来没有养过狗，先养着吧，若是养不活，罪过可就大了。"

狄希陈吃完了饭见太阳移到头顶，人都散得差不多了，还要拉着素姐四处逛逛，就安排家仆在外边，里间春香几个人守着薛老三跟小九还有女儿三个人睡午觉，只带了小荷花跟小桌子一路走下去，到底叫素姐逛够了才回家。

晚上到家素姐脱了鞋洗脚道："完了完了，小脚走大了。"

狄希陈拿灯照照并没有水疱，笑道："比从前可是好多了呢，你慢慢放，总有一天可以放心走路。"

素姐此时已经不用又臭又长的缠脚布，笑道："我现在只求一双天足，人生就完美了。"

狄希陈笑问："明儿可还出去？"

素姐摇头道："明儿让小九他们出去玩吧，咱们好好歇歇。"

第三十二章

精简计划(上)

谁料晚上就下起雨来，到了天亮，小雨变成了中雨，院中狼藉一片。小紫萱清早吃饭，嘴巴翘得老高。狄希陈见女儿吃不下饭，心疼道："今天不上学，你就在家玩吧，三舅不是给你买了只小狗吗，给小狗做个狗窝去。"

素姐也道："找个浅筐，你拿两件旧棉袄拆了自个儿做去。回头娘也给它做件小衣裳好不好？"

此言一出，小紫萱果然就觉得饭菜都香甜了，老老实实吃完了一碗粥，还倒了小半碗青菜汤喝光，满怀期待地看着素姐。

素姐正想着要先去瞧瞧小桃花，见了女儿这样，忙道："你先去寻筐子跟袄来。娘去看看桃花姐姐，回来就给你做。"

小杏花就过来拉着不舍得走的小紫萱回她院子里去。狄希陈见女儿走了方道："你答应她的，就不能先做好了？"

素姐苦笑道:“难道女儿只是你一个人的心头肉？我们对她百依百顺,将来到了婆家她才够吃苦头呢,不如让我先磨磨她的性子。”

狄希陈放下碗道:“你的针线也见不得好;不如画个样子叫小荷花去做吧。”

素姐对自己的针线也没有信心,只是狄希陈这样跌她面子,倒不好叫小荷花动手了,笑道:“等我来家再说吧。”就在檐下穿了木屐,小春香撑了伞扶着她出去了。

狄希陈看了小九笑道:“女人就这样,什么好事都要占全了。明明自己做得不对,非要安个正大光明的理由。”

小九低了头扑哧扑哧地笑,丢了碗道:“我今儿还要出去逛逛,五哥去不去？”

狄希陈道:“多带几个管家,我好不容易在家歇一天呢,不去了。”

不过半日,素姐气呼呼来家,径直坐了桌边拿纸笔画样子。狄希陈本来坐了窗边看书,听见素姐扔砚台丢纸团不消停,问她道:“好好的,这又是怎么了？”

素姐气道:“这个薛三冬,昨晚上偷偷出了门,到今早上还没有来家。我还以为小桃花哪里不好了呢,他不来吃早饭。”

狄希陈笑道:“他天生是什么样的人你又不是不知道,能这样就不错了。我这样新好男人全大明朝仅此一位,你就得意吧。”

素姐看狄希陈摇头晃脑在那里得意,走过去摸摸他的头道:“就算是,也是我教育得好。”

狄希陈就道:“咱们把老三送回家去吧。咱们积的些东西,若是一次带了回家,不免多了些。”

素姐想了想摇头道:“送回家去交给谁呢,就怕公公婆婆大人以为得来得容易,三钱不值两钱地都送了人。”

狄希陈想到狄婆子不见得,狄老员外那简直是肯定的,但凡头上有个狄字儿,是个狗都要给它两斤肉吃。只是收了这些绫罗绸缎,自家吃用不了,在成都任上又不好卖的,就是个麻烦事。

素姐看他半日不言语,以为他不高兴自己方才说的话,自想狄希陈与老两口虽然没有太多感情,总是他名义上的爹娘,对他也够疼爱,是自己说话造次了,忙笑道:“不然叫老三带一半回家吧,就是都送了人,也是承你爹娘人情。”

狄希陈晓得素姐心思，笑道：“自从来了明朝，我做人就小心谨慎了许多。咱们将来回去还是要低调过活，这么一船绸缎送回家送人可不成。不如留够了家里用的，都想法子变卖了它，也够多置几顷地。”

素姐见他不是生气，放下心来笑道：“总没有个可靠的人儿去办这样的事，你家九弟倒好，我就怕他连自己都让人买了去。”

狄希陈笑道：“无妨，跟前跟的下人多，再穿得华丽些，倒没有什么可担心的，不如就烦他走一遭吧。顺江到重庆吧，走远了我也不放心。这个孩子什么都好，只是生得太好了些。”

素姐点头笑道：“那我先安排三冬回家捎的礼物吧，不然走迟了，叫小桃花生路上就不好了。她也是要回去生才好看相呢，不然若是个男孩子，只怕王氏还要吵闹。”

狄希陈笑道：“偏你们女人肚子里那么多弯弯绕。”

素姐叹气，丈夫结婚不到一年离开家，回家带了妾跟孩子，换了自己也是不乐意的。古代又只有儿子才有继承权，万一自己生不出来儿子，下半生就交到人家手里了，谁能愿意呢，闹一闹也情有可原。想到这里就觉得自己很有点儿对不起这个三弟媳，若是自己不带三冬来，只怕两个孩子都生了。

狄希陈最是晓得素姐的心思，看她又不高兴起来，拍拍她道：“你家三冬，就是在家，有了几个钱也是要纳妾的人。如今够一千两拿回家，王氏看在银子分上，必能相安无事。”

素姐鼻子里哼了一声，心道：“只怕人家情愿受穷。”只是不愿再在这个问题上深入下去，怕一不留神提到那个童寄姐大家都不愉快，笑道：“我画好了样子交给小荷花做去吧，咱们再加上小春香三个，把要卖的东西理一理，归个账，何如？”

狄希陈笑道：“娘子最喜欢的事莫过于数银子。为夫敢不从命？”站了起来道，“我去看看女儿，你们先归置吧。”

素姐也跟着出了书房，到后厢叫小荷花来，拿了方才画的样子说给她听，叫小荷花照样子拿棉布做两件狗衣。就喊小春香去书房拿账本对账。

狄希陈进了女儿的院子，远远瞧见堂屋里一群大小姑娘追着可怜的小狗大呼小叫，乐得都差点儿掀了屋顶，怕自己进去了她们拘束，就退了出来，顺着回廊转回书房。书房里头算盘声跟外头的雨声混成一片，因天色昏暗，还点了两只烛，一抖一抖的影子映在隔断的屏风上，正看得有趣，突然素姐问道：“市面上蜀锦什么价？”

小春香停了手笑道：“咱们自从到了成都就没有买过衣料布匹，不如问问大哥吧。”

狄希陈走了进来笑道：“我也不知道呢，只听说蜀锦价比黄金，想来不便宜吧。”

素姐笑道：“原来问你也是问道于盲，春香你叫胡三多去打听一下各等蜀锦价钱各是多少。”

狄希陈见春香去了，就坐了素姐边上道：“可有数了？”

素姐心里默算一遍，方道：“回家我娘家、你姨家跟外婆家，还有孝敬公婆的，再加上杨尚书那里，还要留够儿子女儿结婚用的，并家常日用的，差不多还有三百来匹绫罗绸缎是肯定用不上的了。”

狄希陈大手一挥道：“尽数卖了换银子，这些东西华而不实，留着也没什么大用。”

素姐笑道：“咱们两个越过越回去了。”

狄希陈扒了扒自己身上，又要扒素姐的里衣，素姐不肯，推开他道：“做什么呢，当心人家看见。”

狄希陈拎了自己贴身穿的绢衫一角出来道：“你看看，这么一件，放现代你一个月工资能买几件？”

就听得院子里木屐在台阶上重重地跺了两下，素姐忙跟狄希陈都坐正了，等小春香跟胡三多进来。

胡三多却是头一遭进内书房，抬了眼见外间不过竹桌竹椅，椅上边都搭着青花布做的垫子，几只架子上放了昨日买的盆花，一扇白底绣了兰花梅花的屏风隔了内外，里边一张大案当中摆放，靠窗是躺椅，一样是青花布做的垫子，四下里全是书架，书都是一本本放在架上，上头还露着些小纸头，不知道是做什么用的。

胡三多忙行了礼笑道：“老爷是不是要买了蜀锦送人？咱家的比外头卖的好多着呢，送人还体面些。”

狄希陈道："却是家里用不了的，打算卖些，省得明年回乡行李沉重。"

胡三多笑着跪下来道："小人妻舅就在城南一个绸缎铺做掌柜，老爷若是找他发卖，有小人看着，比卖给别人公道，最是隐蔽不过。"

素姐因他最后一句话说到点子上，笑道："却是不少呢，只怕他一家吃不下。你只先问问价吧。"

狄希陈想着自己如今是县官又是现管，若是在成都卖了，只要人不知不觉的，倒比让小九带重庆去来得安全可靠，也笑道："咱们家的成色如何，你都知道的，差不多就卖了它，也做成你一场小富贵。"

胡三多吓得又跪下来道："小人不敢。"

狄希陈挥手道："有什么不敢的，我也不是那不通世事的人，交易的行规如此，自不会让你坏了规矩。"

胡三多得了定心丸，站了起来，偷眼瞧素姐似笑非笑看着他，退了出门半日还是有些怕，寻了他妻舅道："我家老爷有些用不了的绸缎要发卖，你可接得下来？"

他妻舅喜得屁滚尿流，忙跟东家打了招呼，引了胡三多去一个酒楼的阁里坐下，叫小二摆了烧鸭子跟腊肉炒大蒜、蒸香肠几样，奉胡三多上席坐了道："有多少都吃得下，咱们东家接各位官老爷的东西也不是一两年了。狄大人可是有了高升的喜信了？"

胡三多喝了一杯酒，慢慢看了他笑道："只怕还要在成都长久做下去呢。"

他妻舅泄了气道："若是这样做法，就赚不了几个钱了。谁敢现官手里抢食吃，不然你找别家吧。"

胡三多笑道："你老老实实做成这笔，我的中人分你一半。狄大人家表弟可是太子爷跟前的红人，一日都离不了的。成都县比成都府好处还要大，不然怎么让我们大人稳稳地坐了两三年？"

"这么说倒也有指望，也罢，我去跟东家说，按实数儿扣半分，可使得？"妻舅想到自家老子还在狄大人跟前听差，也不敢欺心，笑道，"将来你得了好处可不要忘了咱们。"

胡三多道："咱们不是一家人嘛，我家老爷其实好说话，就是夫人，外头说她泼悍，其实也是个极讲理的人，只要办事公道，从来都是厚赏的。"说罢举了酒杯敬他道,“多少都是有赚头的,狄大人心里明白,万事自然照应,比银子可强多了。”

两个商议了等三日后傍晚来验收，第二日晚上送了银子进来再拖了绸缎出去。胡三多怕狄希陈等不及,忙回家先到厨房,要央人进去找春香,正巧春香在吃中饭,就道:“吃了饭到我家走走,我娘子有事找你呢。”

小春香见他捣鬼,吃完了就帮他拿了几碗例菜装了盒子,胡三多抱了回家,趁拐角无人处与小春香说了就是市价,扣半分,三天后人家来看货。小春香点了头就要回去,胡三多拉了她道:“姐姐到俺家坐坐,还有事呢。”

胡三多浑家正坐在门槛里边纺纱,见他捧了盒子来家,道:“等了你好半日也不回来,我这里做着活,一时又丢不开手。”

胡三多笑嘻嘻道:“你吃饭吧,我在外头吃过了。”

他浑家一边洗手一边道:“有银子也要使在刀口上,休要都花费了。”揭了盒盖,见里边还有一条清蒸鱼,忙道,“你拿错了吧。”

小春香忙笑道:“这是我孝敬嫂子的,上头并没有拿错。”

胡三多站了小春香跟前郑重行礼道:“春香姐姐,俺还有大事,求你在老爷跟夫人跟前美言几句。”

小春香笑嘻嘻道:“若是说得,我帮你说几句也罢了,你先说来听听。”

胡三多笑道:“我这拙荆,娘家人口虽多,她的亲娘却是妾,只得她一个女儿,若是将来跟我回了山东,自是放心不下。所以将来老爷回乡,我却想留下。”

小春香想了想道:“得空替你说说也使得,只是你做事还要尽心,不然我就不好说得了。”

胡三多的浑家见春香应承,忙走到她跟前磕头谢她道:“多谢姐姐,我们三多,是不敢欺心的人。”

小春香忙扶了她起来道:“你有亲娘要侍奉,也是不易。”

果然晚间素姐除了头上的狄髻,在那里将头发披散了要打辫子好睡觉,小春香见四下里无人,就将卖绸缎与胡三多所求之事都说了,素姐听了点头道:“由他吧,晓得孝顺老人,他娘子还是个好人呢。何苦非要让他跟了咱们山东去。”

果然胡三多的妻舅来了老实估价,第二日抬了四千多两银子进来,将狄家的锦缎都抬走了。此事做得机密,合府家人,除了春香跟胡三多以外只有几个守门的瞧见，旁人通不知道。那绸缎铺的东家谢了胡三多一百两银子，胡三多就分了一半与他妻舅。过了几天素姐寻个理由又招他去赏了他五十两银子，胡三多小心收了打算将来开铺子。

却说薛老三果是出去嫖赌，小桃花跟他斗了几天气，哭哭啼啼来告诉素姐，素姐略说了几句，薛老三满口悔过，转过背还是照旧出门。素姐气不过，自去理清了他的财物，写了账本跟交给薛教授、王氏的信，安排下各样礼物，与狄希陈又分别给爹娘、儿子写了家书，一切都收拾好了，直接命人妓院里拎了薛三冬扔到船上。

薛老三迷糊里上了船，看见小桃花抱了大肚子躺在舱里，小铜钱坐了边上，前前后后狄周跟狄周媳妇还有几房山东来的老家人都笑嘻嘻等开船。他方醒悟了道："俺去吃酒，都是那个伍公子花的银子，又没花自家的，为什么要送俺回山东？叫小桃花自回去就是。"

素姐也不理他，走到小桃花跟前吩咐道："一路上行动要小心，差不多到了家还要过一个月才生呢，你休要害怕。到了家自己拿定主意，孝敬公婆为先，万事以和为贵。"

小桃花心里也明白，此时要他们两口子回家，一半是薛老三闹得有些不像话了，一半却是在她肚子里，若是不当人家面生出来，只怕生男不如生女，所以不似薛老三那样舍不得，含笑应了。

狄希陈坐在舱里冷眼看了薛三冬半日，方道："一路上不许停停走走，直接到家。"就将个小匣递给他道，"这个是你这两年积的财物的账，你收好了回家点数。其他的事都由狄周主张。等我回头收拾了伍公子，家去跟你算账。"

薛老三本来怕素姐多些，总当狄希陈是个好好先生，今日见他沉下脸发火，心里也有几分害怕，低了头应了。狄希陈还是有些不放心，在码头上托了一位到京述职的乐山县前知县与他结伴，方拉着依依不舍的素姐回家。

第三十三章

精简计划(下)

素姐总是有些不舍，怕薛三冬回家又叫人引诱了去吃喝嫖赌，回了家坐在那里唉声叹气。狄希陈受不了道:“他有父母兄长管教，还有妻子在旁，若真是想往邪路上走，那也是他自找的。人家都说儿孙自有儿孙福，自家的儿孙也不能总含在嘴里怕化了，何况别人?”

素姐叹气道:“你说的道理我都明白的，只是这个兄弟待我真如家人一般。”

狄希陈笑嘻嘻道:“有薛如卞那个古板在家，小三儿翻不出花样来，你放心吧。”

素姐想到那个不苟言笑的薛如卞，连龙氏都怕他三分，也露了笑容道:“但愿如此吧。”

此番狄府家人去了几房，连大人带小孩子足足三十多人，后宅就空了下来。素姐亲自带了小春香、小荷花两个，将家人们都集中到几个院子居住，几处空院打扫干净，门窗都贴了封条。

胡三多买了粽叶回来交差，跟春香道："咱家后边几个院子空着可惜了的，不如租出去，一个月也得几两钱子买酱醋。"

春香正记账，听了笑道："不是嫌人多杂乱，也不打发人家去。这几十口人回了山东，咱们一个月也省不少银子呢。"想起来又道，"你无事去打听打听哪个花匠家有红白玫瑰蔷薇之类的爬墙花草。若有的话，叫他拿小缸装了，俺们明年回家好带回去。"

胡三多道："前几日买的那些还不够呀？"

春香笑道："大哥大嫂打定了主意，回乡要另建宅院居住，所以现在要多多地搜罗花木。"

胡三多听得还要大兴土木，想必经手的管家好处不少，心中动火，自己舍不得美貌浑家不能跟去，只得应了四处搜寻花木不提。

素姐想着包些新鲜粽子，端午与人家来往也好看，回忆从前吃过的各种花样儿，各类干果腊肉家中自有，只包蛋黄粽子家里咸蛋不够，另买了两百个来，就在家里泡江米，泡粽叶，又跟先生请了两天假，要教女儿如何包粽子。

素姐定了九种花样，赤豆粽、红枣粽、鲜肉粽、莲蓉粽、板栗粽、松仁白米粽、蛋黄粽之外还有用鸡肉丁香菇丁等物做馅的八宝粽。一串九样大小各不相同，全家人整整包了三天，方够数目。首先就装了几盒备了节礼送两位先生，接下来狄希陈酬酢来往，素姐送礼，接礼回礼，总要小紫萱在旁协助，

却说这一日已是五月初三，县衙里的几个快手的妻子结伴来送节礼，小荷花拿她们送来的盒子装了粽子等物做回礼，其中就有狄希陈做媒嫁出去的葡萄樱桃两位，还要到谢知府那里走动，都觉得这九子粽送礼体面，不约而同送了谢大人府上。因她二人本是谢大人一个宠妾房里的侍婢，见过了夫人就到故主房里磕头闲话，梯己送了她两串儿。那位妾因大婆来了之后当家十分正经，吃用之物轻易不得到妾们手里，对了葡萄樱桃两个抱怨不停，说大婆当家如何如何。她两个也就将狄夫人的兄弟被拐卖一事添了许多油盐酱醋，说与这个妾听。

到了晚间，谢大人在这个妾房里歇了，因消夜送了串粽子来，妾剥了盛在盘里送上来，谢大人尝了赞不绝口道："好想头，又中吃，难为夫人怎么想来？"

那个妾笑道："这是奴家的旧婢送了来的梯己。"

谢大人想起白送出去的葡萄樱桃两个，不由有气，胡子又翘了起来。妾要讨他喜欢，就将狄大人的丑事说与他听。谢大人听了笑道："居然还找了回来，真是可惜。"又嫌妾说得不仔细，连夜派了心腹衙役去打听。过了几日衙役来报，就将薛三冬如何被拐，狄希陈借兵搭救，沈秀才被捉一事说了个清楚，就连谢倩娘的姓名来历都打听得清清楚楚。谢大人本来听了笑得要死，等到衙役说到谢氏倩娘的姓名来历，突然想起自家六弟家几年前丢过一个女孩儿，小名就叫倩娘，不由老脸发红问道："那个倩娘下落如何？"

那衙役一心想着讨好主人，笑道："官媒婆贪钱卖到青楼，狄大人却拿银子赎了出来，想是怕他家母老虎，又赔了银两送了那倩娘回荆州去了。"

谢大人听了脸上红一阵白一阵，看衙役在下边等着打赏，骂道："再去打听狄知县是如何断的这案子。净说些闲事。"

那衙役出了门，背人处啐道："又不是卖了你家女儿到青楼，跑了几天，连句好话都不说。"也不肯再去打听，第二日胡乱编了些话，并不说此事与蜀王有什么干系。

谢知府与狄希陈面合心不合久矣，又因几位布政使大人偏心，一向不好发作，得了这样天赐良机，就要翻了剩饭来炒。这一日新来的同知丁大人请吃酒，他就笑眯眯道："听说狄大人家妻舅前日叫人拐了去？"

狄希陈没头没脑听了这句，含糊道："舍亲前日接了家里急信，跟乐山知县搭了伙伴一处走的。"

丁大人新来的，见席上众人都不搭腔，忙笑道："朗朗乾坤，哪有此事，谢大人说笑了。"

谢知府推了送过来的酒杯道："所谓无风不起浪，此事已是众人皆知，不如本大人帮狄大人彻查下去，也好出一口气。"

狄希陈笑道："舍亲叫人拐了之事，下官却是头一次听谢大人说起呢。我家的妻舅却是有些不像话，叫人引诱了，偷偷去过几次青楼，下官找了几次是有的，让人拐了这话只怕是因此而起也说不定。"

偏生那个府经历因与谢大人合气，他又晓得些底细，笑道："传言不可信呢，下官的一个亲戚前日来还道在青楼见过某官的女儿被拐了做妓女的，休说世家大族的女孩儿足不出户哪能让人拐卖，就真有，为了父兄面子也不会到处张扬。”

谢大人听了就要发作，那个经历哈哈一笑又道：“我猜必是谁家的逃婢，娼家故意说是小姐哄人家银子的。”

狄希陈感激他帮忙，也笑道：“那些人为了银子，什么话造不出来呢，谢大人不必尽信。”就拿起酒杯来与经历喝酒。

散了回家，狄希陈先去寻周师爷道：“老三被拐一事居然走了消息，谢大人今儿提起，只怕又要借此生事呢。”

周师爷听了笑道：“这个人却是呆了，此事掀起来休说蜀王不依，就是那个倩娘，只要咱们放出风声说是他侄女儿，也是两败俱伤的事情。”

狄希陈郁闷道：“可不是呢。我只想不通，成都知府换了三个，个个都跟我过不去，难道我人品不好？”

周师爷看狄希陈瞪大了眼看他，笑道：“你做人实在了些，一肚子不合时宜。事事百姓放在前头，就是鸡群里的鸭子，鸡怎么会看你顺眼？”

狄然陈苦笑道：“别人收我也收，收的也不少，怎么就是个鸡群里的鸭子了？”

周师爷晓得狄希陈本来是山东农村庄户人家的少爷，想来当官前不曾结交过当官的，就笑道：“你取之还算有道，成都县又富。比不得人家，不论青红皂白，吃了原告吃被告，连见证也要罚银罚纸，十两八两零碎攒起来好过年。”

狄希陈因周师爷说的有趣，笑道：“那样的事我还真做不出来。”

周师爷笑道：“人人都如此，唯有你不如此，百姓爱你，上司自然不喜欢你。想开些吧。”

狄希陈道：“我志不在此，当初也是因家里要有个做官的支撑门户，所以才来做这个知县。”

周师爷忙道：“连我还眼红你好运气呢，何况别人。”

狄希陈苦笑摇头，辞了周师爷要走，周师爷又道：“那个粽子，若还有，把几盒我送了舍亲，他家妇女多，都说好吃，又不好意思再问你要的。”

狄希陈笑道：“明儿送来就是，你要什么使个人跟后宅说了，从来没有不依了你的。偏要当个事和我说做什么。”

到了家狄希陈又将此事说给素姐听，要将家人好好审理，有那口风不紧的就打发了出去要紧。

素姐道："家里只得四五十人，再打发出去几个，只怕遇到请客这类事不够使。"

狄希陈道："这些投了来的男女，不过要借大树荫乘凉，跟打工的差不多，万事总想着自己的多，顾主人家体面的少，不如趁早打发了事，省得回山东麻烦。"

素姐想到将来村居过日子，也确实用不了这许多人。何况家人生养日繁，人口只会越来越多，这些投身的人总不如本乡本土的可靠。又想起前几天来的葡萄樱桃两个都是谢大人的人，只怕是她们两个在家里听了家人闲聊，走了消息。第二日早饭后就找了柳嫂儿来问她家人中哪些跟外人走得近的。

柳嫂儿见房里只有春香，晓得是有什么事，也不敢隐瞒，老实道："胡三多的妻子两三日回一次娘家，她娘家嫂子也常来。此外就是吴小六跟王三儿两家，跟前边的衙役走得最近，浑家们常来常往，还结了干姐妹。"

素姐又道："前几日那个葡萄樱桃来，听说有人留了她们两个吃饭，是哪家？"

柳嫂儿笑道："就是吴小六家，吃了半夜酒才走呢。吴小六家就住俺家隔壁，晚上吵得俺到三更都睡不着。"

素姐点了点头笑道："跟你男人说，以后不许衙役们的浑家进门。"

春香等柳嫂子走了，道："这个吴小六跟王三儿，胡三多跟我抱怨好几回呢，说使不动他们。"

素姐冷笑道："使不动还是小事，当初三舅的事，我打了招呼不许乱说，到底还让这些人传了外人耳朵里，要生是非呢。你先留心，凡是银钱过手的事不要安排他们，且等这事了了再收拾他们不迟。"

却说谢大人果然大张旗鼓地要办拐了薛三冬的案子，狄希陈手里的衙役们私底下都道谢大人混账，问起来都说无此事。谢大人还不死心，使了快手去城东挨家挨户寻问，总以为自己这样雷厉风行，狄希陈害怕，总要大大地送他一注才是。

谁知狄府紧守了门户，除了一个买办胡三多，就是请的两个先生出入。谢大人总查不出来实情，又使了心腹管家去周守备那里，周守备哪里怕他，将那个管家拖了家里当匪类打了四十板送回他家，还道："有人冒充谢大人管家，我家大人因谢大人事忙，已是替大人教训过了。”

谢大人这里不知死活要掏狄希陈的底，蜀王已是尽知，怪他十二分的不懂事，单独请了他王府里吃茶，派了个管家与他说些闲话，言语里透出王爷对此事不快。

谢大人乘兴而去，扫兴而归，想不通蜀王为何不喜他。不日府里几位大人议事，丁同知见他闷闷不乐，拖到最后众人都走了问他缘故，谢大人说了。他想了半日笑道："下官也听经历说过，狄大人妻舅实是让人拐了，就是蜀王府的管家买了去，所以此事狄大人不肯再提，也是怕得罪王爷的意思。这事其实左右布政使大人都知情的，只是翻了出来大家都做不成官，所以狄大人知机。大人不如罢手吧，丢了官事小，得罪了蜀王，只怕走不出四川，就叫他拿了咱们去煮盐呢。"

谢大人听完呆了半晌，蜀王在四川横行已久，当今圣上又是极友悌的人，自己哪里搬得起这座大山。回了家气呼呼说与夫人听，夫人更气，啐他道："你叫狐狸精迷昏了头了？咱们家倩娘丢了，六房寻了几年都没有寻到。你不好好谢人家成全你家名声，反去寻他晦气，糊涂！快快打点了礼物送去，上次不是说人家表弟是太子爷跟前的红人吗，皇上听说病得重了，你偏生得罪这样得罪不起的人做什么？"

谢大人叫夫人骂得生气，瞪了眼唾沫四溅道："我又不做亏心事，好好做我的官，怕他什么？"

因夫人提起皇上病重，他想起相与的一位高僧的符水极灵，就郑重写了奏折，将那位高僧送了京里去，等夫人知道，已是追不回来了。

却说素姐在家收到谢夫人送来的礼，她一点就透的人，知道人家示好，都收下了，照来礼厚薄还了礼回去，谢夫人也收了，又要请她吃酒。

素姐问狄希陈去不去，狄希陈笑道："不去。咱们犯不着拍他，以后只要他来请，咱们两个都不去。当我三岁孩子呢，打一巴掌给个甜枣儿。你快快打发了那两房家人出去。"

素姐便拣了吴小六王三儿买东西的账来查，轻易就查出来吃回扣打夹账等事。本来不聋不哑不当家，这些回扣夹账都是旧例，素姐从来都是睁一只眼闭一只眼。只因怪他们将不该说的话乱说，所以随便挑了几个错，就一家给了五两银子叫他们走路。

王三儿晓得是因自己多嘴才有此事，他两口儿没有孩子，另投了别家倒还好

些，收拾了衣服细软，素姐跟前磕了头，码头搭了便船去了。吴小六夫妻二人，本来带着两个孩子来投，到了狄家五年就养了四个孩子，六个孩子大的九岁最小的才半岁，明知出了狄家门再找不到似狄家这样的主人，便死命磨蹭，求小春香道："姐姐帮俺们说几句好话吧，来了五六年，没有功劳也有苦劳呢，就是买东西落儿两银子，哪个管家不是如此？"

小春香冷笑道："你来了咱们家，五年养了四个孩子，你娘子从来没叫她做过活吧？你一人做活养你全家八口，果然有功劳。"

柳嫂子也道："你娘子头上的，手上的，都是哪里来的？若是让主人瞧见了问起，咱们总要说实话说是你跟官差们结交，指了主人的名头要的，依了我说，还是走吧，回老家做个小生意你们本钱也尽够了。"

说得吴小六满脸通红，取了那五两银子回家，叫浑家收拾细软走路。他浑家听说了还要去跟素姐理论，小春香已是站在门口道："吴小六，什么该说，什么不该说，你心里要有数，你办的那些事，主人现在是不知道，若是你出去败坏了主人名声，就凭你勾结了快手取利，看大人怎么治你。"

吴小六浑家丢了怀里的孩子冲上去骂道："梅香拜把子——都是奴才，你不与我们说好话，凡事踩着我们，我洗净了眼看你长久做一辈子奴才。"

小春香看几个孩子哭成一片，叹气道："种瓜得瓜种豆得豆，不是你们乱说话，叫人家找咱们大人麻烦，赶你们出去做什么。泥人也有三分土性呢，恼了主人，让你们净身出户就好了？"

那妇人一听说要净身出户，霎时间由怒目金刚变作了依人小鸟，腆着一张大饼脸，嘟着一张血盆大口道："却是奴家一时糊涂，就搬就搬。"一阵风儿收拾了七八只箱子，推汉子外头叫了车，还想托柳荣就近租几间房儿。柳荣躲了老远道："码头坐了船重庆去吧，那里房子多。"

却是素姐见小春香总不回来，又使了小荷花来催，小荷花道："大嫂说了，不许在成都住，怕你对了人乱嚼坏咱家名声呢。"吴小六无法，也只得坐船重庆去了，到底靠着在狄家几年积下的二百来两银子，赁了几间房开了个小杂货铺过活。

素姐因天气又热了，全家换季，算裁缝工钱，只到去年三分之一，笑道："去了几房家人，这几个月家用算下来几乎不花什么钱呢。"

狄希陈看了看账本道："没见过你这么算账的，米面粮油从前买过的，不是钱哪？"

素姐笑道："就是米面粮油这些，也用得比从前少一半。其实人手也够用了，少好些事呢。

第三十四章

狄老三娶妻

那薛三冬，跟了乐山知县卫大人一路顺江而下。卫大人是个宦情极浓的人，一路上紧赶慢赶，狄周也一步赶着一步，在瓜州换了船直奔山东而去，任薛三冬吵闹也不在南京苏杭等地歇脚。狄周已是在这条路上走了几个来回，轻车熟路雇车马驮了东西回明水，薛三冬自回薛家，狄周押了行李在前，几房家人在后来到狄家庄。

此时狄家庄却比明水镇还热闹些，狄家作坊外盖了一溜小屋，租给来此地做小生意的人家，就是狄氏在绣江县里的族人，除了二房不好意思之外，那两房七八户子侄都搬了来附狄员外而居。

这一日童奶奶寻调羹说闲话，两个人坐在中院大树下吹风。童奶奶道："狄老太太只怕日子也不长久了，你就要熬出头了呢。"

调羹小声道："休这样说。"

童奶奶笑道:“如今可是你当家,怕什么呢。”

调羹低了头不肯说话。却听见守门的开了大门,小跑着进了上房报喜道:“成都任捎了礼物回来了。”

紧接着一车一车吃用之物流水价送了进来,调羹要发脚钱,就先走了。童奶奶见带了这许多东西,不免有些眼热,闷闷不乐走到杂货店后边,小寄姐挽了袖子在那里给小女儿洗澡,见娘回来了道:“厨家给您留了两碗稀饭。”

童奶奶道:“我在调羹那里吃过了。本来还要留我晚饭的,因他家成都任上捎了礼物来,家里忙乱,所以我先回来。”

小寄姐跟了狄老三两年,只头两个月常挨打。因童奶奶手里有些银子,她又放了账出去,一个月也有几两银子使用,狄老三有了念想儿,就慢慢待她们母女好些了。童奶奶是个人精,总吊着他,他看得见摸不着,越来越气闷。他前头妻子留下两个儿子要养活,小寄姐又生了个女孩儿,一家子六口投奔了狄老员外,狄员外借了这个小院给他们居住,童奶奶就拿了几十两银子来开个杂货铺,请了个伙计,赚的钱也够他一家过日子。狄老三不用照管一家衣食,袖了些银子整日在外流连,相与些半桶水的秀才,借考取功名,日日在花街柳巷胡混,总是在家的时候少,在外的时候多。

小寄姐听见成都几个字就觉得刺耳,将水桶重重顿在地上,唬得孩子怪哭。

童奶奶心疼外孙女,抱了孩子起来拍,抱怨道:“虽说姓薛的心狠,也是你自己走错了路,若是你好好守在家里,回了山东,狄员外两口儿就名正言顺替你上头做妾。只怪你自己做错了事,休要拿孩儿出气。”

小寄姐一口气憋得脸都涨红了,正要分辩,却见狄老三的两个儿子来家,径去她房里翻箱倒柜,寻出一盒点心来,坐在门槛上分吃。小寄姐正好出气,竖了两道柳眉道:“没有家教的小贼,快把点心放下来,那是预备明儿你们爹送县学里的礼。”

大的那个拿眼角扫了她一眼道:“我爹的就是我的,你算个什么东西?”

小寄姐气得跳起来道:“你们两个小杂种,吃我的穿我的,还敢骂人。”就捡了院子里一根烧火棍要去打他们,童奶奶一手抱着孩子,一手拉她道:“休要吵闹,等扶了正再收拾他们也不迟。”

待晚间狄老三来家，小寄姐就吹那枕边风，非要汉子扶她做正。谁知狄老三另有心思，他嫌小寄姐名声不好做不得他的正妻，就看中了学官家里一个守寡的女儿，想娶她为妻。因今年县试央了狄员外去求了县太爷人情，就让他中了秀才，学官只要他一百两银子彩礼与女儿做嫁妆。狄老三自己手里的银钱早花费了的，就想哄小寄姐去要童奶奶的银子，因道："县学里都说我文章写得好，只是认得的大人少，若是得两百两银子去府里寻个人情，举人就稳稳地到手了，到时堂堂正正扶了你做举人的娘子，好似秀才的妻呢。"

童寄姐听他先提到银子还有三分清醒，待他说稳稳地做举人娘子就昏了头了。想着若是自己做了举人娘子，将来也是官太太，必能将薛素姐比了下去。若是有朝一日男人做了尚书这样的大官，薛素姐还要低了头对她赔小心呢，就动了心思去要银子，口内迟疑道："俺娘那里没有两百两呢，只怕够一百两。"

狄老三笑道："一百两也够，那些我再去设法就是。"

小寄姐鬼迷心窍，就从枕上爬了起来，悄悄走到童奶奶睡的厢房里，取了钥匙开了箱子，翻出两包共一百两碎银来。狄老三已是在门口候着，抢了纳在袖里道："事不宜迟，我这就去寻份上。"回头拉了件绸衫披上，开了门就走。

小寄姐独自回房里守着女儿，越想越觉得不对，只是不敢跟童奶奶说。过了几日，狄老三来家问狄员外借了家人来装饰房屋，披红挂彩。她心里还道是要为自己扶正，有七分担心又有三分欢喜。

谁知调羹请了童奶奶与小寄姐去吃酒，家里就来了学官的嫁妆，铺陈了两间正房，又一个十一岁的陪嫁丫头叫是小珍珠的守了门。待小寄姐回家，小珍珠把了门死活不让她进去。童奶奶奇道："他哪里来的银子娶妻？"

小寄姐涨红了脸哭道："他说要银子寻份上方好中举人，是我不该拿了娘一百两银子与他。"

童奶奶跺脚道："有这银子在手，他看银钱分上待咱们就好，如今叫他哄了去，咱们可怎么处？"

小寄姐气得直哭，想拉狄老三拼命，偏生狄老三在县里又没有来家。童奶奶实是气得狠了，也不理她，自抱了小外孙女回房去睡。到第二日晚上狄老三坐了高头大马，后边跟着一顶花轿来家，也不理坐在灶下哭泣的小寄姐，自喝了交杯酒，关了门睡觉。

早上小珍珠就使唤小寄姐道："娘要洗脸水呢，快烧了送来。"

小寄姐本不想烧，却想看看新娘子是何等样人，烧了滚开的一锅水，拎了一桶送进去。却见一个娇滴滴的妇人当窗坐了她常坐的位子在那里梳头，狄老三满面笑容要替她描眉，见她进来，板了脸道："这是我一个妾叫寄姐，快来见过娘。"

那妇人白了他一眼娇声道："好没规矩的人儿，相公好脾气呢，惯得这样。"

狄老三忙过来踢了她两脚道："还不给娘磕头，当自己是公主娘娘呢。"

小寄姐吃他当初打怕了，含着气磕了头称娘，那妇人伸手拔了她头上的金簪道："这些不是你用的，我替你收着吧。从今以后老实做活，一个月我还许汉子与你睡一晚。"

小寄姐此时恨她的心比恨素姐还甚，咬着银牙扭头出了门，却见童奶奶打点了箱笼，支使了伙计搬家，忙道："娘这是哪里去？"

童奶奶怒道："方才那小丫头赶我走呢，说一个妾的娘住在这里吃白饭，他狄家没有这个规矩。"

小寄姐哭道："我去跟她拼了。"

童奶奶拦了女儿道："我跟调羹相好，借了她家几间屋搬了去单过，也省得人家说我吃女婿的。你在他家，他想这个杂货铺，只怕对你就好些。不然，咱们另过。"

小寄姐便依了，帮着母亲将杂货诸物搬了对面的空房里去。待新妇慢慢缠了脚，出来闲走，瞧前边杂货铺叫人搬空了，骂小珍珠道："谁这么大胆偷搬了咱们家东西？"，

小珍珠道："是寄姨呢，说杂货铺是她们家的，要搬了别处去开。"

狄老三在后边听了不好做声，就想偷偷溜走，新妇一把揪了他的耳朵道："你不是说你家有良田百顷，还有铺子吗，怎么都成了妾的？"

狄老三吃疼，求饶道："眼前这田就是我家的，这个杂货铺却是妾的娘自开的。"

新妇听说还有田，料这个小小铺子没有多大出息，新人总要充些大方，就丢开手不提。就是狄老三，心里猜测童奶奶必是还有银子藏在腰里，不然怎么敢搬出去单过，就对小寄姐又有了三分好脸色。小寄姐虽有二心，怎奈京师不敢回去，银子

又叫自己送了狄老三娶妻，只得低头忍耐。

却说薛三冬回家，将姐夫的书信交给老父，薛教授拆了看信里提到三冬带了一千三百多两银子回家，还有绸缎等物，却是欢喜。又见桃花将要生了，亲自唤了三媳妇到房里来将道理说与她听。那王氏看家兄分上，又要公公婆婆面前装贤惠，摆出一副笑脸来收拾两间屋子与小桃花住，薛老三感她的情，到了家只在她房里歇宿，妻妾还算相安。

薛如兼等了几个月，等狄希陈单给他写了封信，只字不提辞退计主管，却也有些泄气，何况薛三冬回家带了许多银子也没有充公，兄弟三个里头，老大富且贵，老三也比他有钱，就有些郁闷。巧姐儿劝他道："咱们替俺哥守了几年作坊，等俺哥来家，跟他说，你跟计伙计斗什么气？"

薛如兼道："那块地大哥买了去凭空就赚了五千两的差价。不是计伙计打拦，咱们也有一两千两银子到手。如今就是小三都比咱们有钱呢。"

巧姐道："俺娘的私房也有几千，不外是我哥跟我两个分了，你替我哥照应好了作坊，只怕他就让咱们些。"

狄婆子当家几十年，私房的确也有一二千，只是狄希陈到京里去活动，家里银钱不够，她都拿出来使用了。从前女儿在家，固然样样都在媳妇前头，如今女儿成了人家人，自家这份家当连小翅膀姓狄都不想分给他，就算还有私房，又哪里舍得大把银子分给外姓。狄希陈在外做官三年，并没有银子捎回家来，却是狄婆子偷偷叫孙子写了信去说过的，就是这样，还嗔儿子送来家的东西太多，不会做人家呢。

狄员外年纪越大，因老妻偏心，爱妾又谨慎，越发地心疼小儿子。就与狄婆子商议趁他们老两口见在，先替两个儿子分家。狄婆子道："你不怕人家笑话你分就是。"

狄员外道："家里两个作坊，大的小陈哥留着吧，小的就与了小翅膀，其他田地都平均分开就是。"

狄婆子听了生气道："这两个作坊却是素姐当了嫁妆建的，你要分，总要跟她说声。"

狄员外气道："她嫁了咱们家，就是咱们家的人，她的银子不是咱们家的银子吗？"

狄婆子不肯道:“媳妇的私房是她自己的,她肯一年拿出几百两来给小翅膀是她知礼,恼了她,一钱银子不与小翅膀是她本分,你想她的,等儿子媳妇来家自与他们说,此时要就分了去我却不依你。”

狄员外道:“小陈哥跟素姐从来友爱,一定依我。”老两口不欢而散。

若说狄员外为何起了要分作坊与小翅膀的心思,却是狄家亲族们见薛如兼跟计伙计几个把定了作坊,这起人半只脚都伸不进去,空对着人家大捧赚银子咽口水,想着若是将来作坊换了小翅膀当家,调羹一个妇道人家不知事,小翅膀又小,自然任由他们摆布,所以日日在狄员外跟前上眼药,说些素姐偏心娘家,容不下人等语。又有现成的例子小寄姐在那里,总要多分些家当与小翅膀防身,只怕住在一起小翅膀叫她折磨死了。

狄员外老人家的心思,却是心疼小儿子多些,听得多了也觉得趁他活着分家才好。只是他向来听狄婆子的话,狄婆子道不依,也只得等儿子回来再说。

却说小全哥接了爹娘的信,都是厚厚几十页,看了又看,心里十分地想念爹娘,数着日子等他们任满回乡。这一日祖母看人开了箱子取出素姐捎来的各样礼物,命人取了小全哥那一份送到东院来,小全在那里摆弄一个素姐亲手替他打的丝绦,上边系了一块雕花的玉佩。小翅膀走了进来道:“怎么你有这个我没有?”

小全哥毕竟是孩子,随口道:“这是俺娘梯己捎给俺的。”

小翅膀比小全哥还小一岁半,更不懂事,眼红道:“你给俺看看,中不?”

小全哥不肯,小翅膀就要抢。两个人拉拉扯扯,玉佩就掉到地上摔碎了。小全哥舍不得,捣了小翅膀一拳,把个小翅膀打哭了,淌着眼泪去狄员外那里告状,狄员外一头是儿子,一头是孙子,两个都舍不得,就将一腔怒气都发到了素姐身上,嗔她不懂事,捎几样东西都偏心,把儿子放在小叔前头。还是调羹为人明白,苦劝道:“那个玉小翅膀也有,只是我怕他摔碎了收起不让他瞧见。孩子们哪有不打架的,明儿他两个就好了。”

狄员外叫调羹说了半日方消了气。偏生有多嘴的媳妇子又把这事说与狄婆子听,狄婆子道:“小翅膀小小年纪就知道挑拨,也不知道是谁教出这么个孩子来。”就更不喜欢他了。

这一日小桃花一举得男,薛教授夫妇喜不自胜,三个儿子都有孙子,下了帖子请狄员外跟狄婆子都去吃酒。狄婆子还罢了，狄员外见老友儿孙满堂，心里就觉得狄希陈生的少了，回家与狄婆子商议给儿子讨两个妾。狄婆子不喜欢调羹，顺带童奶奶跟小寄姐都在她讨厌之列，道：“儿子怕是指望不上了，你再讨几个妾，还能生几个小儿子呢，比孙子又强多了。”

小全哥待计主管来问他好，就将父母亲私下里托计主管寻田地的信给了他，叫他去寻一个有山有水有稻池有旱地的庄子。计主管依了信里写的各项，在离狄家庄二十多里地，靠近临清那一边找到一大块地，顺着小路进去，连绵的丘陵后头就是田地，正好有条小河流过，只因那里偏僻，山坡多田地少，没有什么出息，主人家又急等银子花费，就极便宜卖了。计主管做主定了那里，写了文书到官府里上了档子，将地契藏在个小匣里收起，要等狄希陈回家交给他，又写了书信，另使人专程送了成都任上去。

狄希陈收到信已是十月将尽，两口子高高兴兴拿了抄来的鱼鳞图看了半日，商议要挖塘取土烧砖等，写了信安排下去又觉得不妥，总要耐着性子等过了年好回家亲自安排才好。

第三十五章

狄家识字班(上)

狄家接连少了七八房家人，白日里还好，到了晚间上夜的媳妇们就排不过来班儿，厨房里也只有柳嫂子一个人忙前忙后。素姐想雇几个女仆，狄希陈不肯："雇的人，第一不知道品行如何，第二她们经常出入，闲言碎语就多，不如买几个吧。"

素姐道："别的都还罢了，女儿房里只有几个小姑娘，外头就一个媳妇子守夜。如今家里又空荡荡的，我不放心。"

狄希陈笑道："听说山西陕西造反已是平定了，掳了不少妇女当街买卖，明儿叫胡三多去拣几个老实的买来就是，虽然是在咱们家做家政服务，也比娶不起媳妇的穷人买了回家做老婆吃苦受累强。"果然就招了两个媒婆来，亲自吩咐她们道，"如今我们家少人使唤，两位嫂子帮忙寻几个会做活的来。"

那两个媒婆旧年卖小镜子几人赚了知县大人几两银了，好不容易得来的机会，哪敢怠慢，第二日就带了十来个人进来道："成都府里一个乡绅家坏了事，女眷们送了教坊司，这几个丫头生得平常了些，叫小妇人们拿出来卖呢。”

素姐坐在堂上一个一个挨着看去，见这十来个人生得果真都平常，年纪从八九岁到十七八都有。因媒婆子说女眷送了教坊司，站在堂下的女孩子们里头就有四五个脸上有不忍之意。素姐一个一个指出来道：“你们几个站出来，都说说自己会做些什么？”

媒婆忙走近几步笑道：“奶奶好眼力，最老实会干活的就是这几个，这两个大的是全灶呢，都做得一手好羹汤。那三个小的，本是针线上的人。”

就拉了一个小丫头出来，掀了她的小夹袄道：“看看这针脚，前日府里同知丁大人家寻婢女，丁奶奶也说这几个好，就是丁大人嫌她们生得不如那几个好看呢，才留到今天。”

素姐又让小春香带了两个大的去厨下烧几个菜试试，就留两个媒婆吃中饭。果然抬上来的几盘菜滋味都好，便讲定了一共四十六两银子，将这五个人买了下来。两个大的，十六岁那个取名煮酒，十五岁的取名煮茶，三个小的，依着个子高矮取名翠竹、翠兰、翠玉。

素姐还要买几个单身妇人，那媒婆道：“府上无人使，连家带口投了来的就也多，比这样的单身妇人可好多着呢。”

素姐不解其义，问道：“这是为何，好好的生意怎么不做？”

那媒婆赔了笑脸低声道：“妇人买卖的，多是在家里打骂公婆，好吃懒做，叫夫家打发了出来，娘家又不能养活才卖的。这样的人不是名声不好听，就是手脚不干净，最是麻烦不过。”

素姐笑着点头道：“你说得也有点儿道理。”

那媒婆连声笑道：“奶奶若还想寻人，咱们慢慢访那好的送了来，绝不敢在狄奶奶跟前为了几两银子将那不成才的送来。”

素姐便叫小春香送客。她坐了那里想了半天，才把人安插妥当。小杏花最与紫萱合得来，就给了紫萱，煮茶跟翠竹翠玉三个，再加上小梳子、小露珠，新人旧人掺和了一起都安置在女儿房里。小春香回了家是要嫁小九的，小荷花转过年也有十六，在身边都待不长久，就将小镜子跟小雨点与翠兰三个都交给小春香，学着管管账，要替她们两个的班儿。这样晚上女儿外间只有一个人守夜也无妨，横竖房里有四五个人。就是将来几个大的嫁出去，也不至于手边无人使。另安排房里的大小丫头们除春香之外，都一日两个轮值了去厨下帮忙。这样分派下来，果然柳嫂儿跟几房家人的媳妇们都轻松许多，就是半夜守门的也敢睡一会儿了。

过了几天媒婆又领了几个人来，素姐见媒婆会看人眼色，送来的都是手脚伶俐的小姑娘，就挑了两个大些的，分别取名翠凤跟翠花，留了自己院子里使。

这些小姑娘在狄家住了几日，见主人宽厚，小姐脾气也好，小镜子跟小杏花每日还跟着小姐去学堂上学，都十分诧异。这一日下午小紫萱放学，厨房送了一大盆才蒸好的肉包子过来，小杏花先拿了一个递给小紫萱，自己也拿了一个咬了一口，见煮茶在边上看着，忙道："你们也吃几个吧，还有一两个时辰才开饭呢。"

煮茶吐了舌头，笑说不敢。小梳子走过来一人手里塞了一个大包子道："吃，咱们家吃饭都是敞开了吃的，不然送这么一大盆来做什么？大奶奶总说咱们现在正长身体呢，吃饱了才有力气做活。"

小紫萱也道："我们家跟人家不一样的，谁家的姐姐们能正经上学？杏花姐姐前几天做的对子先生说对得好，俺娘还特地给她做了件新衣服，说只有读书好才有奖赏。"

翠竹跟翠玉都只有十一岁，也是心灵手巧的姑娘，所以小小年纪针线活做得极好，听了可以上学都心动，拿了包子搁在手上半日，低了头想心思。

小杏花算是个丫鬟组长，见了笑道："想上学的都能去，只是现在先生教得深了，只怕你们不识字，跟不上呢。"

小紫萱平常上祝先生的课就觉得有趣，上石先生的课闷得要死，偏偏小镜子跟小杏花听得都认真，课间休息也拿了书本在那里揣摩。九叔又忙，几天才来一次，来了补功课的时间都嫌少，哪里有空跟她玩笑。她想到若是多几个同伴，也热闹好些，跳下椅子道："我去跟娘说，让她吩咐先生单教你们从头识字。"说罢蹦蹦跳跳出了门。

小杏花笑道："大嫂必依的，你们几个就高高兴兴等着上学去吧。"不单二翠，就是煮茶也笑逐颜开地上来道谢。

素姐听了女儿的话，笑道："她们几个上学好呢，明儿让你爹去跟石先生说，先教她们识字，每日去学半个时辰吧。"

晚间果然跟狄希陈说了，狄希陈道："我正有此意，咱们家的管家们的孩子们，六七岁到八九岁的也有四五个，又没有活给他们做，不如一起进了学堂吧。你说的一日学半个时辰就很好。也不见得个个都是读书的材料，学不进去的慢慢歇了，若是有心，读几年书，有知识的管家一个胜蠢汉十个。"

素姐笑道："只是单让石先生抽半个时辰来教下人们，他肯不肯？"

狄希陈笑道："有什么不肯的，多送些束修就是。圣人都说了：有教无类。"

素姐见他扣了顶大帽子，也笑了，叫了女儿来，就将初级识字班报名的差使交给她，正好明儿休息时去办，又手把手教她画了个表格，里边头一栏是姓名，其次是年纪、识字多少、平常做什么活，要女儿照了表格登记。

狄希陈见素姐其实玩的是市场调查的把戏，坐在桌边拿书挡了脸笑了半日，等小紫萱兴冲冲出门，狄希陈就道："你培养女儿做秘书呢？屁大点儿事，也要做表格，官僚作风。"

素姐得意道："我这是培养女儿做事有条理呢，不然她那个傻大姐的性格，丢三落四惯了怎么改得好？小杏花跟小梳子几个都是泼辣多过冷静的人，为人还是要像我一样刚柔相济的好。"

狄希陈道："哪个世道都是一样呢，还是泼些好。将来回家，两个老的不在了分家时那些姓狄的吵闹，全依赖娘子大发雌威呢。"说罢立起来拱了拱手。

素姐涨红了脸道："有数的几次发个脾气，你就会让我做恶人。"

狄希陈嬉皮笑脸道："咱们分工不同，我红脸你白脸，不都是为这个家吗，计较什么？计主管说咱们家现在跟集体食堂一样，到了吃饭的时候，都是姓狄的，古人的宗族观念太可怕了，难道应该的吗，我们的银子也是吃苦受累担惊受怕挣来的。"

素姐道："就是到了公元三千年，中国人还是这样，不患贫患不均。农村里头老头老太看哪个儿女过得好些，一定日思夜想要搬了到日子过得差些的家去。我记得好几回你妈偷偷跟我抱怨呢，说你奶奶拿你们家的新衣服新鞋子给你小叔叔，连个招呼都不打的，你妈要是拉个脸，你爹还老大不高兴呢。这个时代，吃你的天经地义，看开些吧。"

狄希陈摇头叹气："你的叔叔伯伯们和睦，对你又好，你总把亲戚们往好里想。

大好白米饭养白眼狼的可不少，吃惯了，还要挑你冷了热了，我是不做这冤大头的。你不记得了，有次你在天涯灌水还看见一个上海女明星养狼来？那样无亲无故的受过教育的还不晓得有一点儿半点儿感激之心，何况这些人。”

素姐笑道：“我名声在外，出了名地不好相与，只怕吃你家小兄弟的多些呢。”

狄希陈拍了头道：“不错，我怎么说也是个官儿，还有三分怕我。若是小翅膀，调羹是个老实人呢，让狄老三之类的人哄了败光家产都有可能。到分家时少不得要先争一争了，也替小翅膀留个退路，算是咱们为狄员外两口尽心。”

素姐点头道：“你说的是，我是女人我小气，咱们自己挣的也要看好了。现在就去把这两年的账本烧了。我们心里有数就是。”

狄希陈心里暗笑妻子刚才还事事要做表格，现在又要焚数字坑账本，女人果然善变。行动上自然要支持，亲自去搬了个火盆来，素姐取了收礼的几本账目，果真一张一张撕了丢在火盆里，狄希陈就搬了院子里，点了灯油烧了半日。

却说小紫萱拿了鸡毛当令箭，第二日清早就问齐了两个院子里的女孩子们，又要去管家们住的侧院去问，小杏花道：“你此时去太早了，等咱们吃饭时，我替你问清楚了另拿纸记好了再填可好？”

小紫萱虽然有些不情愿，因饭时到了，也只得依小杏花，先去母亲那边吃早饭。

小九已是先到了，坐在阁里喝姜茶，见小紫萱脸上还沾了两点儿墨，笑道：“做什么呢，脸上黑糊糊的。”

小荷花忙拉了她进内室重新洗脸，早饭已是送了进来。一锅红薯稀饭、一盘肉包子、一盘中间夹蛋的油饼、淋了香油的小菜炒肉丁，还有一碟四川本地的泡菜。

煮酒才盛了头一碗稀饭，小紫萱就冲出来道：“多红薯，少粥。”

素姐忙道：“还有土豆泥跟炸的土豆条给你做点心的，多喝点儿粥。每样都要吃些，不许偏食。”

小九见狄希陈不在，停了筷子道：“五哥呢？”

素姐道：“今儿说是有事，一早叫周师爷请了去，他们的早饭小春香已经送出去了呢。咱们吃吧。你今天不用上学，吃完了也好好歇歇。”

小九笑道：“不歇，想来又是有人送钱来了。我吃完了也去瞧瞧。”

小紫萱最是心急，三口两口吃完早饭，等不及漱口，就急急忙忙跟在小九后头出了门，去厨房寻吃饭的小杏花她们。等表格交到素姐那里，素姐看写了一大张纸，除了七个新来的女孩子，还有管家们家里的小小子跟女孩儿，狄九强的名字端端正正排在最后，倒数第二个是狄白袜。素姐指了这个狄白袜道："这是谁家的孩子？"

春香走过来瞧瞧，笑道："就是外号叫白袜的那个，三不知自己改了姓狄呢。"

素姐好笑道："足足二三十个，我怎么就不知道家里还有这些人？"

小春香抿了嘴儿笑道："前次那个吴小六夫妻两口儿足有六个孩子呢。咱们家的管家们都是会生养的，谁家没有三四个？年纪不到十岁的都不做活，咱们账上没有名字。"

素姐听得那两口子生养了六个，敬佩道："好本事。我自从生了小紫萱，再也不敢生第三个了。当是养猪呢，两个孩子我都怕教不好。"

春香低了头红着脸道："穷人家生养是图有人做活，穷困了还能卖几个钱，有饭吃就是上上签。其实大嫂多生几个也无妨的。"

素姐笑道："其实我也想再生两个，小紫萱也孤单了些。不过孩子是老天爷赐的，强求不来，看各人福气吧。"

因狄希陈说这几日都忙，素姐就自己写了封信给石先生，请他每次放学后多留半个时辰教家人识字，束修每个月多加五钱银子。

石先生家里春天遭了天灾，虽然补种了些，过日子还是靠的狄家的学费。他虽然觉得狄夫人要让仆役识字多此一举，不过五钱银子能买上等白米一石，若是糙米足足一石七八斗，正是雪中送炭的好事，欣然写了回信允了。

素姐就按名单招集了所有人到花厅，道："此次单请了石先生教你们识字，不比上次直接教八股文，若是无故旷课三次的，就不必去了。"又对煮酒道，"这个识字班里头你最大，你记了人数，每次点卯就是你了。笔墨纸砚等物回头我叫胡三多买了来，你明儿跟小杏花一起按了人头发下去。"

煮酒欢喜答应了，素姐就让众家人散了，找了胡三多来，亲自叫他去买描红本子、笔墨等物与《千字文》《千家诗》等书本。胡三多期期艾艾又替他浑家报名，素姐笑着同意，胡三多就一阵风一样冲了出去。

晚间素姐向狄希陈说起，狄希陈叹息道：“若是人人都能知书识字，咱们明朝说不定直接就进入资本主义了呢。我将来想办个书院呢，你看可好？”

素姐道：“你想办就办，不然日日做官忙惯了，到了家闷得跟退休领导一样神经衰弱……”

狄希陈看妻子说话俏皮，灯光下眼波流转，此时不推倒，还待何时，笑道：“咱们还有正事呢，当初可是说要生十个八个的，还有空缺，是不是该努一把力了？”

第三十六章

狄家识字班(中)

放了晚学，小九就请了石先生移步到花厅喝茶。胡三多笑嘻嘻拉了他娘子的手送到堂里，叫她在屏风后头坐下，大些的女孩们也都纷纷走到屏风后头坐了。小杏花威风凛凛，将小萝卜头们按个子高低排了座次，就叫煮酒将昨夜分好的笔砚等物一份一份发下，自己拿了报名的单子在领了东西的人名后打了钩。

小紫萱嘟了嘴不快活，本来是想有人陪她上学的，结果人家都另开一班。跟她年纪一般大小的小孩子们兴高采烈拿了书本在那里摸，她也眼热，急忙跑了房里找母亲，经过厨房就看见小春香在门口，问她："俺娘呢？"

小春香笑道："在给你做点心呢，快来。"拉着紫萱的手到里边。素姐围了围裙，套着护袖，在那里浇了蛋液拌肉馅儿，屋子里喷香。

小紫萱心思不在吃食上，走了素姐跟前道："娘，俺也想上识字班。"

素姐晓得她是好热闹，便道："你都认得上千个字了，跟一群不识字的一起有什么意思。”

小紫萱低了头不说话，只在素姐裙边扭来扭去，看素姐不理她，眼泪就围了眼眶打转转。

素姐忽然听到春香咳嗽，拿眼角扫了一眼，正好看到小春香冲紫萱指了指前头，那意思必是叫她去找狄希陈，料想狄希陈也不会答应，就装作没看见，跟柳嫂子两个动手包馄饨，小春香跟小荷花也洗了手过来。包了半日，素姐见包够了差不多二十来碗，就洗了手拣了五只碗，拿勺挖了猪油、酱油、盐与切细的千张丝、虾皮，等馄饨煮好了方一一浇了热汤盛起来。小春香跟小荷花都赶紧洗手，拿了两个盒子出来，各装了两碗，春香捧了一个去前边送给狄希陈与周师爷，小荷花就捧了另一个送去花厅。

小紫萱被素姐晾在边上半天，委委屈屈不敢说话。素姐见馄饨略凉了些，方道："你洗了手吃点心吧。"看她不大高兴，心里又有点儿舍不得，问她道，"明天想吃什么？"

小紫萱听了笑起来，道："要没吃过的。"

素姐听了笑道："看看，给你三分颜色就开染坊了，什么是你没吃过的？"虽然如此说话，还是在厨房里四处瞧了瞧，看有什么新鲜东西。因案板上放了几包海参鱿鱼之类的干货，就想起来当年狄希陈请她吃的街头炒鱿鱼来，四块钱一份，一个小饭盒装了，两个人一人拿一双筷子边走边夹了吃。只是此时没有洋葱，味道可能会打折扣。素姐就笑道："只要明儿祝先生夸你了，妈就做两样从没吃过的好东西给你吃。"

小紫萱想起祝先生留的对子自己只对了前边半句，忙喝了一口汤丢下碗道："我去多对几个对子，明儿祝先生一定夸我。"

素姐见碗里头还有大半，倒掉可惜，便道："吃完了再去，不然下次就按这个份量给你吃饭。"

小紫萱老老实实吃完了才离去，小九就冲了进来道："可还有什么馄饨没有？那两碗都让石先生吃了呢。"突然看见素姐在那里，忙笑嘻嘻问好。

素姐道："石先生是不是中午没吃饱？"

小九笑道："中午我陪他吃饭时，他说咱们家的包子好吃，要带回家给孩子尝尝，我不好意思再动，跟他两个都只喝了两碗汤，现在饿得咕咕叫。”

素姐先命柳嫂儿现包一碗饺子下给小九吃，才道：“石先生家是不是吃不上饭了？”

小九想了想道：“没听他说起过呢，我猜差不多，只要吃中饭时有可带的东西，他都要带了家去的。”

素姐见小九笑嘻嘻的，怕他是说着玩的，就自己悄悄地到学堂边先生中午歇息的一间小房里看了看，果然一个漆都掉了的食盒里装了十个包子。学堂里头，石先生正一个一个把了小学生的手教他们正字。素姐看他并不因为是教仆役就随便敷衍，跟教小紫萱的态度没什么两样，十分地敬重他。回到厨房，正好春香手里拿了张帖子，带了一个挑了两笼野鸡的人进来，柳荣在后边跟了。

小春香将帖子交给素姐笑道：“丁夫人说谢谢大嫂送她的珠花，正好她家亲戚送了野鸡，就转送了两笼来给咱们。”

素姐道：“送来的是管家还是管家娘子？”

小春香说是管家，笑问：“拿个中等赏封赏他吧？”

素姐点头，又道：“这个挑夫的脚钱你也打发了。”就进了门，看帖子上写着雉鸡三十翼，知道是十五只，便道，“我记得下元是个节的，四川过不过呢？”

小春香笑道：“过的，下元那日烧香礼佛的最多。”

素姐笑道：“快给两位先生备礼，每位一个火腿两只野鸡，再去买两盒点心，明儿叫九叔亲自送了去。”

坐在小桌边的小九“嗯嗯”两声，埋头咬了一只饺子道：“明儿中午我吃饱了才去。”说得一屋子人都笑了。

灯下素姐查考完女儿的功课，也问了几翠今天识了几个字。煮酒答：“上大人，三个字。先生教我们每个人都写了一遍。天黑透了才放学呢。”

素姐点了点头，看小紫萱脸上一副怎么只学这么点儿的表情，笑道：“后日再上学，小荷花提前去学堂说一声儿，满一个月谁认得的字最多，写得最端正，奖套新衣服。”

小姑娘们听了都脸上放光，她们没有赶上换季，穿的都是春香几个的穿小的旧衣裳改了的，换冬衣又要等过年。这个把月若是学里得了第一，又有面子又有里子，个个都起了争强好胜的心思。

小紫萱不服气，拉着狄希陈道："我也要跟她们比。"

狄希陈板了脸道："你跟小镜子比还差不多。"

小镜子却是个手不释卷的书迷，小紫萱聪明尽有，论刻苦却差得太远，就是小九有考秀才的觉悟，也没有小镜子那般下苦功。狄希陈与素姐平常夸女儿的时候居多，若是小紫萱翘尾巴了，一提小镜子，立刻就老实了。

果然小紫萱捏了拳头道："下个月我一定比她强。"说罢头也不回跑到自己房里点了两支大蜡烛用功去了。狄希陈跟在后头看了半日，果真在那里临帖，回来跟素姐相视而笑。

素姐想起来就问道："石先生家事如何？"

狄希陈惊讶道："你怎么想起来问这个？"在桌前转了两转方道，"我记得他家有一顷地的，咱们一年送他的束修足足三十六两了，你的礼又厚。过日子问题不大呀。"

素姐就将石先生省了中饭带回家的事说了，又说安排了小九明日亲去送礼，好仔细打听一下到底是什么原因。

狄希陈笑道："你从前不是说祝先生学问好，课也上得好吗？怎么如今对石先生关心起来？"

素姐道："以前偷偷听过石先生说过两节《论语》，觉得是个迂腐老头儿，可是今日看他给孩子们正字，态度跟教小紫萱跟九叔并没有两样，我敬他是个至诚君子呢。若是他生活有困难，能帮就帮着些呀。"

狄希陈就问送什么礼去，听说还有两盒点心，忙道："点心这东西不合适，换了。咱们家不是还有好纸嘛，一家送一百张宣纸十支湖笔。"

素姐忙在桌前取了拜帖来写好，交给小春香道："明儿上午备好了交给九叔吧。"

第二日下午小九果真唤了狄九强跟狄白袜两个挑了担子跟他出去送礼，因祝先生家近些，先到的祝先生家。小九并不停留，对留他茶的祝先生说还要到石先生家去，等狄九强从后堂厨房出来，辞了祝先生走到半路上方问道："狄九强，祝先生家厨房里都有些什么？"

狄九强道:“跟咱家厨房里差不多呀。没什么特别的。”

小九笑道:“回头到了石先生家,你多看看他家厨房里都有些什么。”

到了石先生家,巷子尽头是竹子编的篱笆墙,院子里晒着几大匾萝卜干儿。一个老妪见来了个少年公子,后边跟着挑担子的两个奴仆,在门口伸了伸头又缩了回去。小九是第二次来,大大方方直接进了堂屋拐进天井里头一间偏房,却是石先生的书房。石先生家常穿了件袖口磨破了的布道袍,在那里教他的一个小女儿跟两个小儿子读书,见小九笑嘻嘻进来,慌忙丢了书笑道:“你怎么来了?”

小九行了礼道:“我来送下元节的节礼,一点点心意,还请先生笑纳。”

石先生搓了搓手道:“啊也,重阳才送过的,令兄实在是太客气了。你在书房里坐一会儿,我去冲茶来。”

小九哪里喝他的茶,就跟着他到了厨房,那个老妪正眉开眼笑在那里杀鸡,一边拿碗接鸡血一边口内喃喃道:“早些送来,小姐也不必回娘家去要钱买米。”

石先生因小九站在身后,臊得满脸通红喝道:“陈妈,你胡说什么。”

小九抢上前几步,揭了他家的米缸盖,果真里边只有几粒碎米,忙道:“先生家这是……”

石先生苦笑道:“不怕友棠笑话,舍下断粮将近一个月。”

小九郑重道:“家兄一向敬重先生,先生若有难处何不直言。”

石先生叹气道:“舍弟最爱赌钱,因他没有成亲又不好分家,八月里将家里的田地偷偷卖了,上个月又偷了我存起来买米的三两银子。”说完了又长长叹气。

小九见是他家家事,不好答话,笑道:“先生手头不便,学生这里还有几两银子,就叫人去买两石米来。”忙自袖里取了二两银子出来送到那个陈妈跟前道,“妈妈,俺叫两个管家跟你去驮米去吧。”

那个陈妈妈手上的鸡毛都没有摘掉,咧了一张大嘴接了银子就朝外头跑,小九忙叫狄九强两个跟上。从小九说话掏银子到陈妈妈光速出门,也不过眨眼工夫,石先生连客气几句的机会都没有,红着脸道了谢,就蹲下来继续老妈子未完成的事业,给鸡拔毛。

小九待想动手,却是从来没有下过厨的人,待不动手,老师在那干活,学生又没有在边上看的理。

他在伸手与缩手之间徘徊许久，还是没有杀生的勇气，就坐了灶后边烧火玩，石先生忙着解决温饱大业，就没有注意。

正好石先生的浑家拿个小布袋来家，径到厨房，见相公在杀鸡，案板上还有一只大火腿，忙道："我求了弟媳妇半天她才肯量五升米给我呢，这许多东西是哪里来的？怎么两只鸡都杀了？"

石先生道："不杀了明儿还要拿米喂它，不如先叫它喂了咱们吧。"

石师娘突然瞧见灶后坐了一个华服公子，在那里笨手笨脚敲火石，忙道："我来我来。"一面揭了锅盖看里边一滴水都没有，就拿瓢舀了大半锅水，道，"空锅怎么烧火？"

小九忙起来问师娘好，石师娘才晓得是学生，忙推了他跟石先生到书房，唤了女儿来打下手。小九对着满身鸡屎味的先生哪里坐得住，借口还有事就告辞出去。站在门口半日，等那个陈妈妈挎了大竹篮，里边满是豆腐青菜，狄九强两个还有米店伙计气喘吁吁各挑了一石糙米过来，方招呼两个管家回去。

素姐听说了石先生有个惯赌的兄弟，叹气道："若是旁人还罢了，这么个打着骨头连着筋的人，还真是一块割不掉的臭肉呢。"

本来惯例先生的束修是按四季给的，素姐就将还有三个月的学费都支了出来，又加了几匹梭子布一起送了石先生家去。石先生心里感激狄大人到十分，对小紫萱就格外的严厉了，就是识字班里的学生，也要求高了许多，把一群孩子学得叫苦连天。

第三十七章

狄家识字班(下)

转眼将到冬至，素姐被来来往往送礼闹得头晕。小春香跟小荷花固然是忙得喝口水的工夫都没有，连小镜子小杏花都没能去上课。虽然只是收礼、送礼、回礼并打发来人赏钱，却要分厚薄、讲关系、排资历，还要当心收了人家的礼回的不能重样儿，素姐就觉得比做销售还难。都说有钱人家的太太小姐吃饱了撑着绣绣花就打发掉一天，照眼前这七品小官太太的工作量看，只怕官太太们穿越到二零零七年，个个都是优秀女企业家。

素姐扔开手里一叠子礼单揉太阳穴，叹气道:“是不是别人家都这么麻烦？”

在边上等了半日要跟春香称银子给裁缝工钱的胡三多得了空子，走近几步笑道:“别人家哪有咱们这么热闹。”

素姐见小春香还在那里跟小镜子对数目，也愿意跟胡三多多聊几句，就问他:“你娘子上了有一个月的学了，如何？”

胡三多有些不好意思，道："也识得几十个字了，只是写不好呢。她又好面子，天天在家里鬼画符，描红本都买了好几个了。"

素姐笑道："认得就不错了，其实我当初才学写字也写不好呢。"

胡三多提到他娘子，平常的精明都变了憨厚，呵呵笑道："她总说奶奶跟前几个姐姐年纪不大，这么有本事，都是读书识字的缘故。常跟我说呢，只到春香姐姐一半就阿弥陀佛了。"

素姐听了微笑。小春香得了闲，正要取银子来，因胡三多奉承她，啐了他一口道："嫂子上学也是叫你激的，偏拉扯上我们做什么？"转过背里间取了包银子扔到一个小几上道，"拿去。"手上几只虾须镯碰在一起，咣咣当当响了几声。

胡三多悄悄看素姐脸上并无不悦的表情，拿了银子笑道："佛爷保佑明儿春香姐姐得个厉害婆婆。"说罢一溜烟小跑出去。

春香恨恨道："明儿我去跟胡嫂子说。"因胡三多已是去得远了，后边的半截话就吞了肚子里。

素姐就道："你也是性子冲了些。"

小春香还有些气，咬着牙道："这个胡三多越来越鬼头鬼脑了，就不能给他三分颜色。"

小荷花收拾了桌上的礼单道："大嫂，这些跟账本俺都放里间橱子里去。"

小春香忙与小杏花两个将些精致贵重之物也抬进去。

素姐看小镜子低了头在那里摸一匹大红遍地金折枝花缎子，脸上还露出怀念的表情，笑问道："可是想家了？"

小镜子唬了一跳，慌忙摇头。

素姐道："你到我家也有两年了，从没有听你提过家里，我看你缠了小脚儿，又知书识字，想来也不是普通人家？"

小镜子脸上悲容更甚，紧紧地咬了嘴唇不肯说话。

素姐叹气道："你不想说就不说吧，若是想说了再跟我说也使得，只是明年咱们就回去了。"说完了看小镜子白着一张小脸儿在那里想心思，也不理她，想到两位先生处还没有送礼，就着手写礼单，每家送两石精米、一腔羊、两坛自酿的酒和一篓二十斤的糟鱼。素姐想到石先生的窘状，又添了十斤棉花八匹布。

这般厚礼送到了祝先生家，祝师娘道："这个狄大人还真是山东农村来的庄户人家呢，送的东西都这么实惠。"

祝先生道："想必是因为石先生家过不得吧，所以如此。这个石秀才也是迂阔，早早地分了家不就完了？些微家产叫他兄弟败光了，还到处败坏他名声，说他藏着石老太爷的银子不肯分家。"

祝师娘本是大家闺秀，祝老太爷败光了大半家产，还有小半叫十七八个儿子分分，到他们头上不过一二千金的家事，再加上她陪嫁的几顷地，家事其实过得。祝先生出来教书，一来是狄希陈亲自来求，却不过这份人情，二来也是要装装穷人，省得几个败光了遗产的兄弟来打秋风。所以祝师娘很有些瞧不上这份礼，嫌不够体面，备了几双鞋袜几本自家刻的诗集、祝先生画的册页之类回礼。祝先生不耐烦这些俗务，随妻子处置。

石师娘收了礼大喜，忙忙地要打发赏钱。送礼的管家们却是素姐郑重吩咐过的，将东西搬进石家堂屋，拱了拱手就回去了。石师娘叫石先生去追回来，石先生瞧了瞧外边他兄弟还没回家，道："咱们快去把布跟棉花藏起来，落在小二的眼里脱不了还是精光。"

夫妻两个忙忙地扛了装棉花的两个大布袋，三个孩子想到过年都有新棉衣穿，纷纷拿了布匹笑嘻嘻跟了父母身后，进了卧房，又将房门牢牢闩了。

石师娘从抽屉底下掏出钥匙去开大橱，才开得门来就叫声苦，里头如同大水洗过的一般，不但前次狄家送来的五两银子不见了，还有几件破衣烂衫都一股脑儿叫人卷了去。

石先生气得手脚冰凉，嘴里还勉强道："必是你们在家不小心，让贼偷了去。"

石师娘见石先生仍然护着他兄弟，心灰意懒道："我也不和你争，孩子们，这几匹布咱们现裁剪了做棉袄。"就将铜锁丢了橱里，门也不关，寻了针线箩来，里边只有一把剪子跟两个顶针，针不是针尖儿折了就是针鼻儿断了。石师娘叫孩子们看好这几样东西，寻出个小布袋要去厨房量米换针换线。她走到院子里就见石二叔面色如土地走进来，两手缩在袖内，眼睛滴溜溜乱转。

石师娘想到厨房门口的树上还拴着一只羊，还好她脚缠得不算小，扬起两只四五寸的金莲飞快地跑到厨房道："快，快将酒藏起来。"自己高声叫了一声："二叔你回来了！”牵了羊就去邻居家躲藏。

果然小女儿听说二叔回家，将爹爹一把推出卧房，闩紧了房门。因橱里东西都叫二叔盗尽了，就将爹娘床上的被卧搬了下来，把布匹抖开了铺上去，又叫两个弟弟把棉花袋拍平了塞进床底下，重新铺好了被卧，才笑嘻嘻拍手开门。

谁知石二叔见案板下有一大篓鱼，提了提拎不动，正好上边有个布口袋，就拿了起来去米缸装米。陈妈拦住了鱼篓拦不得米缸，眼睁睁叫他装了几升米出去，对站了边上的石先生诉苦道："姑爷也不拦一拦他，都叫他搬了去赌钱，咱们吃什么？"

石先生道："他能拿走多少？尽他拿吧。"

石先生的小女儿去紧邻家唤了母亲回来，石师娘见只拎去了几升米，大松了一口气道："我托隔壁宋三嫂将羊和这鱼卖了吧，还有这酒，有一坛留够过年吃也罢。卖的银子寄放我娘家去，再有一两年女儿要办嫁妆，不能一个钱没有。"

石先生不置可否，陈妈忙抱了鱼篓，石师娘就搬了坛酒出去，到了晚间才带了包针与线来家。

石家人都坐在厨房里吃晚饭，桌上一盘鱼摆在石二叔面前，腌的萝卜干儿跟泡菜摆在孩子们面前。小三儿想夹块鱼肉吃，才伸筷子就叫石二叔打了手道："鱼生火肉生痰，青菜萝卜保平安，你吃萝卜。"

石师娘按捺不住，顺手操起门边的一条扁担抡起，骂道："滚。"

石二叔见哥哥挡在跟前，嫂嫂的扁担打不到他，故意夹了块鱼进嘴，又呸地吐出来道："俺家的东西，想吃就吃，想吐就吐。"

石师娘扁担叫石先生挡住了，自己汉子总有三分舍不得，一时手软叫他夺了去，就一个巴掌打到脸上，又羞又恼。她想要回娘家去，又怕家里几石米让二叔盗了去儿女们没有的吃，不回去，一口气又不得出，闷闷地回房里睡了，摸摸下边还有布，又放心了些。

到了半夜，石先生上床睡觉，提起要给二叔娶妻，叫娘子把那几两银子拿回来，石师娘就气得心绞痛，第二日起来石先生还要去狄府上课，三个孩子跪在面前哭了半日，求他去寻个大夫来给娘瞧瞧，他才老大不高兴地叫陈妈妈去县衙里报个信。石二叔若无其事，喝了粥，又拿了昨日的布袋装了几升米出去，恨得三个孩子牙痒痒的，只是人小力微打不过他，默默看他一摇三晃出门去了。

陈妈妈到狄府报信，头一个小紫萱听说石先生今日不来，高兴地跳了有三尺高。素姐虽知道她是孩子心性，并不是心地不好，还是不大快活。素姐想了半日要怎么教训女儿，不是轻了就是重了，因听说是心绞痛，家里有人家送来的天王保心丹，就取了一瓶，打算带了女儿亲自送去。

狄希陈也道去得，一来解闷，二来也好让女儿早些看看穷人家是怎么过日子的，就叫了一个门子领着素姐的车，家里派了几个男女仆人跟从。

素姐到了石先生家，门口众人见停了一辆车，还有衙门的人守着，就围了许多人来看。

素姐先叫女儿给先生行了礼，就要去看师娘。石先生避到书房，叫小女儿带了她们进去。

石师娘眼泪汪汪坐在那里哭，突然进来一群人，听女儿说县太爷家的夫人，爬起来要磕头，素姐忙走上前挡住她道："我这里有治心绞痛的丸药呢，去买二钱勾藤来煎了浓汁化开吃下就无事。"

石师娘就与她诉苦，将老太爷死后，丈夫不肯分家，二叔不成才好赌钱，偷卖了家里田地以后，但是值些钱的东西都叫他盗去了如何如何。

素姐也不好说什么，只随口劝解几句，因石师娘吃了药挣扎着要起来留饭。素姐见她房里一无所有，一个橱儿半开着门，里边空荡荡的，忙告辞回去。回家的路上，小紫萱道："俺看那个姐姐空着耳朵眼儿，就把自己的送给她了，娘不要骂我。"

素姐见孩子原来耳上的珍珠葫芦坠儿果真没有了，笑道："下次要给人家东西，还要先跟爹娘说过才可。不然她突然多了一样东西，只怕家里大人不知道哪里来的，要骂她的。"

小紫萱突然道："难怪荷花姐姐突然多了几样东西，不许我告诉娘呢，是不是娘也要骂她？"

素姐笑道："她都说了不要你告诉我了，你怎么还说？"

小紫萱吐了吐舌头道："我一时忘记了，娘装作不知道就是。"

素姐正色道："你答应了人家的事就要做到，自己估量做不到的就不要答应。"看女儿点了头在那里思考，也不做声。

素姐想到石先生家徒四壁，石师娘的可怜，石先生的可恨，不免有兔死狐悲之叹。到了家说给狄希陈听，自己的眼圈儿就红了。

狄希陈道："石先生之迂也是少有，只是他自己这样咱们也不好帮他，不然拿了那个石二叔来吓一吓，也好些。"

素姐道："你就去吓吓他不成吗？"

狄希陈摇头道："我们拿了来，头一个石先生就不依。以后你要送礼给他家，宁可多送几次，一次少送点儿。我恶意猜测一下，只怕石先生也是知道他没有了，咱们敬他不会短少他的，所以尽他兄弟取用呢。"

素姐叹气道："只可怜了石师娘，这个年头又离不了婚。"又道，"我还发愁，万一小翅膀将来不成才，咱们也好不了多少。我想了许久，只怕不好分得家，那些银子我们除了交公账上的，都换了金子收起来吧。财不要外露。"

狄希陈笑道："你出了趟门，倒是小气了。放心吧，凭你男人这双手，也养得起咱们一家四口。"

素姐笑道："其实还是要感谢咱们穿到财主家的，不用为衣食操心，多回报也是应该的。只是要我苦了自己的孩子去周济别人我也做不到。"

狄希陈也笑道："我也做不到，这是我们现代人与古代人最大的不同吧。就是狄希林，不是因为那个缘故，我也不这么拉携他。"

素姐笑道："我看他还好呀，你总防着人家三分儿。"

狄希陈贴近了素姐笑道："除了你跟儿子女儿，别人总要防一防的，这几年见识的不少呢。亲兄弟还有分争家产闹出人命的，儿子还有为了钱打死老子的。咱们不小心些，怎么过日子？古人论心机比现代人还深呢。"

素姐点点头道："我明儿悄悄换了金叶子吧。你猜明年什么时候可以离任回家？"

狄希陈算算日子道："怕是要到六七月份呀，孩子们还要上半年学呢。"

素姐叹道："本来还有几分敬重石先生的，如今反而不喜他了，难道就眼看着卖完了家产卖孩子吗？"

突然听到身后茶碗跌到地上的声音，素姐转过头去看，却是小镜子低了头蹲在地上借捡碎片在哭。素姐走过去拍拍她道："小心伤手，拿笤帚来扫了去。"

第三日石先生来上课，小镜子不肯去上学。小杏花劝了半日，只得告诉素姐，素姐沉吟半日方道：“随她去吧。”果然从这天起小镜子就不去上学了。

小紫萱去了劲敌，就觉得上学有意思多了，只是她还晓得不在小镜子跟前炫耀自己又得了先生夸奖，到底长大了些。

这一日中饭时狄希陈垮了一张脸来家，一见素姐就道：“周先生要回去呢。”

素姐吓了一跳道：“这是从何说起？”

第三十八章

周师爷娶妻返乡

周师爷家里来信，说他妻子去世，丢下了两个小孩子跟些田产无人照管，所以周师爷收到信就来跟狄希陈请辞。狄希陈本来中进士就是撞大运，又请了这么一位能干的师爷，凡事有人提点，安安稳稳做了两年多官儿全是托周师爷的福。若是让他单干，他自己就先有些心虚，哪里舍得让人家走。只是这话就是对了妻子也说不得，做男人总要有几分面子，有三分本事就要说成十分，若是真有五分本事，天下尽可去得。

狄希陈思来想去，觉得去了周师爷这根拐杖也好，难道自己一个积累了几千年知识与人类先进经验的优秀穿越大学生会比不过古人不成。再说了，人家出来做师爷也是为了求财，家里有事没道理不让人家回去。

狄希陈想通了也就不苦恼，笑道："他家亲戚送了信来说是他娘子去了，丢了两个小孩儿在家呢，家里的田地也无人照管。"

素姐道:“那他还回来吗?”

狄希陈道:“一来一回,咱们都任满了。他还有几天才走,叫咱们另寻个师爷呢。”

素姐笑道:“外头国家大事你说了算,我打点送他的礼物跟路上的吃食去。”就丢了狄希陈一个人坐在暖阁里烤火,自己去了后边耳房找小春香跟小荷花。

小荷花听说周师爷要走,叫她去厨房跟柳嫂子商量着做路菜,本来红红的脸蛋儿刷一下变得煞白,摇摇晃晃地去了,出门还叫门槛绊了一下,差点儿跌倒。素姐跟小春香两个都有三分奇怪。

小春香就道:“这个小荷花今儿是怎么了?”

素姐想起女儿说过小荷花突然多了些东西,因她今天有些奇怪,也不好再装不知道,就问:“荷花最近是不是多了些什么东西?”

小春香掀了荷花的妆盒,里边有两只宝石戒指看着眼生,一叠绣花样子底下还压着一块麒麟青玉佩,就叫素姐来看,道:“大嫂你看,这几样是不是?”

素姐看了道:“这就是了,你关上她的妆盒吧。”皱了眉又道,“她是个好孩子,肯定有缘故。”

小春香拿了那个玉佩在手里把玩半日,方道:“我好像哪里见过这个?不记得挂在谁身上的。”

素姐又看了看,不像是狄希陈的东西,看春香的样子也不像小九的,笑道:“你见过的,也就是咱们家几个人吧,也许小荷花喜事近了呢,无人处你问问她。若有,我替她把喜事办了。”

第二日狄希陈带了周师爷进来。素姐见他着意修饰过一番,风度翩翩站在那里,把憨头憨脑的狄希陈比了下去。素姐正要上前与周师爷行礼,周师爷却郑重拜了几拜,素姐侧身让过,只受了半礼,见狄希陈笑嘻嘻在边上也不拦一下,嗔他道:“好好的行这样大礼,你也不拉周先生。”

狄希陈拉了素姐坐下,方道:“今儿你受他大礼应该的。”

周师爷本来坐下,见素姐看他,又站了起来道:“今天有求而来,磕头都是小事,只求夫人答应。”

素姐奇道:“有什么事你家狄大人会不依你?”

狄希陈道:“这事儿还是要求你才成。他想求你收个义妹。”

周师爷老脸微红,厚了脸皮道:“我想娶一位继室,只是她的出身不好,怕带了回家叫人小看,所以要请夫人帮忙。”

素姐心里约略猜到是小荷花了,周师爷此举目是求她做妻,若说是狄大人的妻妹,将来婆家就不会看轻她,就有几分替小荷花高兴,满面堆笑道:“我可不乱认干妹妹的。”

狄希陈看素姐眼睛里都在笑,就晓得她是肯了。周师爷哪里知道素姐脾气,慌忙又站了起来道:“还请夫人成全。”

素姐眼睛不看他,只道:“怎么这半日茶都没有来,小荷花呢?叫她送茶上来。”说完了自己先笑起来。

小荷花已是送了茶到门口,看屋里有周师爷,本来发白的脸又有些红,又见素姐盯着她笑得奇怪,忙低了头将茶送上来。

素姐就拉了她道:“我收你做妹妹好不好?”

小荷花不敢做声,周师爷已是换了一副大大的笑脸连声应道:“好好好。”

素姐又道:“今儿有人来求亲,妹妹肯不肯呢?”

小荷花头一个拿眼睛看周师爷,他正点头而笑,小荷花知道事情成了,又惊又喜,挣脱了素姐的手就冲了出去。小春香正好送了茶食上来,素姐就叫她去追。这里周师爷再无闲话,只坐了那里“嘿嘿”而笑。

小春香笑嘻嘻将红霞满面的小荷花拉了上来,素姐就叫她认了姐姐、姐夫,命她先搬去紫萱院子里,又叫胡三多来办一份嫁妆。

狄家的管家们都道小荷花好福气,纷纷与她道喜,小荷花低了头害羞不语。素姐令全家改口称她二小姐,另与她做了衣裳与吉服。

周师爷因素姐郑重,也回去求了媒婆正式行聘换庚帖写婚书来。素姐就将聘礼做了陪嫁的嫁妆,另添了两橱四箱盆桶鞋脚等物,当真像嫁妹子一样把她嫁与周师爷。

狄希陈摆了酒请成都县里的二爷三爷四爷,热闹把喜事办了。周师爷跟改名薛惜荷的小荷花心满意足,坐了大船顺流而下。

小春香虽然替小荷花欢喜,想到自己将来,心里多少有些酸楚,无精打采在那里发呆，素姐见她在那里长吁叹短，心道路是她自己要走的，有什么样的结果她都要去承受，由她伤心几天也好，也不叫她做活，自与小镜子两个坐在暖阁里算过年的开销。

衙门里封印，几个本地师爷因周师爷走了，都与狄希陈送礼，狄希陈一一璧还，几个人还在那里拉扯，他不耐烦，走回来坐了素姐身边闲聊。

素姐见他帽子都歪了半边，笑道："躲债主呢。"

狄希陈道："刑粮几个师爷也不知是发了什么疯，好好地又送礼来。都叫我挡了回去。"

素姐抿着嘴儿笑道："想来是念着周师爷回家带的银子不少吧，都想做你心腹呢。"

狄希陈叹气道："周师爷再拿一倍也是应该的，有他在我哪里要做事。他才走了几天，我这里积了一堆的公事，还好今天封印，可以等过了年再说，从今以后我还得天天加班呢。"

素姐笑道："不然再请个师爷吧。"

狄希陈不服气，挺胸抬头道："没了师爷难道我就做不好官了？胡乱请几个师爷不难，要找又能干又忠心的可不容易。看我狄大人大发神威！"

素姐到底看的 YY 小说比狄希陈多些，这两年又顺利，就把当官看得容易，不见得古人能做得好的事，她的相公大人就做不好，对狄希陈极有信心。狄希陈不请就不请，横竖过几个月就家去了，也就不把这事放在心上。

狄希陈抱了一堆陈年旧公文在那里看，施展当初考进士时复制粘贴的本事，花了半个月时间编了个万用公文大全之类的东西，自以为得意，抄了一份要传给儿子，连素姐都不给她看，紧紧地锁在匣儿里又装进官帽箱。

石先生却送了请帖来，到底还是给他兄弟石二娶了个开小杂货店的人家的女儿为妻，问狄希陈借了二十两银子。狄希陈又送了二两礼金给他。他弟媳妇家因石先生在知县大人家里教书，觉得结了这样的亲眷也是有面子的事，收了十六两银子的彩礼，尽数做陪嫁又让女儿带回石家。过了初五石二就要分家，石先生先是不肯，道："不分家有我一碗粥，就不少你半碗，何苦分家。"

石二在新妇面前哪里肯让兄嫂说他从前的丑事，又想分了家才好动房子与妻子的嫁妆的主意，执意要分家，请了母舅来主持。他家母舅也巴不得两个分家，虽然石先生不肯，全家都是支持分家的，无奈道："咱们分家不分居吧。"

石二哪里肯，占了半边院子第二日就从当中砌了墙，另开了大门出入。石先生见妻儿都眉开眼笑，叹气道："当初家里穷，只供得起我一个人读书，所以我兄弟去与人家帮佣，得了钱助我读书。其实他比我聪明呢，咱们只有感激他的，你们也太凉薄了。"

石师娘的心绞痛因分家不药而愈，也不跟丈夫理论，背了他自拉了儿女道："从今天起咱们可算是出头了，你们也半日读书，半日跟我纺纱织布呀，我买了两架旧织布机放在外婆家呢，怕二叔拿去卖了不敢拿回来。明儿搬了来，就算没有你爹，咱们自己也能养活自己。"

周师爷娶了小荷花为妻，又带了几千两银子回家，心满意足不做第二人想，到了安庆，又停了几日，给小荷花买了两个婢女使唤。小荷花本是贫女，相貌不过中人之姿，也没有想过周师爷会正经聘她为妻，却有十分的惶恐。周师爷安慰她道："你比平常大族的小姐好多着呢，不要妄自菲薄。"

小荷花道："我自己心里清楚不是小姐呢。"

周师爷笑道："谁说你不是小姐，到了咱们家你看看，我家在南京也算大族，家里的几十个女孩儿，能比得上你的一个也没有。狄夫人我算是服了她了，侍婢都调理得这么好，不知道将来小紫萱这个孩子，谁家不计较大脚娶了去，才是他的福气呢。"

小荷花红了眼圈儿道："我从四五岁起到十岁转卖了三四次，到了狄家才过上好日子，大嫂教咱们读书识字不说，有一回秋香姐姐失手打碎一个一百多两买来的玉观音，大嫂连指甲都没舍得弹她一下，先问她手扎破没有。"说罢红了脸道，"若不是因为你，我情愿一辈子待在狄家做老姑娘呢。"

周师爷笑道："幸好遇见了我，不然你天生夫人的命做老姑娘可惜了。只是我就奇怪，那个小春香算是难得，怎么狄大人不纳了为妾，反送了他家小九？"

小荷花道："春香姐姐心里只有九叔，情愿做妾。从前多少举人进士来求，她自己都不肯，非要正大光明一夫一妻呢。也是爱极了九叔方才如此。"

周师爷笑道："还是一夫一妻的好，加个妾添多少口舌呢，皇上生多了皇子还争天下，咱们平头小百姓，安分过日就是，生那么多儿子有什么用？老的一去，小的非要斗得你死我活，祖上的些微产业都叫外人取了利去。”因小荷花听不明白，又道，“我就爱你泼辣呢，回了家可不要改小媳妇的脾气，我家亲戚有不像话的，你赶了出去就是，不必怕我跌面子。”

小荷花瞪大了眼睛看他，周师爷苦笑道：“我家老太爷十来个儿子，几十个孙子，良莠不齐，你只记着咱们跟二房是真好，别人都不必理他。如今我带了四五千两回家，必有人来打秋风。”

小荷花点头道：“就像大嫂对付狄三爷那样是吧，那个道理我明白，大嫂说过呢。那样的人不能给好脸色，吃了五谷想六谷，吃了米饭还想肉，少一点儿就是他仇人，只怕大棒子打他。”

周师爷想到那个狄神仙，果然见了素姐如耗子见了猫，顺着墙根儿走，十分好笑，想必是叫素姐打怕了的，笑着点头道：“极是，极是。”

小荷花得了周师爷的意思，到了南京当家理事，果然有四五分像素姐的样子，对周师爷前边两个男孩儿又十分的好，下得厨房上得厅堂。不但算账时算盘打得精，就是人情来往的帖儿礼单儿，她自己就能写，字虽然不似周师爷那么好，周家的小姐们却找不出一个比得过她。周氏合族就真当她是个小姐，房族里头来往十分地尊敬她。

第三十九章 狄希陈断案分产

狄希陈自以为做足了功课，将积压的一些公事都处理好了，信心满满地去县衙，中午忙得饭都没有来家吃不算，又拉了小九去帮忙。晚上回家，两个人都累得跟扒皮狗一样，下巴挨了桌子喘气。狄希陈男子汉大丈夫，怕素姐嘲笑他，咬着牙坐直了等上菜。

小九软趴趴倚着桌子，道："平常我觉得周师爷闲呢，不是看书就是下棋，公文往来随手写几笔就是。今儿才知道这不是个好差使。一个典故，翻了半天书，又不能犯御名、朝讳。五哥还是请个师爷吧。"

狄希陈摇头，素姐看他还在死撑，笑道："我恍惚听说文书上有错别字是要打板子的，你还是请一个吧，不然错太多官面上不好看。"

狄希陈叹气道："人家的幕僚都是跟了十几年的，咱们这里只有几个月，有真本事的谁肯来。没本事的请他来反而坏事。"

小九面前摆了他最喜欢的板栗烧仔鸡，也提不起兴趣来动筷子，叹了气道："明天我得上祝先生的课，五哥你一个人忙吧。"

狄希陈因他提到祝先生，眼前一亮，拊掌笑道："单是处理来往文书，请他找个人来不难，毕竟世家公子出身，总有些门生故旧。明日请他吃中饭。"

素姐"嗯"了一声，道："酒席就摆暖阁吧，明儿中午我到紫萱屋里吃去。"说完站起来走到门边看挂在门后边的皇历，笑道，"这都半年多了，家里怎么还没有来人？"

狄希陈笑道："想儿子了？我叫狄周他们二三月起身，正好来了看行李回家。来早了也烦，这个狄周仗着是老人，凡事就爱偷懒耍滑头，说他几句还跟你顶嘴。"

素姐笑了，道："别说是咱们，就是公公婆婆那里也是一样。我从来不说他，就你爱跟他计较。"

狄希陈摊了双手道："难怪他背后总说你好呢。"拿了灯又叫小九同去书房。

小春香一直躲在后边，听到前边小九走了，方到前边来帮着收家伙。素姐见她这个把月瘦了一圈，眼睛还有些红肿，想是哭过的，心里有些怜她，笑道："你也累了一天了，去歇歇。"

小春香勉强笑道："只怕大哥跟九叔要到半夜呢，我去厨房备消夜去。晚上吃什么？"

素姐道："上次煮酒炸的那个糯米肉圆子就很好，你叫她去吧，炸好了拿青菜下了吃。"

煮酒正俯下身揩桌子，闻言笑道："还有好些呢，不必现炸，回头我一个人去就得。"

小春香还不放心，吩咐她道："多做几碗，守门的守夜的说一声儿，叫他们自己去取。"

素姐拿了些碎布在桌上拼，笑道："如今都穿水田衣，咱们家布头也多，我拼了做一件玩，就是不好，也不算糟蹋东西。"

小镜子知道素姐凡是要做什么，必是要拿了纸与细炭先画样子的，就取书房里装细炭的盒子与一叠纸来。春香已是点了四支蜡烛放在条桌上，又拿了两面镜子将光反射过来，大方桌那一圈儿就变得极亮，自己也拿了针线过来靠着素姐坐下。小紫萱跟小杏花坐了另一边，还有一边留给了那几个小丫头们做活。

素姐拿炭在纸上画人玩，一时不慎，在个长发美女身下顺手画了一件小吊带，一条超短裙。小紫萱眼尖，问道："这是什么？"

素姐回过神来，汗都下来了，看女儿纯真的眼神，硬了头皮撒谎哄她道："这个是穿在里边的小衣儿，娘想新样子呢，你不是总说小衣儿纽子太多吗？"

小春香跟小杏花都伸了头来看了几眼，红了脸又低头做活。素姐忙道："你的功课写完了？"

小紫萱低了头写字不语，素姐将纸揉成一团，另画了样子，就比照着形状先把布头缝成大块。

炭盆里的铜水壶已是烧了四壶开水，素姐才起来要叫煮酒去烧夜宵，抬了头找人，春香听见动静笑道："煮酒去了呢，翠兰跟翠花也跟了去。小镜子我叫她到书房里看茶水去了。"

素姐看女儿跟小杏花都哈欠连天，还在那里写字，心疼道："你们两个歇歇吧，后日才是石先生的课，明儿再写也不迟。"

小紫萱听母亲这样一说，忙丢了笔甩手道："杏花姐姐咱们明天再比。"

小杏花点头收了纸笔，又拿出针钱来，小紫萱垮了脸道："我去找爹爹说话。"

素姐也道："大家都歇歇吧，正好查考你们几个上识字班的功课。"她们这里问答得热闹，狄希陈跟小九让小紫萱纠缠得做不了正事，也走到暖阁等消夜送上来。

小九一进来，小春香就要退出去，狄希陈受不了这一套久矣，忙道："回避什么，咱们家没那么多臭规矩，留下。小杏花你们几个带小姐回屋里去吧，我们有正事要说。"

小春香心里一喜，说正事把她留下，那是拿她当狄家媳妇看了，霎时春风满面，走到门边吩咐小镜子道："你在门外头守着火盆烧水，不要让人进来。"退一步将棉门帘仔细放好，又笑道，"我去沏几碗茶来。"

狄希陈冲素姐挤眉弄眼，素姐不理他，方板了脸正经说话："新年头一回放告，就接了张分家争产的状纸，咱们四个人聊聊吧。"

素姐迟疑道："怎么断案子你们心里有数的，聊什么呢？"

狄希陈就把原委说给她听，成都县里有个洪姓乡绅，一个大儿子二十来岁了，妾又生了个小的。老头儿临死将财产分了大半与大儿子，小半与妾生的。房族中鸣不平有之，打太平拳有之，吵了两三年，小的那个才十岁，生母无主张，银子都让族里人哄了个精光，又让人唆使着来告。

素姐笑道："果真要聊聊的，你怎么想？"

狄希陈笑道："若是家分得不好，咱们将来也过得不安稳。必要想个万全之策，看这个情形自扫门前雪是不行的了。"

小九也道："我还没分到家产呢，也很怕家父要搜了我的银子分给哥哥们。"

素姐低了头想了半日道："你们的意思是我把小作坊让出来供养狄家族人？"

狄希陈苦笑道："我的意思是，我们做官得来的银子自收起，咱们不说，别人也不知道有多少。大作坊相于庭跟杨家都愿意接手呢，他们也不敢下手。唯有这个小的，是块烫手的山芋。"

素姐叹道："这块肥肉吊在眼前好几年，你是怕没了指望他们要打小翅膀的主意吧？"

狄希陈点头，将来小翅膀被人唆使来告，哪怕告不倒自己也要脱层皮丢几千两银子，不如先将这些人安抚好了，狄家作坊其实也开不了几年，技术上不比别人超前，只有管理先进一些，若是狄家内斗，管理松懈下来，马上就关门也有可能。

素姐也想到这点，笑道："都依你，你打算怎么办都成。"

狄希陈又指了小九道："还有他的事呢，他想把财物都寄放在咱们这里，日后小春香过门时带过去，掩他家父兄耳目。"

素姐听了笑道："你放心的话交给我们就是。这么一来，咱们家的小姑娘们，来求亲的人就更多了。"

小九看小春香喜出望外，笑道："我这样一个穷人回家，只怕娶不起妻了，有大哥的旧布衣替我寻几件儿。将来五哥五嫂哪里买了庄子，我就在边上买几亩地住着吧。"

狄希陈偷偷买了新地的事，只有他夫妻两个知道，忙笑道："那是再好不过，我回了家正要另买地盖房呢，你嫂子就觉得住在作坊边人多太吵。"

小九趁热打铁，站起来先谢了兄嫂道："我只得三顷田地，再得两三亩地盖儿间草房，正好靠着五哥的大树，吹不得风，淋不到雨，神仙也不如我。”

狄希陈笑着指他道：“你就会偷懒，若是我这大树倒了你怎么办？”

小九正色道：“咱们都姓狄，一荣俱荣，一损俱损，谁犯了事一家子都跑不掉的。”

素姐点头道：“九叔说得极是，亲戚们虽然讨厌，在别人眼里，咱们终是一家子，割不开呢。”

狄希陈见素姐也妥协了，心里还是有些气闷，道：“若要咱们白白养活这些蛀虫我是不肯的，我就想了个法子。将作坊的收益提出来，我本来想办书院的，咱们再办个家学。只要家里有孩子读书的，不论男女都一月发一两银子，一年发三季衣服。考中秀才的衙门使用都在咱们，每月多支二两银子助学。中了进士咱们就不管他了。”

素姐笑道：“这个法子是好，就怕人家到七十岁还在读‘人之初性本善’。”

狄希陈道：“还要考的，两个月考一次，连着六次考倒数第一，上学没有钱发。两年里边大考倒数三名的请他回家。若是女孩儿，每年大考一次考了前三，咱们都助嫁妆银三十，若是从六七岁读到十四五岁，加上每年积的，也很可观了。”

素姐算了算，狄家几房不超过五十个孩子，也还做得起，只怕大人们也要来上学，就拿了算盘在那里算账，半日方道：“待遇太好了呢，倒不是供不起，只怕太安逸了孩子们没有什么出息。女孩子们嫁妆银极好，我都依你。学里供中饭跟下午点心，衣服照旧考倒数的减一季衣服。两个月考一次，第一给二两，第二到第五都是一两银子，第六到第十只有五钱，别人都没有。考中了秀才咱们也只有考了优等助二两到五两不等，他若不考优等一个月只有一两，加上学里的二两也够使了。怎么样？”

狄希陈心里粗略算了一下，素姐一刀差不多砍了一大半去，单个的人看上去拿得多多了，其实总支出并不多。他笑道：“你想得倒是周全，这样一来家里穷些的，上学也有动力，家里有钱的，倒真看不上这一点儿，也算均贫富了。”

小九笑道：“回家了我先去考一个秀才，一年有几十两银子混日子就很不错了。只怕我未婚妻不肯嫁个穷酸秀才呢。”

小春香想到若是无人肯嫁他，自己嫁了去就算是妾也不怕，有了正妻，九爷的钱都是自己收着，自己才是他的贴心人，也没有什么好怕的，就去了心事。她听了半日，道："那咱们呢，将来回了家翠玉她们还读书不读？这个石先生就会教几个字儿，她们《论语》都读不通顺呢。要管家总要读得通《治家格言》吧。"

狄希陈就忘了这个，自己家里还专为丫头们请个先生，在成都还罢了，回了山东只怕亲戚还有话说。

小九听了大笑道："五嫂没空教，春香你教就是，也叫嫂子送几两束修咱们使。"

狄希陈已是拿了纸笔将方才商量的条目都记了下来，方长吐一口浊气道："但愿狄家的下一辈们能长些知识，书读多了虽然有些迂，却好过无知胡闹。"

素姐冷不丁冒出一句："有知识的流氓比无知胡闹杀伤力更强。"

狄希陈听了吓一跳，看小春香没听懂，小九仿佛没听到，方放下心来冲素姐使眼色道："我还要办个书院呢，算是为明水地方做件好事，你觉得呢？"

素姐道："这个我依你，怎么办都行，尽作坊每年挣的银子花吧。供书院使用，将来作坊不会被人占了去吧？"

狄希陈道："不会，我再拉几个好名的士绅来，大家作兴起来，我出钱他们图名，别人没处下爪。"

素姐点点头，留了他与小九两个接着商量细节，留小春香跟前照管灯火茶水，到女儿房里吃了夜宵，看守夜的媳妇子关好了门才回家。差不多天亮，狄希陈兴奋得满脸通红回来，笑嘻嘻道："从小，我的理想就是干掉我们校长，这回，老子比他早几百年当校长。"

素姐拉了他睡下道："你睡吧，现在想那个叫不务正业。明儿那案子怎么审心里有数没有？"

狄希陈道："从前遇见这种事，都是先拖，拖到差不多了才胡乱断一下，他们的银子不是容易得来的，也不会轻易送出来，我拖两三个月，他拖垮了自然要撤了状纸，也就无事。分家这种事跟判离婚一样，总有人说你断得不公，能不断就不断。"

素姐看他心里有数，也不理论，两个又睡了一个时辰才起来。

却说那洪家的小儿子是穷了才起意要告的，衙门里上下多少要使用些儿，都是洪氏族里垫付。狄希陈拖了七八天还没动静儿，洪氏族里有几个人就着急了，上蹿下跳去找门路，洪大郎家也免不得送些。周师爷不在，那几个师爷见钱送到跟前，没有不收的，一个刑房李师爷就收了洪大郎五十两银子，一个钱粮刘师爷却收了洪小郎家二十两。两个师爷心里各有打算，要寻狄希陈说情。

第四十章

两师爷背后捣鬼

狄希陈压了那张状纸，总没有什么话说，新年里吃年酒，从头到尾吃下来也要个把月，自以为能把这个清官也断不清的家务事给他大事拖小，小事拖了。却不料有两个师爷私底下都为这事收了人家银子，眼里滴血一样盼他做主。

这一日李师爷转到狄大人的外书房，狄希陈中午在丁同知家里吃了几杯酒，正晕乎乎半躺在火盆前的圈椅上打瞌睡。小桌子见外头有人，忙掀了棉门帘去看，李师爷点头哈腰道:“大人在家？”

小桌子道:“李师爷有要紧公事？我去请大人起来。”

李师爷忙道:“一点儿小事，我等大人醒来。”

小桌子看他说话前后不对，只怕真有什么避了人的话要说，请他火盆边坐了，自去煮茶。因锡罐子里茶叶没有了，央了一个门子替他烧开水，自己去后边找春香要茶叶。小桌子才走到后门口，刘师爷又拦了他问道:“大人在家？”

小桌子指了指书房道："在里边呢，李师爷仿佛有事找他。"

刘师爷也知道李师爷收了人家的银子，忙打个哈哈道："我随口问问。"眼睛睃到小桌子进了后宅，飞快地绕到书房窗下，正待伸头，里头狄希陈正好站起来伸懒腰，看见他招招手儿叫他进去。

李师爷见天赐良机叫刘师爷分了一半儿去，背了狄希陈拿眼瞪他。无奈瞪得牛样大眼，刘师爷都当是小绿豆，笑呵呵与狄希陈说些钱粮赋税之事。

小桌子送了茶进来道："祝先生跟两位读书人在外头，要寻老爷说话。"

狄希陈忙道："请到后宅去，我洗了脸就来。"一面整衣裳，一面将茶一饮而尽，沉了脸道，"这里还暖和，两位再坐坐呀。"前边小桌子打了帘子，就大步出去。

李师爷见屋里没有人，埋怨道："刘兄何苦跟我过不去？"

刘师爷拱了拱手道："我收了洪小郎的二十两银子，已经花完了，李兄何不成全我一次？"

李师爷道："我女儿结婚，就指望这几十两银子办嫁妆。"两个人各不相让，对视了一会儿，都笑了，携了手到火盆边坐下，李师爷先道："狄大人……咱们都心里有数，如今那个镇山太岁回家了，不如咱们两个吃下这个事。"

刘师爷有些迟疑，李师爷又道："就算将来如何，有什么往他身上一推，与咱们也无干。"

刘师爷想了半日，咬牙道："他们吃肉，也要把些汤给我们。"

李师爷就取了一封狄希陈的信来，照着他的字迹写了一封信，要洪大郎分一千两银子与洪小郎用，晚上回家拿萝卜刻了狄希陈的一枚闲章，袖了亲自到洪大郎家去。洪大郎本是个小气的人，不然分家时也不会拿了大份儿就不照管小的，他虽有几个村钱，却是一毛不拔的性子，心肠也有些狠毒。洪氏族里想从他手里挤些银钱出来，闹了几年，钱都送与别人花用，就是没有几文到手，所以要投了告状借官威吓他。李师爷将了书来，洪大郎结结巴巴念了半日，方晓得狄大人是叫他分一千两与小兄弟，他哪里舍得，就托李师爷说情，李师爷装了半天样子，方答应替他说到八百两。洪大郎晓得这些师爷是无利不起早的人，情愿再送他五十两，还要再让让价儿。李师爷袖了银子，佯怒道："若要狄大人收回这封信，也要一千两银子。"

洪大郎叫他唬得六神无主，忙拿了五百两银子出来道："这些银子还请李大人拿去使用，但求得一封狄大人的书信来，还有些微心意送上。”

李师爷觉得也差不多了，就收了信笑道：“我替你说说吧。”叫自己的长随挑了银子到家，刘师爷已是等候多时，见他果然取了银子来家，十分佩服，两个人各取了一百两银子分了，那三百两，还是李师爷操刀，又造了一张狄希陈写的字条儿，与银子一盒装了拿与洪小郎的一个舅舅看，又道：“我们狄大人怜你外甥孤苦，一力替他主张，从大房里要了三百两银子来，你叫你妹子来收了做个小本生意吧。”

将那张纸条儿一扬，又袖了回去道：“大人跟前还等我们回话，就不吃茶了。”

边上一个洪氏族人忙取了两个五两一锭的小元宝送上来道：“大人面前务必要提小侄，多多美言几句。”

刘师爷笑嘻嘻推开了道：“这里有甘结，叫少爷来画押打手印，咱们就把这事了解了。”

洪氏都猜洪大郎必是拉了狄大人做靠山，他母舅与几个人凑了一处说了半日，将文书拿去给孩子按了手印，收了银子自去分了，还算孩子的母舅有些良心，拿了分来的几十两银子都付与自家妹子。

李师爷晚间又去狄希陈书房里偷出那张状纸，与甘结一起拿了给莫大郎看，诡称是狄大人授意。待莫大郎取了三百两银子出来，他就拦着莫大郎说话，刘师爷假装不小心推倒了油灯，将两张纸烧了大半。此番做作，两个师爷各到手二三百两银子。他们提心吊胆几日，见狄希陈丢了状纸都不知道，两个胃口也大了，心气儿也高了，再有这样的事做起来也顺手了，渐渐衙里的快手番子们知道风声都来分一杯羹，只瞒着一心一意捉错别字的狄大人。

祝先生介绍的两个师爷过了三个月才来，狄希陈置办了两桌酒接风洗尘。其中一个小祝师爷却是祝先生的族侄，帮着检查错别字的，另一个赵师爷情知狄希陈过几个月要回京的，不过帮着润色文书罢了，哪里似周师爷那样细心。来往公事还是狄希陈拿主意，比不得从前清闲，衙里边事，只要大体不错，狄希陈也不过问。

慢慢到了四月，狄希陈也有些纳闷，往年这两个月多少有些案子要审，今年三月一张拘票也没有发出去过，颇有些怀疑，只是衙里上下结成一块，单哄狄希陈与两个新师爷，狄希陈哪里晓得就里。

小桌子经常见几个人在后巷鬼鬼祟祟转来转去，见他来了就避开，有时远远瞧见与李师爷或是刘师爷前后去了巷口的一个小酒店，与小板凳玩耍时就说了出来，小板凳比他精明些，猜那两个师爷必是有缘故，晚间拉了小桌子到内书房说给狄希陈听，狄希陈道："水至清则无鱼，难得糊涂呀。咱们过两三个月就要家去，何苦为难人家。"

小板凳本以为狄希陈总要夸他几句，谁知主人那意思好像是自己找麻烦，心里不服气，偏走到了后边说与素姐听。素姐晚饭后当了笑话说给小九听："那两个小子盯人家梢儿去了，非要说李师爷跟刘师爷背着你五哥搂钱。"

小九道："这两个人近来很不老实。我今日听石先生说咱们五哥的风评不大好，只怕就是他两人捣的鬼，不如查查吧。"

狄希陈见爱妻跟兄弟都这么说，笑道："我也查考过，并没有什么见不得人的。咱们吃饱了饭，也要容旁人喝几碗粥，差不多就算了吧。这年头跟个官挨边的没有不贪的，就是查出来又怎的？养肥了的狗比从来没吃饱的饿狗害处总要小些吧。"

小九不以为然，道："大哥傻了，衙里的人不比官儿，三五年就走，一辈子做的官差，从来都是瞒上不瞒下的。不如叫胡三多来问问，就知是不是。"

狄希陈也觉得有理，就招了胡三多来。素姐首先道："我们老爷听说你家泰山大人最近手头宽裕了许多，又娶了一房十九岁的妾，有没有这事？"

胡三多道："有的。大人不问，小人也不敢说，既然大人什么都知道了，俺都说了就是。"

就将李刘二师爷如何造假文书，如何两个哄瞒，借了大人的名头收人家钱等事竹筒里倒豆子说了个一清二楚。

狄希陈气得手脚冰凉，一迭声叫请两位师爷来喝酒。

小九示意胡三多出去，又道："五哥不要生气，咱们从长计议。"

第四十一章

狄希陈施计除蠹

狄希陈捧了茶碗，想了半日，苦笑道："我这是怎么了，只许老爷我放火，不许人家点灯？他们做的跟咱们做的并没有什么两样，都是搂人家钱呢。"

素姐跟小九都愣住了，狄希陈又道："我也不是好人，做官就想着不求有功，但求无过，又要好名声，又要收人家钱。"

素姐到底与狄希陈相知甚久，想了想笑道："世道都是如此，谁叫明朝给官儿的薪水太少。你给下边的好处也不多。"

狄希陈叹道："不错，我们不少那几两银子花，我要做好人，也不能总叫底下人挨饿。只是这几个人行事着实可恶，一定要治一治。不然史书上记一笔，明水狄希陈任成都知县，以贪墨闻名，我就完了。"

素姐心里算算狄希陈这两年收的可不少，虽然没干什么伤天害理的事，骨子里也的确是个贪官，不禁有些心虚道："照那个六十两剥皮填稻草的旧例，你也够剥上千回了。真治了他们,不怕咬出你来?”

狄希陈咬着牙道:“总要给他们点儿教训，叫他们不敢再打我的幌子招摇撞骗。”

小九道:“要是周师爷在就好了。”

狄希陈哼哼道:“我也想他。”

素姐看他两个刚才还气势如虹,现在又垂头丧气,笑道:“我去烧壶热水来冲茶,你们两个慢慢想法子吧。”

素姐掩了门叫春香守在外边,到女儿屋里瞧了瞧,又叫柳嫂子煮银耳莲子羹当夜宵,方转回暖阁。狄希陈兄弟两个笑嘻嘻在那里下棋,见素姐进来,狄希陈就道:“我以后不做贪官了。”

素姐笑道:“好呀,只是你的心意我知道,县衙里那些老爷们可不知道。”

狄希陈笑道:“我疯了呀,只要你支持我就好。我若是说我明天要做清官,后天就是大人们的眼中钉,大后日就要叫人挤回家,清官人人都嫌的。”

小九也笑道:“我们刚才说来,第一等的好官是不收钱做好事,第二等的是收钱做好事，第三等的是收钱不做好事，第四等的就是自己以为不收钱，其实做坏事。第一等的才是有大才的人。”

狄希陈接了口道:“我这样的人,只做得了第四等。”

素姐点头道:“我明白的,当初也是晓得不收人家钱做不长官,所以人家送来也就收。谁知道收着收着,倒忘记了本意,叫钱财迷了眼睛。”

狄希陈站了起来,在窗前走了两个来回,握了拳头道:“以前我胆小怕事,心里有些想法都不敢做,生怕惹了祸事连累你们。现在看来,人都欺我呢,也要做两件事给他们看看。娘子,你带小紫萱先回山东吧。”

素姐顾不得小九在一旁,紧紧拉了狄希陈的手道:“让九叔带孩子回去,我要跟你在一起。”

小九溜到门口回头道:“我也不走的。”冲春香挤挤眼睛,取了灯出去。

小春香差点儿将手上的铜水壶跌到火盆里,定了半天神,要将开水送进暖阁儿,掀了棉门帘从缝里见狄希陈与素姐拥在一处,脸上又烧起来,忙退到火盆边坐下,捡起火箸拨炭,一时走神儿,衣带就掉了火里烧掉半截,她还没闻到煳味。煮酒在外间经过，冲进来道："姐姐可是睡着了？"又见她满面通红，道，"姐姐可是病了？我进去跟奶奶说一声请个大夫来瞧瞧吧。"

小春香拦她道："我没事。"

素姐听见外边说话，推开狄希陈，红着脸儿出来道："打水洗脸洗脚。煮酒去厨房说一声儿，九爷的夜宵送他院子里去，他家福伯另下面给他，上次九叔说他总要买几个烧饼半夜饿醒了放火上烤热了吃，吱咕吱咕怪吓人的。"

春香忙道："我也去吧，福伯喜欢碱水面。"就与煮酒两个提了一盏灯去了。

狄希陈站了门口笑道："春香一片痴情，只怕将来有的苦受呢。"

素姐笑道："小九知道的，也为她打算好了。我倒有些可怜他的正妻，嫁来了一定不如意。"

狄希陈拉了素姐的手道："别人家事与咱们无干，走，咱们回屋办正经事。"

素姐啐他："儿子都要娶亲了，你还这么不正经。"

狄希陈装腔作势道："我是有正经事呀，我想办个济贫院回报社会，要问财主拿银子呢。"

素姐道："还有呢？"

狄希陈笑嘻嘻不说话，拉了她就走。

小翠玉已经在卧房里将被窝烘好了，见他二人进来，忙拿到床上铺好，方掩了门退去。

素姐道："她倒好，翠凤就没有这么细心，翠花我又觉得她吵得慌。"

狄希陈道："你到明朝才十来年，劳动妇女摇身变成封建地主婆，鄙视你。"

素姐道："咱们半斤对八两，倒是你刚才说的回报社会，到底打算怎么做？"

狄希陈道："一个济贫院，一个施药局，我出银子，找几个名声好的士绅办起来，你觉得呢？我以前总以为自己做不了包青天那样的官儿，也还算不错。现在清醒了，觉得自己一无是处。"

素姐道："你说的对，只是现在就出银子，人家八成要说你沽名钓誉，还要从长计议，凡事都不要操之过急才好。"

狄希陈道："你提醒了我，明儿叫管家们去打听打听，成都境内有几个济贫院施药局之类的地方，咱们都捐点儿吧，自己从头办出风头是小事，只怕所托非人。"

素姐自从到了成都，总觉得哪里不太对，如今要把得来的银钱捐出去，心里就松快了许多，脸上露出笑来道："还有学宫、书院，这些地方若是少银子，咱们都可以拿些银子的。总比拿了回家叫子孙们败光了强。"

狄希陈笑道："还是老婆知我心意呀，换吴知府这么败家产，吴夫人一定拼命。"

素姐对镜摘了头面，回头故意露出牙齿一笑："只要不动我那两个作坊跟你头一回挣的八千两，我都不在乎。"

狄希陈正色道："那是咱们真本事挣的，还要拿来养活儿女，谁动我跟谁拼了。"

外头春香先咳嗽了几声，方带了翠玉几个人送了两桶水与两个脚盆进来，狄希陈等她们都出去了，就要先泡脚，素姐不肯道："我要先洗脸，不然水凉了洗不成呢，总不能叫小姑娘们再跑一趟厨房烧水。"

狄希陈笑着先洗了脸洗脚，少时素姐素着一张脸儿，将头发拿首帕包好了才靠着狄希陈一起泡脚。屋里点了几支红烛，烛光一跳一跳，略微能听见外头有风雨声。狄希陈跟素姐都有些痴了，靠在一起舍不得说话。突然狄希陈觉得脚盆里水冰凉，道："都四月了，怎么还这么冷？难道又有灾？"

素姐道："不会吧。只是连日阴雨，冷了些。明日若是天晴了，就热了。"

狄希陈叹气道："但愿风调雨顺，这两年成都百姓的生活，比我才来那一年差好些呢。"

素姐不比狄希陈忧国忧民，心中记挂两位师爷，笑道："眼前的两位师爷你怎么办？"

狄希陈道："你记不记得小时候看《故事会》，有个丢官印的故事？我也来演一回。"

素姐想了半天才想起来，笑道："你也太没创造力了呢，人家就一定会上当？莫小看人家智慧。"

狄希陈笑道："他偷了我许多状纸，却不知道我其实记了小账的，放家里内书房了。我是他们上司，正经请他们吃酒，他们敢不来？来了这事就成了。"

果然第二日狄希陈不动声色，找了借口要请李师爷跟刘师爷到书房吃酒，就是小九作陪，还叫了两个唱的来助兴。刘师爷年纪轻些，心里打鼓，先寻了李师爷商议道："咱们不去吧，只怕他是知道了风声儿要找咱们麻烦呢。"

李师爷皱了眉道："都是顶了他名头做的，闹出来他这个官就到头了，只怕是要咱们吐出些给他吧。咱们一口咬定是他支使的，他也没话说，又不是清白人儿，大家都不干净，怕他做甚？"

刘师爷胆小，虽然吃了定心汤，还是不敢赴宴，在家里左右磨蹭，狄希陈命人来请，方畏畏缩缩去了。

狄希陈见他两个都来了，笑说自己任满，舍不得两位能吏，左一杯右一杯劝酒，先自己喝上了。李师爷留心，喝得不多，狄希陈也假装看不见。喝到正热闹处，小桌子进来说："有要紧公事，还请老爷办完了再喝酒。"

狄希陈大着舌头道："扫兴，拿了这里来办吧。"小九也道："连官印一起拿过来，正好今天开开眼。"

果然小桌子飞快地捧了几封书信与官印箱子来，放了条桌上打发两个粉头道："大人办公呢，你们两个出去歇会儿吧，弹月琴的乐师也去吃点子再来。"

狄希陈摇摇晃晃站了起来，走到条桌上开了箱子看，骂道："还有我的私章呢，怎么不放在一处。"伸脚在小桌子屁股上踢了一脚骂道，"看好了箱子，我自去找来。"一边骂一边出去。李师爷跟刘师爷两个递眼色，就要辞了出去，小九一把拉住他们两个道："无事，叫唱的们进来，趁我哥哥不在，咱们好好乐乐。"换了大杯要跟他们吃酒。

李师爷哪里肯留下，苦劝道："九爷少吃几口，还有公事要办呢，狄大人已是生气了，咱们歇了酒吧。"

小九笑嘻嘻道："今天好意酬谢你们，不要敬酒不吃吃罚酒，我五爷不快活了，你们也没好日子过。"

刘师爷见小九话里有话，他胆子又小，心里更想着先走，就拉了李师爷，两个人要灌醉小九才好脱身，重新又拿起大杯劝酒来。

小九叫进了两个唱的坐在他边上，装出一副浪荡子的行径，把两个粉头迷得分不清东南西北，喝到动情处，贴着他的脸哥哥妹妹起来。小九拉了两个粉头不舍得放手，酒也不吃了，笑道："云儿雨儿陪我散散酒去。"跟两个粉头出门，走了一会儿又回来找刘师爷道："云儿说要找你来呢，快跟我们一起去打秋千。"这里小桌子见他出门，跟在后头喊："九叔，快回来。"也追出去了。

书房里只留了李师爷一个，不知道是去是留。走了怕狄希陈生气，留下又不知道狄希陈是不是要找他们麻烦。他坐立不安，免不得在书房里转一两圈。那个弹月琴的乐师见两个妓女没来吃饭，到了书房边又没有听见唱，偷偷从窗外看，只看到李师爷在那里翻条桌上的东西解闷儿，有心要进去问一声儿，又不敢，站了窗外边打转转，叫过路的两个门子看见了，站了一处说闲话，要打听他家两个婊子去了哪里。

小板凳在墙头都瞧在眼里，翻了下去回内宅报与狄希陈知道。狄希陈就洗了把脸，鼓足勇气，装出一副皮笑肉不笑的笑脸来，回到书房。

李师爷见狄希陈进来，想来是有话要说，先要告辞。狄希陈道："略坐无妨，这些文书还要请李师爷看看。"就拣了一张递他。其实刚才李师爷除了官印箱不好打开，都是看过了的。此时李师爷心里觉得不对，急于脱身，随口指着某处说好。狄希陈点头道："李师爷才干都是极好的，你都挑不出错来，那我就用印吧。"开了印箱，翻了半日道，"印呢？"

李师爷此时已是醒悟，站了边上冷笑道："狄大人何必惺惺作态。"

狄希也不抬头，一边乱翻一边道："李师爷想想，刚才是谁拿了出来玩？"

李师爷并不说话，狄希陈心里也有些怕他狗急跳墙，忙高声叫人，外边的小桌子与几个门子都冲了进来。狄希陈觉得自己声音都有些发抖，哑着嗓子道："官印不见了。"他本是心虚，外人听起来却像是有几分着急。其中有个门子年纪大些，见李师爷像是急着要走的样子，忙道："印丢了是大事呢，大人丢官，咱们也要打板子，大家都找一找。方才书房里还有哪些人？"

狄希陈就问小九跟刘师爷哪里去了，过了半日小九来说，刘师爷带了唱的云儿跟雨儿回家睡觉去了。闻讯过来的祝师爷并不知情，只当印真丢了，忙道："快，大人快带了人去刘师爷家查一查。"

原来刘师爷没有妻子，一个人单住一间小院儿，李师爷说自家人多眼杂，刻的假章，私填的拘票等物都是放在他家。因两个人分赃，又要分些与别人，所以每做一件事，总要留个角儿下来，填了数字好分赃，此时哪里敢计狄希陈去抄。衙役们都有些知情，都不肯动身。

狄希陈看他们都不动，知道要是此时自己软了就不好下台，鼓足了力气推倒了桌子，怒道："都跟我去。"点齐了县衙里所有的衙役，先将李师爷关了空房，命人守着。狄希陈知道单叫人去，必不肯的，中国人的心理是不做出头鸟，若是当众点人，没人肯做头一个说不的人，果然当众挑了十几个年轻的快手，个个都没有话说，顺顺利利带了去刘师爷家。

刘师爷一龙戏二凤，快活得如神仙一般。狄希陈带人砸开院门，他那里还停不下来。狄希陈命人守了前后门，自己拱了拱手道："丢了一件要紧东西，都说是你，少不得我先替你翻一翻，去去嫌疑。"就与小九两个亲自动手翻，刘师爷起先还嘴硬道："大人这是做什么？"小九猴精，就拣他眼睛落处翻，本来袋里还备了一枚狄希陈的私章，还没有寻到机会丢出去，就翻出了几枚假章与拘票等物。狄希陈冷笑道："好大的胆子，原来你才是知县大人呀。带了这两个姐儿做见证。"气呼呼拂袖而去。

却说狄希陈跟九爷不在县衙，有那积老成精的一个老书吏就对了众人说道："大人丢印不见得是真，若是真翻出些事来，咱们一条绳上的蚂蚱，谁没有几件见不得官的事？不如放了李师爷逃走，拼着叫狄大人生几天气，打几板子，可保大家平安。你们意下如何？"

众人都说妙，开了房门叫李师爷逃走，李师爷不肯道："大不了拼个鱼死网破，一命抵一命还是我赚了。"

其中一个快手不耐烦道："你要寻死随你，咱们还有好日子要过，你若不逃，我就先勒死了你。"

李师爷执意道："狄大人此去搜不到什么，他又耳朵软，你们去后宅求求夫人，就无事了。"

那个快手冲几个人使眼色道："哪怕真没有什么，传说官印丢了，吵出来也不好看相，不如你早登极乐吧，你家的妻子我们替你照看。"说完了就掏出汗巾勒住了他，边上有人在房里架好了桌椅，提了他上去吊在梁上，等了半日，摸摸手脚都凉了，方照旧锁了门出去。

等狄希陈回来，跪了一院子的衙役，倒吓了一跳，听说是看守不严李师爷自缢，狄希陈心里就像被人打了一拳，对了满院子的人一句话也说不上来。祝师爷走过来扶了他进书房悄悄道："是他们同伙灭口呢，大人此事还是放一放吧。"

狄希陈故意道："他死了，官印怎么办？"

小九当了几个门子的面道："刘师爷家没有，想来不是他，你们再找找，怕是李师爷还藏在那里。"就叫他们四下里找一找。果然一个门子在条桌底下摸出来了。狄希陈抱了官印叹息道："李师爷这是何苦？"

果然刘师爷得了县衙里老书吏的教导，一问三不知，只说这些东西都是李师爷寄放他这里的，从没打开看过。狄希陈审了几次，都是一般说法，众书办又跪了替刘师爷求情，狄希陈也只有照着刘师爷的说话，将罪名都安在李师爷身上。另挑了两个老实书办做刑房与钱粮师爷。

此案也轰动了四川。县衙里头铁板一块，就是李师爷家人，得了那位快手照看，也只说李师爷罪有应得，哪里敢说冤枉。布政使司与成都府里几位大人私底下各自推敲，倒真像是小吏们做出来的事一样，何况狄希陈为人还好，京里又有至亲做官，也无人追究此事真相。

唯有狄希陈见小吏凶恶，心里十分不安，素姐劝他道："就是什么也没查出来，我听祝先生说呢，官印丢了这样的大事，杀敌一千自损八百，他也是个死，你也讨不到好处。"

狄希陈道："存心吓他一吓，就是要找个借口去搜搜他们两个的家，趁便丢个私章搜出来就完了。谁当真要把官印丢了？打算让小九说他跟我闹着玩的。也没想到居然真搜出假章，还有些记账的纸片，我收起来了，上面李师爷得大头，县衙里头大半都有分他银子，真审下去，那些人能生吃了我。"

素姐笑道："你英雄不了几天，居然又胆小起来。"

狄希陈摇头道："若是没有你们，连根拔起，再把我自己垫送在里边又何妨。我是男人了一回，你们怎么办？为了成全我的英雄主义，难道叫我儿子进宫割了小 JJ 做太监，女儿发到教坊司做娼妓？"

素姐叹道："做官真难，做清官估计更难了。"

狄希陈笑嘻嘻道："能为老百姓办些实事就行，当真一清如水又有能力的官儿，传说就海瑞一个，他可做成了什么大事？"

素姐拦他道:“别说了,小心人家听见。”

狄希陈就让素姐取了五千两银子,与小九一起青衣小帽,骑了两头小驴,在成都与临近的乡镇走动,遇到济贫院、孤儿院、施药局这类地方,就送上一百两,若是访得口碑好,就送上几百两。他送得开心,素姐也不心疼。

第四十二章

谢知府上当失财

却说狄希陈只要有了半日空闲，要么与小九一起，要么就独自带了小桌子在成都城里乱转，不过几天工夫他散去了两千多两银子，就觉得无处花钱了。这一日狄希陈与小九经过一个偏僻巷子，见一家小药店门口挂了一个施药的牌子，狄希陈起意，就要进去瞧瞧。

小九道："五哥，牌匾都缺了半边，只怕早关了门了，另换一处看看。"

狄希陈下了驴道："咱们先在外边看看。"带头进了拐角处一个小茶摊坐下。茶博士笑嘻嘻过来问要点什么茶，狄希陈道："你这里有什么？"

那茶博士道："小本经营，也只得胡桃松子泡茶、福仁泡茶、果仁泡茶、瓜仁泡茶、咸樱桃茶、姜茶、桂花茶、八宝青豆木樨泡茶、蜜饯金橙泡茶几样。"

狄希陈与素姐喝茶还是现代人口味，不习惯加这些乱七八糟的东西，闻言皱了眉道："我要福仁泡茶吧。"

小九就要了桂花茶，又要了一碟核桃酥，拾起一块咬了一口道："好吃，再上两碟儿，小桌子拿我驴背上装的小食盒来装了。"

小桌子果真寻出一个虫草花样的螺钿小漆盒，小九亲自将两碟儿核桃酥装进去，又道："带回家给小紫萱吃。"

这么一个小漆盒却值几两银子，不像两个青衣落魄书生家常用的物件儿，小厮随手就扔进驴背的褡裢里，并不爱惜。茶博士远远瞥见，留了心过来搭话，狄希陈也正要打听眼前那个小药店，指了对面笑道："这个药店施的什么药？"

茶博士笑道："都是些单方儿，也有些灵验，不过一两个钱的东西。"

狄希陈又道："我有心求几样，只是瞧他门口也破败了，如今可还送得起？"

茶博士鼻子里笑了一笑，道："穷得饭都吃不上呢，若是有求药的，却是舍得。大哥但去无妨。"

狄希陈点点头儿笑道："有这样好事，自然是要去求几服药的。咱们就过去吧。"

那茶博士看他站起身像是要走的样子，忙道："三碟核桃酥十八文，果仁泡茶四文，桂花茶三文，盛惠二十五文。"

小桌子掏出一把铜钱来数给他，又问他要了一碗白水喝了，才牵了驴站在门口。

狄希陈进了药店，里边小小一间门面，虽然家伙漆都脱落了，却揩抹得干净，一个七八岁的男娃娃在后门边伸了头道："大叔来抓药？"

狄希陈喜欢他伶俐，笑道："我是看见施药，来求药的。"

那孩子脸上的笑就变了愁容，走到前边来指着柜上摆的一个小匾道："都在这里了，大叔认得字，纸包上都写着药名跟用法呢。"

狄希陈逗他："我不认识字，你念与我听听？"

那孩子苦了脸道："我只认得几个字，我去叫爹爹出来。"掉了头进天井去了。狄希陈见他穿的小夹袄两个手肘都打了补丁，一条小裤子屁股处更是补丁上加补丁，就有些心酸，拿定了主意为了这个孩子，也要资助些。

须臾出来一个干瘦的中年人，冲狄希陈拱了拱手，就拿了药包，一包一包将药名、治何病、煎法慢慢说与狄希陈听。

狄希陈笑道："甚好，这些都给了我吧。"

那中年人红了脸道："虽不值几个钱，也要有用方可拿去。都与了你，别人再要一时没有却是误事。"

狄希陈忙道："我与先生说着玩呢。"以目示小九，小九出门片刻取了几个纸包进来，放到柜上道："两百两够不够？今儿出门没有多带。"

狄希陈笑道："这是药金。"也不等老板答话，就取了一包药要出去，那个中年人三步并作两步，抢上前来道："若是药金，两文足够，这些不明不白的银子你拿回去。"

狄希陈被他扯住了袖子走不脱，无奈道："在下仰慕先生高风亮节，所以赠金，并无恶意。"见他半信半疑，又指了那个小娃娃道，"我女儿才六岁，一提念书就想装病，也认得上千个字了。令郎良材美质却不供他上学，难道你就舍得？"

小九在边上也道："我哥哥这些银子，一半赠与令郎读书穿衣，一半供施药如何？"

中年人还有三分怀疑，后边已是冲出一个中年妇人，自拆了一包银子，取了一块又将原包包好，冲狄希陈行礼道："咱们药店施出去的多，买药的少，早已入不敷出。不怕客人笑话，昨日就断粮了，取这一块买两石米够吃半年，已是感激不尽。别的还是请客人拿回去吧，福薄之人消受不起大富贵。"

狄希陈大汗淋漓，回想从前行事，越发觉得自己不是个好东西，冲店主夫妇行了大礼，勉强笑道："贤伉俪安贫乐道，在下敢不从命。"红了脸要将银子收起。

小九忙拉了狄希陈将他推出去道："换我来说，他们必收的。"自个儿进去关了门，过了好半日，店主夫妇亲自开了门送他出来，站在门口又要对狄希陈行礼，小九笑嘻嘻推他们进去道："财不可露白，快回家藏起，休要叫人知道。"

狄希陈也怕他们上来道谢，牵了驴招呼小九回家，一路上问他到底说了些什么，小九但笑不语，怎么也不肯说实话。

却说狄希陈有这对夫妻为镜，照出自己的丑来，回家想了半日，暂歇了出门做散财童子的心。他心下闷闷不乐，对了公事反而极为用心，三更半夜还要拿了人家的状纸在那里看，白日断案也极小心谨慎，师爷衙役们都有些诧异，想到他过不多久就要任满，收不到好处，也都忍了。

过了两日小九硬拉他出门散心，不知不觉又走到那条巷口，小茶摊的茶博士因那日他们去后，小药店的老板又是买米，又是买布，请了个伙计不算，还将儿子送去上学，也猜到他们两个是财主。这一日见财主来了，心里想着要哄他们银子花，两人已是去得远了。他有几个朋友来吃茶闲话，因割不断这根肠子，就将这事说与他们听。其中一个朋友道："你说的这两个人，我前次也见过，好不有钱的傻子，一出手就是三百两银子与法空那个贼秃修庙。一个破庙，里头摆满了破棺材，修它做甚？我叫那个和尚取几钱银子与我买肉吃，他反倒拿大笤帚赶了我出来，不许我再借宿，真真气人。"

另一个满面络腮胡子的人笑道："你与死人争饭吃，当心走夜路撞鬼。这与人修庙修坟却是好事呢。想银子花还不容易，我带你们去找个人做件大事，若是做得好了，一二百两银子算什么？只是事成之后成都是住不得了。"

连那个茶博士听了心中都动火，笑道："有了银子哪里安不得家。"也收了摊子跟着他们去了。

过了半个月，市井里就传说皇上派了钦差来查案子。官差书吏们，也有陌生人托了相识朋友请去吃酒说话的。因李刘两个师爷一案，县衙里头众人心里都有鬼，又晓得狄希陈收了一本分赃的账，见人家来问，也猜是钦差，哪里肯说真话，十个有十一个，说的都是狄大人早上到衙门太早，晚上回去得太迟，连累大家早上不能睡之类的小事，明是抱怨，实是夸他。

唯有谢知府只信任他的一个师爷跟两个门子，平日里最爱三日一比五日一敲。那些快手门子背地里恨入骨髓，有人请吃酒，哪消别人引逗，灌了黄汤就要数落几声。渐渐府衙后边有些陌生人转来转去，家人报与谢知府知道，谢大人忙派心腹家人尾随查访，跟着这起人最后都到了郊外一个大庙。待要进去，门已是关得紧紧的，隔着墙只见厨房里仆役奔走不停，钦差大人之声不绝于耳。

谢知府听了回报，却想起件心事。他曾与一个尼姑水月一处参禅，因他命里多子多福，大肚子尼姑住不稳庵堂，寻到后衙门口要替肚子里的儿子认祖归宗，吵闹了半日被谢知府收进后衙，两三个月后生出个男孩儿来长得偏偏像谢大人的好朋友苦雨道长。谢大人因人家说女人如衣服，好朋友有通财之谊，送他件把衣服倒没什么大不了，就将衣服跟小衣服一起要送与道长。偏偏道长推辞不过，趁黑夜里翻墙走了，谢大人只得将水月与孩子送回庵里暂住。水月回了庵里，起先有知府大人供给还罢了，渐渐少米少柴，她就要抱了孩子到后衙门口吵闹半日，俱是衙役们拦住了不叫后宅知道，替他遮掩。此事除了谢夫人，只怕成都府里人人都知道，提起来眼睛都要笑成一道线的。

谢知府与狄知县固是不睦，跟左右布政使也不亲近，官场里他是独秀于林，心里就很有些忐忑。思来想去，只有半夜偷偷求见钦差大人。他亲自拿了名帖敲门，一个络腮胡子的长随来开门，收了名帖半日方领他进去。谢知府见深夜里庭院中两排长随站得笔直，廊下还有锦衣卫装束的人来回走动，格外诚惶诚恐。到了室内，灯火辉煌中坐着一个白面无须的官人，好像是个内相模样，声音又尖又细道："谢大人所为，咱家都记下了。"就叫左右送他出去。

谢知府伏在地上苦苦哀求，还是那个络腮胡子的长随拉了他退到厢房，道："大人若肯献金，可以设法。"

谢知府情知几千两出不了手，飞马回家驮了两万两银子来，再见钦差大人，只得一个北京口声的长随回话道："大人已是知道了。"收了他的银子，还是那个胡子长随赶了马车送了他回衙。

谢大人见马车雕金饰银，奢侈无比，长随又有笑脸，方放下心回家。静候了几日，一个家人去那庙里查看，洞门大开，遇着一个和尚说话，才知道前几日有群客人来租房，哪里有什么钦差。谢大人又急又气，家里大娘子晓得了又与他吵闹，日日在宅里摔锅砸碗，吵得一城百姓都知道了，当了奇闻到处传诵。

却说狄希陈这几日遇见脸色铁青的谢大人被布政使请去说话，又听说府衙里的官差们常常被找了借口打板子，叹息道："果然天道循环，报应不爽。他若是精明些儿，打落牙往肚内吞，大家看他吃亏分上就算了。这么慌慌张张要自己去查骗党，不是承认自己收了黑钱还要贿赂上司吗？"

素姐道："我就奇怪，论精明他还不如前头那个吴知府呢，这样的人也能当官？"

狄希陈笑道："听说谢家是江陵大族，有个人做到尚书，当官的很不少呢。不是大族的世家子弟，哪里有这样的魏晋风骨，又会参禅又会炼丹。"

素姐想起来也觉得好笑，掐了狄希陈一把道："你若是也生在世家大族，就不必吃苦受罪做这个官儿了。你现在这样，我都觉得怪怪的呢。”

狄希陈笑道：“我自己也匝摸着有些过了，这些事还是顺其自然吧。一天做好事不难，难的是一辈子做好事，我也就三分钟热度，你不许笑话我。”

素姐拿手里的手巾丢到他脸上，笑嘻嘻道：“不笑你就是，也是时候去码头问问了，我就着急新知府怎么还不来。”

狄希陈道：“新做了官总是要衣锦还乡的，若是他家在海南福建这样的地方，还早呢。”

正说着，前衙的门子来报说新知县的船已是到了码头。狄希陈跳起来笑道：“好的不灵坏的灵。咱们箱笼收拾好了没有？我让人驿馆说一声儿先搬去吧。”

素姐笑道：“那么麻烦做什么，直接去写几只大船，咱们就把箱笼搬了去，等你交接完了走人就是。”

狄希陈心里暗笑她归心似箭，真个去订了三只大船。第二日狄周也到了，只带了二十几个膀大腰圆的男仆，连他媳妇子都没有跟来。狄家得了人手，将金银细软装了头船，素姐与小紫萱住，小九住了二船，三船就叫狄周守了。三只大船都装得满满的停在江边，只待狄希陈交接完了公事就顺江而下。